UNE PROMESSE MORTELLE

LES ENQUÊTES DE DÉTECTIVE KAY HUNTER

RACHEL AMPHLETT

SAXON
PUBLISHING

CHAPITRE 1

Estelle Hastings-Jones grimaça lorsque l'extrémité d'une branche basse heurta la carrosserie de la voiture de sport, le claquement sec résonnant à travers la pluie qui martelait le pare-brise.

À côté d'elle, son mari Mark agrippait le volant en cuir, le puissant moteur impatient de bondir en avant malgré le rétrécissement de la route devant eux.

Au moment où elle pensait que cela ne pouvait pas être plus précaire, la roue avant gauche s'enfonça dans un profond nid-de-poule avec un choc qui lui secoua la colonne vertébrale, et Mark jura à voix basse.

— Le foutu site web ne disait rien à propos de la route inexistante pour aller à cet endroit, marmonna-t-il. Qui est passé par ici en dernier, les putains de Romains ?

— Guillaume le Conquérant, selon—

— Ne fais pas d'humour.

Malgré ses paroles, elle vit le léger sourire qui passa sur ses lèvres dans la lueur des lumières du tableau de bord.

— Il reste quelle distance ?

Elle plissa les yeux sur son téléphone portable, prenant soin de protéger l'écran de Mark pour ne pas ruiner sa vision nocturne.

— Environ 400 mètres. Les instructions qu'ils m'ont envoyées par e-mail disaient de chercher un nouveau portail et une boîte aux lettres verte fixée à l'un des piliers. Il y a un panneau de sécurité sous la boîte aux lettres pour le code d'entrée.

— Ok.

Estelle baissa son téléphone et observa les profondes flaques d'eau qui bordaient la route, son regard se portant ensuite sur l'épais feuillage qui s'incurvait au-dessus de la voiture comme un tunnel loin sous terre, et elle frissonna malgré le chauffage de la voiture qui réchauffait ses orteils.

— Peut-être qu'on aurait dû réserver dans cet hôtel plus loin sur l'A20 plutôt qu'ici, dit-elle.

— Ils étaient complets, je te l'ai dit. Pas de place à l'auberge, dit Mark en lui jetant un coup d'œil. D'ailleurs, je ne vois nulle part où faire demi-tour, pas toi ?

Elle pinça les lèvres et essaya plutôt de se détendre.

Sa main trouva sa cuisse.

— Je suis sûr que l'endroit vaut tout ça. Ça nous donnera l'occasion de nous ressourcer et de nous détendre avant de rentrer demain, non ?

— Nous le saurons bientôt. C'est là, sur la gauche.

Une paire d'épaisses grilles encadrées d'acier surgit de la végétation sous l'éclat des phares de la voiture, bloquant leur chemin. Les lattes de bois ressemblaient à celles d'un donjon de château et donnaient l'impression d'une forteresse impénétrable que seuls quelques élus pouvaient traverser en toute sécurité.

Mark ralentit la voiture à un rythme d'escargot, dirigeant son nez vers les grilles.

— Tu as le code ?

— 5371.

Il baissa la vitre, jura alors que le vent fouettait la pluie contre son visage, et tendit la main vers le panneau de sécurité.

Estelle entendit le doux *bip* du clavier, puis un léger bourdonnement lorsque le mécanisme du portail se mit en marche.

Tandis que Mark dirigeait la voiture entre les lattes béantes, la route passa d'un asphalte vieux de plusieurs décennies à un gravier fraîchement posé qui crépitait sous les pneus et projetait des cailloux dans les passages de roues.

Il ralentit automatiquement pour éviter d'écailler la peinture.

L'allée s'élargit, et Estelle vit ses mains se détendre lorsqu'une magnifique propriété Tudor apparut.

Des projecteurs s'allumèrent lorsqu'il fut à quelques centaines de mètres, baignant l'aire de stationnement et l'avant de la maison d'une douce lueur qui les invitait à avancer, et elle sentit une partie de la tension dans ses épaules s'estomper.

Les rideaux avaient été laissés ouverts au rez-de-chaussée, si bien qu'elle pouvait voir la lumière chaleureuse des lampes dans les pièces illuminer les murs, et elle remua les orteils d'anticipation.

— Je vais me mettre dans le jacuzzi avant de faire quoi que ce soit d'autre ce soir, murmura-t-elle.

— Ça me semble bien, mais d'abord tu peux m'aider avec les bagages.

Mark sourit, coupa le moteur et se pencha pour l'embrasser.

— Ce n'est plus le sud de la France, mais je pense que ce sera une fin de vacances parfaite avant de rentrer dans le Cumbria.

Elle sourit, la main sur la poignée de la porte.

— Et si j'apportais du champagne avec nous ?

— Bonne idée. Nous n'avons pas besoin de partir avant onze heures demain, alors apportes-en deux.

Sur ce, ils plongèrent sous la pluie, riant alors qu'elle les martelait pendant qu'ils récupéraient leurs valises à l'arrière de la voiture et couraient vers la porte d'entrée, leurs chaussures projetant des gerbes d'eau du gravier trempé.

Mark entra le même code dans le panneau de sécurité à côté de la porte, et Estelle se retrouva dans un large couloir, avec un sol carrelé rouge cramoisi et blanc qui avait été poli jusqu'à briller intensément.

Ses talons claquaient sur la surface. Elle déposa sa valise au pied d'un escalier en chêne et leva la tête pour admirer le lustre qui étincelait au-dessus de leurs têtes.

— Il y a une note là-bas, dit Mark en inclinant le menton vers une paire de fauteuils d'appoint anciens et une table assortie.

Une enveloppe était appuyée contre une lampe de lecture, et lorsqu'Estelle l'ouvrit, elle soupira.

— Oh, c'est adorable. C'est de Penelope et Stephen qui possèdent l'endroit. Il est écrit : « Servez-vous en vin et boissons non alcoolisées dans le réfrigérateur, et régalez-vous avec les friandises et les collations que nous avons laissées pour vous sur la table de la cuisine. Notre femme de ménage, Katrina, sera passée quelques heures avant votre arrivée, donc vous devriez trouver tout en ordre », et ensuite elle a laissé son numéro de téléphone au cas où il y aurait des problèmes.

— Fabuleux. On devra utiliser à nouveau ce site de réservation.

Mark parcourut rapidement la note par-dessus son épaule, puis lui embrassa le cou.

— Allons mettre ce champagne au frigo, et ensuite on pourra explorer.

Elle enleva ses chaussures et le suivit pieds nus à travers une porte au fond du couloir, haletant lorsqu'elle entra dans une cuisine modernisée avec une cuisinière à gaz étincelante à huit brûleurs encastrée dans un plan de travail central.

Le périmètre de l'espace avait été conçu avec un mélange de surfaces de travail et de placards habilement dissimulés. Un vase de lilas dégageait un parfum subtil depuis sa position sur une énorme table dressée pour douze, et des fruits frais avaient été disposés dans un bol en cristal à côté de paquets de différents snacks sur le plan de travail central.

Lorsqu'Estelle ouvrit le réfrigérateur, ses yeux s'écarquillèrent d'étonnement.

— Ils nous ont même laissé des steaks frais et des légumes. Et des fromages, et...

— Eh bien, nous *payons* 600 livres pour une nuit, répondit Mark. Un geste sympathique, je dois l'admettre.

Pendant que Mark déposait le champagne dans le réfrigérateur et récupérait une bouteille de vin offerte provenant de la vallée de la Loire, elle chercha un tire-bouchon, s'émerveillant du travail d'ébénisterie alors que les tiroirs se fermaient silencieusement.

Elle trouva une paire de verres en cristal et se tourna vers lui avec un sourire.

— Si on allait chercher ce jacuzzi ?

— Je te suis.

Ses yeux pétillaient.

— On s'occupera des bagages plus tard.

Estelle insista pour explorer les pièces du rez-de-chaussée avant de monter à l'étage, s'émerveillant devant les étagères qui allaient du sol au plafond dans la bibliothèque, puis roucoulant sur l'ameublement luxueux du salon avant d'entrelacer ses doigts avec ceux de Mark et de monter les escaliers vers un vaste palier.

Elle plissa le nez et s'arrêta sous une peinture à l'huile représentant un paysage bucolique.

— Ça sent bizarre ici.

Mark renifla et fronça les sourcils.

— Je croyais que le mot disait que leur femme de ménage était passée plus tôt ?

— C'est ce qui était écrit. Tu... tu ne penses pas que la maison a été cambriolée, si ?

La prise d'Estelle sur sa main se resserra.

— Je veux dire, on entend toutes sortes de choses sur ce que font les cambrioleurs à part voler, n'est-ce pas ?

— Je ne pense pas qu'il y ait eu d'effraction. Je n'ai

pas remarqué de fenêtres brisées ou quoi que ce soit en bas, pas toi ? Et la porte d'entrée était verrouillée puisqu'on a dû utiliser le code d'accès.

Elle se mordit la lèvre.

— On est partis du principe qu'elle était fermée, je n'ai pas essayé de la pousser avant que tu n'entres le code.

— Mais ça a fait un clic. La serrure a cliqué, j'en suis sûr.

Mark lui serra la main, puis la lâcha et lui tendit la bouteille de vin.

— Je vais vérifier les pièces d'abord. Attends ici.

— Non, je viens avec toi.

Serrant la bouteille par le goulot, elle redressa les épaules.

— Commençons par l'avant de la maison.

Ils tournèrent à droite en haut des escaliers et elle le suivit autour du palier qui surplombait le hall carrelé en contrebas, les lumières du lustre scintillant vers elle, narquoises.

L'odeur ne persistait pas de ce côté, et quand Mark ouvrit la porte de la première pièce, elle l'entendit pousser un soupir de soulagement à la vue d'une chambre impeccable avec des lits superposés assortis et une fresque de figurines d'action sur un mur. Un ordinateur portable avait été laissé sur un bureau taille enfant avec son mot de passe et le code wifi de la famille griffonnés sur une note collée à l'écran, ainsi qu'une invitation aux invités à l'utiliser si nécessaire.

— Je ne pense pas qu'ils aient été cambriolés, dit-il. C'est exactement le genre de choses qui auraient été prises autrement.

— Alors d'où vient cette odeur ?

Estelle longea le palier jusqu'à la pièce suivante et trouva à nouveau une chambre bien rangée avec deux lits simples. Un décor simple avait été appliqué aux murs, complété par des rideaux aux couleurs vives qu'elle tira avant de fermer la porte.

— Aucune idée. Peut-être qu'il y a une fuite dans la salle de bain.

— Bon sang, on ferait mieux de vérifier. Si on doit faire venir un plombier à cette heure-ci...

Elle renifla en traversant de l'autre côté du palier.

— C'est définitivement plus fort de ce côté.

Mark ouvrit une autre porte.

— C'est la salle de bain principale.

Allumant les lumières, Estelle cligna des yeux tandis que les LED brillantes se reflétaient sur les carreaux fraîchement essuyés, un léger arôme d'agrumes émanant de la douche en cascade qui occupait toute la largeur d'un côté et de la baignoire étincelante.

Aucune flaque d'eau ne s'accumulait autour de la base du bidet ou des toilettes, et quand elle souleva le couvercle, une odeur similaire de citron s'éleva dans l'air.

— D'accord, donc pas de fuites ici.

— Peut-être que ça vient de la salle de bain attenante alors.

Mark marchait déjà vers l'extrémité de la maison avant qu'elle ne le rattrape.

— Sinon, ça pourrait être l'un des tuyaux d'égout sous le plancher.

Malgré son inquiétude, Estelle sourit à ses mots.

— Constructeur un jour, constructeur toujours.

— Je dirige peut-être l'entreprise maintenant, mais je me souviens encore de certains problèmes qu'on avait sur les chantiers.

Il poussa la porte de la chambre principale, puis s'arrêta brusquement et émit un bruit de haut-le-cœur.

— Nom de Dieu.

— Mark ? Qu'est-ce qui ne va pas ?

Il ne répondit pas et recula de quelques pas en chancelant.

— Oh mon Dieu.

Estelle fronça les sourcils et le dépassa.

Puis elle vit la femme étendue sur le lit, les draps souillés tordus sous son corps inerte, et les taches de sang éclaboussant les oreillers moelleux qui avaient été disposés le long de la tête de lit.

Une blessure béante fendait la gorge d'albâtre de la femme d'un côté à l'autre, laissant une mare sombre de sang coagulé qui couvrait son sweat-shirt. Ses yeux étaient grands ouverts de terreur alors que sa bouche avait exhalé son dernier souffle.

Estelle hurla.

CHAPITRE 2

L'inspectrice principale Kay Hunter remonta la capuche de son imperméable et sortit de la chaleur de la voiture de service, tandis que ses yeux scrutaient la scène devant elle.

Des projecteurs avaient été installés sur l'allée, pour mettre en évidence un chemin délimité qui menait du groupe de véhicules encombrant le gravier détrempé jusqu'aux marches d'entrée de l'imposante résidence de style Tudor.

La division de la circulation avait mis en place un barrage routier plus haut dans la ruelle, déviant tout trafic égaré qui aurait manqué les panneaux d'avertissement sur la route de Faversham et envoyant les véhicules sur un itinéraire alambiqué qui leur assurerait une connaissance approfondie de la campagne du Kent avant d'atteindre leur destination.

Kay enfonça ses mains dans ses poches et essaya d'ignorer le fait qu'une de ses bottines avait commencé à prendre l'eau depuis la dernière averse.

Au lieu de cela, elle observa le spectacle d'une enquête

pour meurtre dans ses premiers stades, son regard s'arrêtant sur deux agents en uniforme à la périphérie de la zone délimitée par les rubans.

Le plus large des deux – Kyle Walker – avait repris le travail à temps plein douze semaines auparavant après une période de maladie, ce qui, Kay le savait trop bien, était une conséquence directe de sa présence lorsqu'un collègue avait été abattu et que Kyle avait failli perdre sa propre vie dans le processus. Il se tenait la tête baissée vers sa radio sous un auvent qui avait été installé pour fournir un semblant d'abri, le toit de toile battant dans la brise.

À côté de lui, Aaron Stewart dominait son collègue de sa stature imposante, son physique impressionnant cachant un homme qui était un père et un mari dévoué. Il parlait avec un couple dans la cinquantaine, tous deux enveloppés dans des couvertures chaudes.

Deux fourgonnettes appartenant à l'équipe de la chef de la police scientifique Harriet Baker étaient garées directement devant les marches d'entrée de la propriété, les portes latérales ouvertes tandis qu'un flux constant de techniciens transportait du matériel et des boîtes d'échantillons vides dans la maison.

Kay jeta un coup d'œil par-dessus son épaule au bruit de pas sur le gravier pour voir l'inspecteur Ian Barnes se précipiter vers elle, une combinaison de protection enveloppant sa forme corpulente.

Le visage de son collègue plus âgé était sombre, ses yeux trahissant l'horreur dont il avait été témoin à l'intérieur de la maison.

— Chef. Harriet est prête quand tu l'es.

Il passa une main dans ses cheveux mouillés, projetant l'eau au sol.

— J'ai pensé que tu voudrais voir ce que nous avons avant de parler au couple qui l'a trouvée. Kyle a réussi à leur réserver une chambre dans un hôtel en bas de la route pour une nuit, sa sœur connaît quelqu'un là-bas, donc ils seront dans le logement du personnel mais—

— À l'abri de tout ça et au chaud.

— Exactement, et à disposition si nous avons besoin de leur reparler demain matin avant qu'ils ne rentrent chez eux dans le Cumbria.

— D'accord, allons jeter un coup d'œil.

Kay redressa les épaules, puis le suivit jusqu'au ruban qui séparait la scène de crime. Après s'être enregistrée, elle rendit le bloc-notes à Kyle avec un bref signe de tête en guise de remerciement.

— Contente de te voir, agent Walker.

— Content d'être de retour, chef.

Il baissa la voix.

— Dommage pour les circonstances, cependant.

— En effet.

Barnes lui tendit un sac en plastique scellé contenant une combinaison de protection propre, puis il fit un geste vers une grande tente blanche à côté des marches d'entrée.

— Tu peux l'enfiler là-dessous.

Reconnaissante qu'un membre de l'équipe de Harriet ait pensé à poser une bâche bleue sur le sol mouillé à l'intérieur de la tente, Kay enfila la tenue de protection, tira les surchaussures assorties par-dessus ses chaussures et prit une paire de gants de Barnes.

— Qu'est-ce qu'on sait jusqu'à présent ? demanda-t-elle pendant qu'elle se changeait, élevant la voix au-dessus du battement de la pluie sur le mince toit en polyester.

— Mark et Estelle Hastings-Jones, le couple qui parle à Aaron, ont réservé cet endroit il y a quelques mois comme étape sur leur chemin de retour d'un voyage en voiture en France. Les propriétaires, Penelope et Stephen Brassick, passent beaucoup de temps à New York. Stephen travaille comme actuaire pour une société d'investissement internationale, donc ils louent cet endroit via l'un de ces sites exclusifs. Quand Mark et Estelle sont arrivés, ils ont remarqué une odeur en explorant l'étage. Ils ont trouvé la victime dans la chambre principale. Sur le lit.

Barnes remit la capuche de protection de sa combinaison sur sa tête, puis tint le rabat de la tente ouvert pour Kay et se dirigea vers les marches d'entrée. Il s'arrêta dans le hall pour laisser passer une paire de techniciens de la police scientifique qui descendaient les escaliers avec une boîte à preuves chargée.

— Ce n'est pas joli à voir, chef.

— Des blessures ?

— Par où commencer ?

Il soupira.

— Elle a des ecchymoses au visage, un œil complètement fermé, et celui qui lui a fait tout ça lui a ensuite tranché la gorge.

— Bon sang. Lucas est là ?

— Il est venu et reparti, il a reçu un appel pour une autre scène à Rochester cinq minutes avant ton arrivée, mais il a dit qu'il téléphonerait pour donner l'heure de l'autopsie quand il sera de retour au bureau demain.

— Merci.

Kay prit une profonde inspiration, puis remonta son masque alors que les deux techniciens passaient devant elle.

— Je te suis.

Elle observa le décor ostentatoire en montant les escaliers, les ampoules brillantes du lustre l'aveuglant presque pendant qu'ils grimpaient. Elle se demanda si les propriétaires reviendraient un jour après cela, son esprit se tournant ensuite vers les tâches qu'elle confierait à son équipe, et les témoins potentiels qui devraient être retrouvés et interrogés aussi rapidement que possible.

— Et les voisins ? demanda-t-elle lorsqu'ils atteignirent le palier. Qui leur parle ?

Barnes secoua la tête, le mouvement froissant la capuche qui couvrait ses cheveux.

— Il n'y a pas assez d'effectifs, chef. Aaron attend qu'une autre patrouille arrive de Sevenoaks, et ensuite ils se répartiront les entretiens entre eux. Il n'y a que trois autres propriétés par ici, donc ça ne prendra pas longtemps.

— Quand même, c'est un retard dont on se passerait bien...

Kay retint sa frustration et regarda autour d'elle.

Les œuvres d'art sur les murs n'étaient pas à son goût, mais elles semblaient aussi coûteuses que le reste de son environnement, et ses bottes recouvertes s'enfonçaient dans l'épaisse moquette moelleuse qui recouvrait le sol dans toutes les directions.

Malgré le masque, elle pouvait sentir l'odeur reconnaissable de la mort.

Ils tombèrent dans le silence alors que Barnes la

conduisait vers une porte au bout du palier, et elle sentit ses surchaussures en plastique glisser quand ses pieds trouvèrent le chemin de protection surélevé que les agents de Harriet avaient installé pour que personne ne marche sur la moquette si près de la victime du meurtre.

Chaque fibre sous le passage serait analysée avant que leur travail ici ne soit terminé, et rien n'était laissé au hasard en matière de contamination croisée.

La puanteur d'urine et d'excréments pénétra le masque de Kay lorsqu'elle entra dans la pièce, et elle commença à respirer plus superficiellement, tentant de contrer l'assaut. Même ainsi, elle dut retenir un hoquet de surprise lorsque Barnes s'écarta et qu'elle vit le corps de la femme étendu sur le grand lit.

Une masse de cheveux brun foncé tachetés de racines grises obscurcissait la majeure partie du visage de la victime, mais même depuis l'entrée, Kay pouvait voir les vilaines ecchymoses qui couvraient ses orbites et ses pommettes.

Son jean avait été tiré jusqu'à ses genoux, et un entrelacs d'égratignures couvrait ses cuisses et son abdomen, certaines plus profondes que d'autres.

Un frisson parcourut ses épaules lorsqu'elle aperçut la profonde entaille qui avait oblitéré la gorge de la femme, son sweat-shirt de couleur pâle à peine visible à travers le sang coagulé qui s'était répandu de son corps brisé.

— Bonsoir, Kay.

Sa tête se redressa brusquement en entendant cette voix familière pour voir l'agente en combinaison qui l'observait depuis le bord du lit.

— Harriet.

La responsable de la police scientifique était la seule personne à qui Kay s'en remettrait pendant son temps ici, et elle tenait l'experte en haute estime.

— Si vous marchez entre les drapeaux jaunes, vous pouvez me rejoindre ici. Nous avons presque fini de la traiter, et ensuite nous la déplacerons pour pouvoir faire des prélèvements sur la literie.

Barnes fit signe à Kay d'avancer.

— J'en ai déjà assez vu, chef. Je vais attendre ici.

Résistant à l'envie de prendre une profonde inspiration, Kay marcha prudemment entre les drapeaux en plastique que Harriet avait indiqués, hochant la tête en remerciement à un technicien qui déplaça sa boîte d'équipement, puis elle tourna son attention vers la responsable de la police scientifique.

— Toi et ton équipe avez l'air occupés.

— Nous passions une soirée tranquille avant ça, répondit Harriet. Heureusement, parce que je pense que nous allons rester ici encore un bon moment.

— Je ne te retiendrai pas trop longtemps alors. Qu'est-ce que tu peux me dire jusqu'à présent ?

— Eh bien, une fois que nous avons retiré le drap, nous avons découvert toutes ces égratignures sur ses jambes et son abdomen aussi.

Harriet fit une pause et effleura les motifs avec ses doigts gantés.

— De l'ADN ?

— Nous avons tout prélevé, mais je pense que cela a été fait avec un couteau, et que la lame a été enfoncée plus profondément au fur et à mesure de l'attaque. Lucas confirmera lors de l'autopsie si cela a été fait avec le même couteau qui a mis fin à sa vie.

Kay déglutit.

— Tu veux dire qu'elle a été torturée, puis qu'on lui a tranché la gorge ?

— Je pense que c'est le cas, mais bien sûr, Lucas aura le dernier mot là-dessus. Je ne peux que rapporter ce que je vois des blessures ici. Regarde aussi la façon dont ses ongles s'enfoncent dans le drap en dessous d'elle.

— Ce sont des marques de ligature autour de ses poignets ?

— Causées par une fine corde, un cordon, que nous cherchons encore, ne t'inquiète pas, ajouta Harriet, puis elle posa sa main sur le bras de Kay. Regarde ses pieds.

Elles se déplacèrent au pied du lit, et les yeux de Kay s'écarquillèrent.

— Qu'est-ce que c'est que ça... ?

— Quelqu'un a utilisé le lisseur là-bas pour brûler la plante de ses pieds et ses orteils.

— Bon sang.

— Fait intéressant, elle n'a pas été bâillonnée ou réduite au silence d'une quelconque façon. Lucas et moi avons jeté un coup d'œil avant qu'il ne parte d'ici, et il n'y a aucune indication qu'on lui ait forcé quoi que ce soit dans la bouche. Elle s'est mordu la langue à un moment donné.

— Merde...

Harriet soupira.

— C'est une sale affaire, Kay. Dieu sait ce que Lucas trouvera d'autre pendant l'autopsie.

Kay parcourut à nouveau du regard toutes les blessures.

— Et personne n'a rien entendu ?

— Apparemment pas. Les voisins les plus proches sont au bout du chemin, à environ 400 mètres, et le central n'a reçu aucun appel concernant une perturbation avant que Mark Hastings-Jones ne le signale, dit Barnes depuis sa position sur le chemin délimité. Les propriétaires de cet endroit ont dit à Aaron qu'ils voulaient un lieu privé, à l'écart des sentiers battus.

— Il a réussi à les joindre ?

— Ils ont laissé un numéro de téléphone de contact pour que les invités puissent appeler en cas de problème.

Ses yeux s'assombrirent.

— Même si je ne pense pas qu'ils s'attendaient à quelque chose comme ça.

— Nous devrons quand même les interroger formellement. Est-ce qu'ils connaissent la victime ?

— C'est leur femme de ménage, Katrina Hovat.

— Nous avons trouvé son manteau et son sac à main en bas dans l'arrière-cuisine, dit Harriet en voyant la surprise de Kay. Permis de conduire, clés de maison, tout.

— Adresse personnelle ?

— Je l'ai notée, dit Barnes, et il tapota la poche de sa poitrine sous la combinaison. J'ai demandé par radio au central d'envoyer une patrouille là-bas dès que possible.

— Comment est-elle arrivée ici ?

— Sa voiture est garée à l'arrière, probablement parce que c'est plus facile d'accéder à l'arrière-cuisine de là. C'est là que tout le matériel de nettoyage est rangé, comme l'aspirateur.

— J'ai une paire de techniciens qui analysent sa voiture en ce moment, dit Harriet. Je te ferai savoir si nous trouvons quelque chose d'utile.

— Merci. Est-ce qu'elle avait son propre jeu de clés pour la maison aussi ?

— Pas besoin, répondit Barnes. La porte de derrière utilise le même code de sécurité que la porte d'entrée et les propriétaires ont confirmé que c'est ce qu'elle aurait utilisé.

— Et celui qui lui a fait ça ? Comment est-il entré ?

Les yeux de Kay se posèrent sur la forme brisée sur le lit.

— Des signes d'effraction ?

— Aucun, répondit Harriet.

— Chef, je me demande si elle connaissait son agresseur, et l'a donc laissé entrer par le portail de l'allée, puis lui a ouvert la porte d'entrée, dit Barnes.

— Nous avons relevé des empreintes digitales sur le système de clavier numérique, donc je vous donnerai les résultats en temps voulu, ajouta Harriet.

— Il y a une chose, dit Barnes. Nous n'avons pas encore localisé son téléphone portable, nulle part.

— Pas dans son sac ?

— Non, et nulle part dans les pièces que nous avons fouillées jusqu'à présent, ajouta Harriet. Nous ferons une recherche plus approfondie ici une fois que son corps aura été déplacé, donc je vous ferai savoir si quelque chose change.

— D'accord.

Kay sentit de la condensation se former sur son masque et réprima l'envie de l'arracher de son visage.

— Tu peux me montrer l'arrière-cuisine, Ian ? J'aimerais voir où ses affaires ont été trouvées, et sa voiture.

— Je t'appellerai demain pour te faire part de mes conclusions, dit Harriet. Et je demanderai à deux de mes collègues d'aller à son appartement dès demain matin.

— Merci.

Tandis qu'elle suivait Barnes au rez-de-chaussée, Kay songeait au nombre d'appels téléphoniques qu'elle devrait passer avant la fin de la soirée.

Une grande partie de son rôle d'inspectrice principale consistait à gérer une vaste équipe, dont beaucoup occupaient des postes spécialisés et n'étaient donc pas basés au commissariat de Maidstone. De plus en plus étaient maintenant des contractuels externes, la police ayant renoncé à l'expertise interne au profit de l'aide externalisée pour réduire les coûts.

Et puis il y avait les manœuvres politiques qui auraient lieu par nécessité – obtenir plus d'agents pour rejoindre son enquête, même si la plupart d'entre eux étaient déjà dispersés dans toute la division ouest et surchargés de travail.

Arrivée dans la cuisine, elle s'arrêta un instant près du plan de travail central, incapable de détacher son regard des meubles coûteux et du design élégant.

— Ne fais pas attention aux empreintes de pas, dit Barnes en l'arrachant à ses pensées. Nous avons déjà établi qu'elles appartiennent à Mark et Estelle.

— Et pour Katrina et son agresseur ? Des empreintes qui leur appartiennent ?

Il secoua la tête.

— Penelope Brassick a dit à Kyle au téléphone que Katrina devait commencer ici à dix-neuf heures ce soir. Il n'a commencé à pleuvoir qu'à vingt heures.

Kay observa les plans de travail par ailleurs impeccables et les carreaux brillants.

— Et elle aurait nettoyé après elle si elle avait fait du désordre.

— Quand j'interrogerai les Brassick demain matin, j'aurai une meilleure idée de la routine habituelle de Katrina s'ils la connaissent. Je leur ai déjà envoyé un rapide e-mail pour demander des créneaux horaires pour organiser un appel vidéo.

Jetant un dernier regard par la porte de derrière aux techniciens de scène de crime qui examinaient la voiture de la victime, Kay secoua tristement la tête, puis se tourna vers son collègue.

— Harriet a raison, Ian. Celui qui lui a fait ça est maléfique.

— Et dangereux, chef. Si c'est ce dont il est capable et que nous ne l'avons jamais vu auparavant, alors il pourrait faire ça depuis longtemps.

— C'est ce qui me fait peur.

21

CHAPITRE 3

Kay arpentait la moquette usée devant le tableau blanc, son regard embrassant le motif élimé qui témoignait des nombreuses enquêtes pour meurtre ayant mis à l'épreuve les compétences d'investigation de son équipe par le passé.

Six heures après être rentrée chez elle depuis la scène de crime de la nuit dernière, son réveil avait sonné et elle avait émergé dans une matinée détrempée, les rues de Maidstone inondées de flaques boueuses et de gouttières obstruées par les débris.

Serrant un gobelet fumant de café à emporter, elle leva la tête au son de ses collègues en train de traverser la pièce pour la rejoindre, le grincement caractéristique de la chaise usée de l'enquêteur Gavin Piper perçant à travers le bavardage et le brouhaha général.

Elle parvint à sourire alors que l'enquêteuse Laura Hanway se dépêchait de le rattraper tout en attachant ses cheveux en un chignon désordonné. La jeune détective n'était revenue de vacances que la veille, mais elle avait insisté pour être affectée à l'enquête dès qu'elle avait appris la nouvelle. Des cernes sombres trahissaient son insistance antérieure sur le fait qu'elle était prête à contribuer à l'équipe, et Kay ne doutait pas que la femme en viendrait à regretter sa décision en milieu d'après-midi.

— Il vaudrait mieux s'assurer que le distributeur automatique soit bien approvisionné en dosettes de café, murmura-t-elle à l'agente en uniforme la plus proche du tableau blanc. Je pense que Laura va en avoir besoin.

L'agente Debbie West sourit.

— Ne t'inquiète pas, chef, Barnes s'en est déjà occupé. Et il y a aussi des boissons énergisantes pour Gavin.

— Plein d'énergie et prêt, chef, dit Gavin en levant une canette tout en s'affalant dans sa chaise et en équilibrant un carnet sur son genou.

— Parfait, donc j'aurai deux enquêteurs hyperactifs à gérer dès onze heures, dit Kay. Heureusement que vous allez être occupés.

Un léger rire poli parcourut la salle des opérations, puis elle fit signe à Barnes de la rejoindre.

— Bon, au travail, dit-elle. Pour ceux d'entre vous qui n'ont pas rencontré l'inspecteur Ian Barnes, il agira comme mon responsable adjoint sur cette affaire. Ian, tu veux nous faire un rapide point avant que je ne distribue les tâches de ce matin ?

— Oui, chef.

Barnes déboutonna sa veste et attendit que Kay se soit installée sur une chaise libre.

— Merci à Debbie et à l'équipe administrative d'avoir imprimé ces photos et saisi les déclarations des témoins d'hier soir dans HOLMES2 si rapidement ce matin. Ce que nous savons jusqu'à présent, c'est que la victime est

23

Katrina Hovat. Elle avait quarante-trois ans et travaillait à temps partiel comme femme de ménage pour Penelope et Stephen Brassick, les propriétaires de la maison où elle a été retrouvée assassinée hier soir. Le couple qui l'a découverte, Mark et Estelle Hastings-Jones, avait loué la maison via un site web spécialisé dans la location à court terme de maisons de luxe et ils devaient y séjourner une seule nuit sur leur chemin de retour vers le nord après des vacances en voiture dans le sud de la France. Ils logent maintenant dans les logements du personnel de l'hôtel sur l'A20 entre ici et Charing pendant que nous vérifions leurs déclarations par rapport à ce que nous apprenons de l'agence de location, et cetera.

Il fit une pause pour boire une gorgée de café, puis grimaça.

— Merde, je croyais que le nouveau fournisseur était censé être une amélioration, Debs ?

— C'en est une. Ils sont moins chers, répondit-elle du tac au tac.

Un rire contrit parcourut les officiers rassemblés, puis Barnes se tourna vers les photographies et ils tombèrent dans le silence.

— Lucas confirme qu'il fera l'autopsie ce matin, mais nous savons qu'après avoir torturé Katrina, son meurtrier a tenté de l'étrangler avant de lui trancher la gorge. L'arme n'a pas encore été retrouvée. Il m'a aussi dit que les marques sur son cou suggèrent que quelqu'un portait des gants et a utilisé ses mains plutôt qu'un lien comme celui qui attachait ses poignets. L'étendue complète de ses blessures est horrible, et c'est avant que Lucas ne nous dise ce qu'elle a enduré d'autre. En attendant, l'équipe de

Harriet a fini de traiter la maison à trois heures ce matin, donc ne vous attendez pas à un rapport complet avant bien plus tard aujourd'hui. Ce que Harriet a pu nous dire, c'est que celui qui a fait ça était un professionnel, elle pense qu'il portait des vêtements de protection similaires à ceux que nous portons sur les scènes de crime. Elle a des séries d'empreintes digitales à tester mais nous pensons, étant donné les endroits où elles ont été trouvées, qu'elles appartiennent à Mark et Estelle, aux Brassick ou à Katrina. Les Brassick nous fournissent leurs empreintes via une agence à New York afin de les éliminer dès que possible. Si quelque chose ne correspond pas, alors nous poursuivrons cela comme une piste valable. L'équipe de Harriet vient d'arriver à l'appartement de Katrina ce matin et elle nous donnera une mise à jour une fois que ce sera traité.

Il se tourna vers Kay et leva un sourcil.

— Je pense que c'est tout pour l'instant, chef.

— Merci, Ian.

Kay échangea sa place avec lui et observa chacun des membres de son équipe tour à tour.

— Celui qui a fait ça à Katrina semble être bien entraîné aux méthodes de torture. Les coupures et les égratignures sur ses jambes et son abdomen lui auraient causé une douleur incroyable, mais aucune n'était près d'une artère majeure. Elle n'était pas bâillonnée, donc il voulait qu'elle parle. La question est, à propos de quoi ? Pourquoi a-t-elle été attaquée dans la maison des Brassick et pas dans son appartement ? Que savait-elle qui était si important ?

— Ça démontre une sacrée confiance de la part de

celui qui l'a assassinée, chef, dit Gavin. Et une connaissance de sa routine.

— Elle n'avait pas vraiment de routine, répondit Kay. Elle n'allait faire le ménage chez les Brassick que lorsqu'ils étaient absents si la maison était réservée. S'ils étaient chez eux, elle y allait une fois par semaine.

— Depuis combien de temps sont-ils à New York ? demanda Laura.

Kay scruta par-dessus les têtes de ses collègues jusqu'à ce qu'elle trouve Kyle Walker.

— Kyle ? Tu peux nous en dire plus ?

— Bien sûr, chef.

L'agent en uniforme se leva de son siège.

— Quand j'ai parlé à Stephen Brassick hier soir, il a dit que c'était un séjour de trois mois cette fois. Il doit généralement y aller pour travailler deux à quatre fois par an. Quand il n'est pas à New York, ses employeurs peuvent soit l'envoyer dans leurs bureaux à Zurich, soit il travaille de chez lui et prend le train pour Londres deux fois par semaine. Ça dépend beaucoup de ce dont leurs clients ont besoin.

— Quand les Brassick sont-ils partis pour New York cette fois-ci ?

— Il y a environ dix semaines, donc ils doivent rentrer dans deux semaines.

Il grimaça.

— Il a dit qu'ils iraient probablement chez ses parents à leur retour et vendraient la maison.

— Merci. Qu'en est-il de Mark et Estelle Hastings-Jones ? Est-ce qu'ils ont des alibis pour leur emploi du temps avant leur arrivée à la maison afin que nous puissions les écarter ?

— Monsieur Hastings-Jones a fait le plein d'essence à la station-service juste à côté de la M20 quinze minutes avant d'arriver à la maison, chef, dit Kyle. Et il avait le reçu pour le prouver. J'ai quand même demandé les images de vidéosurveillance à la station pour vérifier.

— Bien, merci.

— Tu penses que les Brassick auraient pu être la cible visée, et non Katrina ? demanda Gavin.

— C'est une possibilité, répondit Kay en griffonnant sa suggestion sur le tableau. J'aimerais que toi et Laura fassiez l'entretien vidéo que Debbie est en train d'organiser avec eux pour plus tard aujourd'hui. Découvrez s'ils ont reçu des menaces au cours de l'année écoulée, et ce qu'ils savent sur les antécédents de Katrina. Aaron, où en est-on avec les déclarations des voisins ?

L'agent de police éleva la voix pour se faire entendre.

— Elles sont toutes complètes, chef, et nous allons les intégrer dans HOLMES2 après le briefing. Comme nous le soupçonnions, la maison des Brassick étant si isolée, aucun d'entre eux n'a rien entendu et ils ont été extrêmement choqués par la nouvelle de la mort de Katrina. Cela dit, un seul voisin l'a déjà vue, et c'était uniquement lorsque sa voiture a eu un pneu crevé dans la ruelle il y a environ quatre semaines. Aucun des voisins n'utilise les services de nettoyage de Katrina, et aucun d'entre eux ne connaît les Brassick autrement qu'en passant.

— D'accord, merci. Laura, quand toi et Gavin parlerez aux Brassick, vous pouvez leur demander pourquoi Katrina était là il y a quatre semaines ? S'ils avaient des invités qui louaient la maison à ce moment-là, j'aimerais avoir leurs coordonnées.

— Je m'en occupe, chef.

— Concernant la voiture de Katrina, Laura, encore une fois, tu peux faire un suivi avec l'équipe de Harriet à ce sujet et contacter le registre des permis pour voir quel est son dossier de conduite ? Aaron a dit qu'un voisin a mentionné un pneu crevé, alors vois si tu peux savoir où elle l'a fait réparer aussi.

Kay tourna son attention vers Gavin.

— J'aimerais que tu assistes à l'autopsie ce matin. Emmène Laura avec toi. Lucas a confirmé que ce sera à onze heures quinze, donc cela vous donne à tous les deux le temps de vous occuper de ces autres tâches avant de vous rendre à l'hôpital de Darent Valley.

Le front de l'enquêteur se plissa, mais il reporta son attention sur son carnet.

Elle compatissait avec lui – observer une autopsie n'était jamais une partie facile d'une enquête, mais encore moins lorsqu'une victime avait été torturée. Pourtant, elle savait que lui et Laura tireraient beaucoup de cette expérience et appliqueraient ce qu'ils apprendraient dans de futures enquêtes.

— Bien, avant que je me rende à l'appartement de Katrina avec Ian, où est Nadine ?

Kay attendit qu'une petite agente en uniforme se lève d'une chaise en bordure du groupe, les joues en feu.

— Tout le monde, je vous présente l'agente Nadine Fenning, qui nous rejoint aujourd'hui de Tonbridge.

Elle attendit qu'une série de salutations polies s'estompe, puis continua.

— Kyle, j'aimerais que tu travailles avec Nadine et Debbie pour examiner les profils de réseaux sociaux de Katrina. Tout d'abord, nous avons besoin des coordonnées des proches parents de toute urgence. Je ne veux pas que sa famille apprenne son meurtre par les informations ou quoi que ce soit d'autre avant que nous ayons eu l'occasion de leur parler. Après cela, cherchez l'évident, tout ce qui pourrait montrer des disputes potentielles qui ont mal tourné, ou des incidents où elle a été menacée. Essayez de comprendre quel genre de personne elle était quand elle ne travaillait pas. Nous devons aussi savoir ce qu'elle faisait d'autre comme travail. Elle a réussi à avoir une voiture et à louer un appartement, donc elle devait avoir pas mal de clients pour ses services de nettoyage. Avec un peu de chance, Dave Morrison aura trouvé quelque chose pour nous aider en fouillant l'appartement, mais l'angle des réseaux sociaux est important aussi.

— Des nouvelles de son téléphone portable ? demanda Laura.

— Pas encore, Harriet a confirmé juste avant ce briefing qu'ils ne l'ont pas trouvé lors de la fouille de la propriété des Brassick, ni dans le sac à main ou la voiture de Katrina.

Kay tapota son stylo contre le tableau, puis pivota sur ses talons.

— Aaron, tu peux mettre en place une recherche urgente de la ruelle depuis la maison des Brassick jusqu'à la route principale ? Peut-être que son meurtrier s'est débarrassé du téléphone après avoir quitté les lieux.

— Je m'y mets dès que nous aurons terminé ici, chef.

Kay parcourut du regard les notes tourbillonnantes qui s'entrecroisaient désormais sur le tableau blanc et elle sentit une énergie renouvelée la traverser alors qu'elle faisait face à son équipe.

— Bien, tout le monde, c'est tout pour l'instant. Trouvons ce meurtrier.

CHAPITRE 4

Ian Barnes jura entre ses dents tandis qu'une petite voiture cabossée reculait dans la dernière place disponible dans la rue de Katrina Hovat, puis il lança un regard noir au conducteur en passant devant.

À côté de lui, Kay sourit.

— Tu vas devoir t'habituer à marcher bientôt, tu sais. Où est-ce que vous allez avec Pia ?

— Dans les Pyrénées.

— Beaucoup de marche là-bas. Beaucoup d'air frais, de nourriture saine—

— Arrête, chef.

Il secoua la tête, incapable de réprimer un sourire.

— Je suppose que toi et Pia avez encore comploté ?

— Il se pourrait qu'on ait pris un café l'autre jour, répondit-elle avec désinvolture. Et elle *pourrait* avoir laissé entendre que je devrais arrêter de t'acheter des déjeuners pendant un moment.

— Tu as vu la mixture que j'ai dû apporter au travail

hier ? Je veux dire, depuis quand les noix et les morceaux de melon ont leur place dans une salade ?

Sa collègue rit de son indignation.

— Les noix sont bonnes pour les protéines. Et il reste encore cinq mois...

Il gémit en réponse, puis se redressa lorsqu'un SUV quitta une place près de l'intersection avec la prochaine rangée de maisons mitoyennes en briques rouges.

— Bingo.

Ouvrant la marche vers la maison subdivisée où se trouvait l'appartement de Katrina, Barnes évita des tas de crottes de chien et remarqua que le trottoir plein de nids-de-poule était parsemé de zones rapiécées par les compagnies de services publics, laissant une surface inégale qui fit jurer Kay plusieurs fois avant qu'ils n'atteignent la propriété.

Il s'arrêta devant le muret de briques délabré qui séparait la maison de trois étages de la route et observa la pelouse envahie.

Un mouvement à la porte d'entrée commune attira son attention, puis l'agent Dave Morrison jeta un coup d'œil.

— Inspecteur, chef. Vous voulez monter ?

— Bonjour, Dave. Qui est ici avec toi ?

— Un nouveau, Sean Gastrell, répondit l'agent. Il vient de finir sa période probatoire et sait ce qu'il fait, alors je l'ai laissé en haut avec l'équipe de Harriet pour en apprendre davantage.

Barnes sourit. Peu d'agents expérimentés choisiraient de gérer un cordon et de laisser quelqu'un d'autre être au cœur d'une enquête, mais ce n'était pas le style de Dave.

— Comment s'en sort-il ?

— Bien. Il semble avoir vraiment écouté ce qu'on lui a enseigné pour commencer, et il pose des questions intelligentes comparé à certains des autres jeunes que le QG nous a envoyés par le passé.

Dave fit un clin d'œil.

— Je pense qu'on devrait le garder, chef.

— Noté. On verra ce qu'on peut faire.

Kay griffonna sa signature sous celle de Barnes et sortit des gants de protection de son sac, lui en tendant une paire.

— Ça suffira, Dave, ou ils veulent qu'on mette des combinaisons complètes ?

— Les gants suffisent, chef.

— Et les deux autres résidents ? demanda Barnes. Quelqu'un a eu l'occasion de leur parler ?

— Celui d'ici, à cet étage, est au travail en ce moment. J'ai parlé au type à l'étage qui vient de rentrer d'un travail de nuit à Ashford. Heureusement, c'est aussi le propriétaire, donc il m'a donné le numéro de téléphone de l'autre locataire. Je le rappellerai plus tard pour organiser une déposition. J'ai aussi mentionné au propriétaire, Harry Knowles, que vous voudriez probablement lui parler aussi.

— Super, merci. Allons-y, après toi.

Barnes fit signe à Kay de passer devant, montant péniblement les escaliers dans son sillage, et essayant de ne pas avoir l'air trop essoufflé lorsqu'ils atteignirent le sommet.

Elle lui sourit par-dessus son épaule, mais ne dit rien.

En réponse, il leva les yeux au ciel, la dépassa et passa la tête par la porte ouverte de l'appartement trois.

— Il y a quelqu'un ?

Un jeune agent aux cheveux couleur sable coupés court et aux yeux verts saisissants sortit d'une pièce sur la droite de l'étroit couloir, un carnet et un stylo à la main.

— Inspecteur ?

— Inspecteur Ian Barnes, et voici la responsable de cette enquête, l'inspectrice principale Kay Hunter.

Les yeux de l'agent s'écarquillèrent légèrement.

— C'est un honneur de faire partie de votre équipe, chef.

— Oh, n'allons pas si vite.

Kay sourit.

— Vous n'avez pas encore travaillé avec moi.

— Quand même...

Les joues de l'agent devinrent écarlates.

— Qu'avez-vous observé jusqu'à présent, Sean, c'est ça ?

— Oui, chef. Eh bien, Gareth et Patrick ici, les techniciens de la Crim', sont arrivés il y a deux heures, et ont traité le salon, la salle de bain et la chambre jusqu'à présent. C'est un endroit exigu, donc ça ne leur prend pas longtemps...

Il leur fit signe de franchir le seuil et les conduisit dans un espace de vie qui se fondait dans une petite kitchenette.

Une table en bois nu se tenait près du four, accompagnée de deux chaises dépareillées et ébréchées, tandis que le salon se composait d'une paire de fauteuils, d'une étagère à livres, et pas grand-chose d'autre.

— Pas de télé ? dit Barnes.

— Il y en avait une jusqu'à récemment, répondit Sean.

Il montra la peinture décolorée sur le mur en face des

fauteuils, puis une ligne de poussière sur un meuble en dessous.

— On dirait qu'elle est partie.

— Volée ?

— Aucun signe d'effraction, Ian.

Un des techniciens émergea de la chambre plus loin dans le couloir et baissa son masque.

— Je pense qu'elle l'a mise au clou. On a trouvé un reçu pour ça et un ordinateur portable dans la chambre.

Il tendit deux sacs en plastique pour preuves, et Barnes regarda les noms en haut du reçu.

— Merci, Gareth. Je connais cet endroit. Ils sont en règle, ce qui aidera.

Il les tendit à Kay et sortit son téléphone portable.

— On devrait envoyer quelqu'un là-bas pour récupérer l'ordinateur portable comme preuve.

Sean s'éclaircit la gorge.

— Je l'ai déjà fait, inspecteur, juste avant que vous n'arriviez ici. J'ai pensé que ce serait important.

— Bon travail, agent. Vous savez qui a été envoyé là-bas ?

— Non, le central n'a pas donné de nom, ils ont juste dit qu'ils enverraient quelqu'un là-bas dès que possible.

— D'accord.

Barnes rendit les sacs pour que les techniciens puissent les enregistrer correctement comme preuves.

— Autre chose ?

— Pas vraiment.

Le technicien haussa les épaules.

— Elle n'a certainement pas été attaquée ici, il n'y

avait aucun signe d'effraction, et il y a de la poussière partout.

Kay fronça les sourcils.

— Elle était employée comme femme de ménage. Ça me surprend.

— Vous savez ce qu'on dit des maçons, chef, sourit Barnes. Trop occupés pour travailler sur leurs propres maisons la moitié du temps. Ça aurait pu être pareil pour Katrina. Je veux dire, le ménage ne paie pas beaucoup, elle devait avoir plus d'un boulot, je pense.

— Quelque chose qui suggère ça ?

Kay reporta son attention sur l'agent de la police scientifique.

— Oui, attendez une seconde.

L'agent disparut de nouveau dans la chambre, puis réapparut avec un sac à preuves plus volumineux.

— Nous avons un dossier contenant toutes ses factures de services publics et ses relevés bancaires, nous vous l'enverrons plus tard. J'ai jeté un coup d'œil rapide aux relevés bancaires, et il y a des dépôts en espèces réguliers. Ce carnet de rendez-vous était aussi sur la table de chevet.

— Donc elle vend l'ordinateur portable et passe à un système papier, murmura Barnes tandis que Kay feuilletait les pages.

— Et seulement au cours des quatre dernières semaines, dit-elle. Pas de noms ici, cependant. Juste des initiales.

— Nous devons trouver ce téléphone portable.

Barnes jeta un coup d'œil au technicien.

— Je suppose que—

L'homme secoua la tête.

— Désolé. Nous avons presque terminé ici, et nous n'avons rien trouvé.

— Pas caché quelque part comme dans le réservoir des toilettes ?

— Rien de ce genre, non.

Il désigna les différentes prises électriques autour de l'appartement.

— Nous avons même vérifié derrière les prises par précaution.

— Nous allons avoir besoin que ce carnet soit envoyé à la salle des opérations le plus rapidement possible, dit Kay.

— Dès que nous aurons terminé ici, nous nous assurerons que les registres de preuves sont complétés et vous pourrez avoir le tout.

— Ça vous dérange si nous jetons un coup d'œil nous-mêmes ?

— Je vous en prie. Donnez-nous juste cinq minutes pour ranger dans la chambre.

Pendant que Sean s'éloignait pour se tenir près de la porte d'entrée, Barnes se dirigea vers les placards de la cuisine, les ouvrant l'un après l'autre avec un sentiment croissant de malaise.

— Même Emma mangeait mieux que ça quand elle était à l'université, dit-il en fermant une autre porte. Katrina ne vivait apparemment pas avec beaucoup plus que des céréales et des conserves.

— Le réfrigérateur n'est guère mieux, vint la réponse étouffée de Kay.

Elle ferma brusquement le compartiment congélateur et se redressa.

— Juste un quart de litre de lait, une miche de pain

largement périmée, et un sac entamé de petits pois surgelés.

— Rien n'est apparu dans le système en ce qui concerne les services sociaux, chef.

Barnes se frotta le menton.

— Laura a fait une vérification rapide ce matin, et Katrina ne recevait aucune aide sociale.

— Ce qui suggère qu'elle avait peut-être un autre emploi en plus du nettoyage à temps partiel. Mais pourquoi vendre sa télévision ? On n'en tire pas grand-chose d'occasion de nos jours, pas avec tous les magasins qui font des soldes sur les nouveaux stocks chaque mois. Et pourquoi vendre ça et l'ordinateur portable à un prêteur sur gages plutôt qu'en ligne ? Elle aurait gagné un peu plus d'argent de cette façon.

— Peut-être qu'elle avait besoin d'argent en urgence, surtout si elle devait acheter de la nourriture. Et peut-être qu'elle espérait pouvoir se permettre de les racheter à un moment donné.

Il soupira.

— Eh bien, à part ce carnet et les relevés bancaires, nous n'avons pas grand-chose pour avancer, n'est-ce pas ?

Kay se tourna vers la porte.

— Nous ferions mieux d'espérer que Kyle et Nadine aient plus de chance avec les comptes sur les réseaux sociaux.

CHAPITRE 5

Gavin enfonça ses mains dans les poches de son pantalon et plissa les yeux en regardant les imposantes et larges fenêtres de l'hôpital de Gravesend, et il essaya d'ignorer la sensation nauséeuse qui s'emparait de lui.

Peu importe ses efforts, il ne parvenait jamais à accueillir la perspective d'une autopsie avec le stoïcisme de Kay, malgré la conscience que ce qu'ils allaient apprendre au cours du processus pourrait être crucial pour l'enquête.

— On va être en retard si tu restes planté là plus longtemps, grommela Laura en le regardant par-dessus le toit de la voiture. Et tu me rends encore plus nerveuse.

Il desserra sa cravate, s'éclaircit la gorge, puis se dirigea vers une porte en verre teinté sur la gauche de l'imposante structure, la tenant ouverte pour elle.

Les semelles de leurs chaussures couinaient sur le carrelage très poli, leur bruit se répercutant sur les murs en plâtre qui étaient nus à l'exception d'un panneau d'affichage obligatoire couvert d'affiches de sécurité et d'un extincteur fixé sur un support en dessous.

Un escalier les mena au deuxième étage, et ils suivirent le couloir en passant devant les services de radiologie et d'IRM jusqu'à une porte unique au bout du corridor.

Gavin pouvait presque sentir un frisson caresser ses épaules lorsqu'il poussa la porte pour entrer dans la suite de la morgue.

Une mince silhouette blême se tenait derrière un bureau solitaire et leva les sourcils en signe de bienvenue.

— Je pensais que vous n'alliez pas venir. Se garer était un enfer comme d'habitude ?

— Quelque chose comme ça. Il a déjà commencé, Simon ?

— Non, il n'a pas commencé, répondit une voix agitée derrière lui.

Gavin se retourna pour voir le médecin légiste du quartier général, Lucas Anderson, dans l'embrasure de la porte, équilibrant deux gobelets de café à emporter et une tablette.

Il tendit l'une des boissons à son assistant et fit un signe du menton vers un couloir sombre sur le côté.

— Vous deux, allez vous changer. Je vous retrouve là-bas.

Lucas fit une pause pour boire une gorgée de son café.

— Et je vous préviens tout de suite, ce n'est pas un cas facile.

Laura pâlit.

— À ce point ?

— Allez vous préparer.

Les yeux du médecin légiste s'adoucirent.

— Plus vite on commence, plus vite vous pourrez retourner à Maidstone et informer Kay de ce qu'on aura trouvé.

— Ce n'est pas rassurant, marmonna Gavin en suivant Laura, puis il se dirigea vers le vestiaire des hommes.

Pendant qu'il enfilait une charlotte sur ses cheveux et nouait le pantalon ample à sa taille, il essaya de se concentrer sur sa respiration, pour tenter désespérément de ralentir son rythme cardiaque. Kay lui avait dit par le passé que sa réaction était normale, que c'était le signe qu'il se souciait des victimes pour lesquelles ils cherchaient justice, mais pour l'instant, cela ne faisait pas grand-chose pour apaiser l'énergie nerveuse qui parcourait ses veines.

Il aperçut son reflet dans le miroir au-dessus d'un petit lavabo dans le coin de la pièce et s'arrêta, remarquant qu'il était aussi pâle que Laura l'avait été.

Katrina Hovat avait été brutalement agressée, puis tuée, seule et terrifiée.

Il lui devait de faire son travail du mieux possible.

Redressant les épaules, il ouvrit la porte d'un coup et remonta son masque alors que Laura émergeait de l'autre vestiaire, ses longs cheveux cachés sous sa charlotte, son visage d'une pâleur mortelle.

— Prête ? demanda-t-il.

Elle hocha la tête, mais ne répondit rien, puis emboîta le pas à ses côtés.

Poussant les doubles portes au bout du court couloir, Gavin entra dans la salle d'examen et prit immédiatement conscience du triste spectacle du corps de Katrina exposé, les dommages à son corps frêle d'autant plus saisissants qu'ils étaient illuminés par les puissantes lumières au-dessus.

Lucas était penché sur son abdomen, un scalpel à la main, et regarda par-dessus son masque alors qu'ils s'approchaient.

— J'espère que ça ne vous dérange pas, mais j'ai commencé. J'en ai huit à faire aujourd'hui, dont deux pour l'Essex.

— Encore en sous-effectif ? demanda Laura.

— Comme toujours.

Simon Winter s'éloigna de sa position près d'un ordinateur portable et prépara une scie électrique pour Lucas.

— Nous n'avons pas eu de week-end de repos depuis plus d'un mois.

— Enfin, c'est comme ça.

Lucas prit la scie de ses mains et actionna un interrupteur.

— Reculez un moment tous les deux, je n'en ai pas pour longtemps.

Gavin détourna les yeux, remarquant que Laura se retournait et semblait soudainement intéressée par une pile de dossiers médicaux sur le bureau de Simon pendant que la lame de la scie grinçait.

Finalement, l'horrible son s'atténua, et il regarda à nouveau vers la table d'examen pendant que Lucas commençait à extraire les organes vitaux et les passait à Simon pour être pesés.

— Bien, donc à part les blessures subies lors de l'attaque, je dirais que notre victime avait un poids insuffisant pour son âge avec une perte de masse considérable au niveau de l'abdomen. Vous pouvez voir ici où la peau pend de façon lâche.

— Kay et Barnes ont envoyé un message plus tôt pour dire qu'il n'y avait presque pas de nourriture dans son appartement, dit Gavin en s'approchant, plus courageux maintenant que le pire semblait être passé. Est-ce qu'elle était sous-alimentée ?

— Elle s'en approchait. Cette peau lâche suggère certainement une perte de poids rapide.

Lucas se déplaça vers les épaules de Katrina et tourna doucement son crâne dans ses mains.

— Celui qui a essayé de l'étrangler avant d'utiliser un couteau avait des doigts assez longs, et forts aussi. Regardez la façon dont les ecchymoses marquent sa peau ici. Ensuite, nous avons les coups au visage.

— Elle a été frappée à coups de poing ? demanda Laura, son intérêt piqué.

— Je dirais que oui. Mais ensuite, elle a aussi été frappée *avec* quelque chose. Donc vous devrez vérifier avec les preuves que l'équipe de Harriet a trouvées pour voir si vous pouvez trouver une arme. Regardez, vous pouvez voir des indentations profondes ici où quelque chose de pointu s'est enfoncé dans sa peau à chaque fois.

— Un ornement peut-être ? suggéra Gavin.

— Peut-être. Je n'ai pas trouvé de traces de bois ou de métal, donc cela pourrait vous aider à réduire les possibilités. Et la façon dont sa gorge a été tranchée... pour moi, cela suggère de la frustration de la part de son tueur que l'étranglement n'ait pas fonctionné. Regardez la profondeur de la blessure initiale ici.

Lucas reposa doucement la tête de Katrina sur un bloc

de support et descendit le long de son corps, énumérant chacune de ses blessures pour que Gavin puisse les noter.

— Ici, nous avons des ecchymoses importantes et des égratignures sur ses cuisses, et ici...

Lucas fit une pause et cligna des yeux.

— Eh bien, comme je l'ai dit, c'est l'un des pires meurtres que j'ai vus depuis longtemps.

— Est-ce qu'elle a été violée ? murmura Laura.

Le médecin légiste hocha la tête.

— Du sperme que nous pourrions utiliser pour une analyse ADN ? demanda Gavin.

— Elle n'a pas été pénétrée de manière... normale, répondit Lucas en soutenant son regard. Celui qui lui a fait ça a utilisé un objet contondant. J'ai demandé à Harriet de retourner sur la scène pour voir ce qu'elle peut trouver.

Gavin entendit Laura aspirer brusquement, il sentit la bile lui monter à la gorge, et il détourna le regard du corps de Katrina un instant, les poings serrés.

— Bon sang, murmura Laura.

Clignant des yeux, il essaya de se reconcentrer sur les questions que soulevaient les blessures de la femme.

— Y a-t-il eu d'autres attaques de ce genre récemment ? Je veux dire, en dehors de la région de Maidstone. Je ne me souviens de rien de tel dans notre secteur.

— Rien que j'aie eu à traiter depuis que Kay a mis Jozef Demiri derrière les barreaux, répondit Lucas. Je vais me renseigner auprès de mes collègues et je vous tiendrai au courant.

— Merci.

Ébranlé, Gavin suivit Laura hors de la salle d'examen

et s'arrêta devant le vestiaire des hommes quand il l'entendit renifler bruyamment.

— Hé, tu veux qu'on s'arrête quelque part de calme pour boire un verre sur le chemin du retour ?

Elle se retourna alors, et il vit la rougeur dans ses yeux alors qu'elle retenait ses larmes. Elle renifla à nouveau, puis hocha la tête.

— Ouais. Bonne idée, merci.

— On va l'attraper, ne t'inquiète pas.

Il arracha son masque de protection et desserra la combinaison au col, ayant soudain trop chaud dans l'étroit couloir.

— On va trouver le salaud qui lui a fait ça.

Laura s'essuya les yeux, puis ouvrit d'un coup de pied la porte du vestiaire des femmes.

— Tu peux compter là-dessus, Piper.

CHAPITRE 6

Laura se pencha et ajusta la webcam fixée en haut de l'écran d'ordinateur, lançant un regard noir à l'image qui lui était renvoyée.

Elle s'était précipitée dans les toilettes pour dames du pub que Gavin avait trouvé sur la M2 en retournant à Maidstone, pour corriger les traces de mascara sous ses yeux et réappliquer du rouge à lèvres, mais elle ne pouvait rien faire contre l'expression hantée dans ses yeux qui s'ajoutait à un teint déjà marqué par le décalage horaire.

Le temps qu'elle retourne à la table que Gavin avait trouvée dans un coin isolé, il avait déjà bu la moitié de son café et regardait dans le vide.

Il avait appelé Leanne, sa petite amie, dès qu'ils étaient arrivés au commissariat, pour lui dire qu'il travaillerait tard, et il n'avait plus rien dit à propos de l'autopsie jusqu'à ce que Dave Morrison se renseigne.

Ils n'avaient partagé que les détails les plus succincts avec l'agent en uniforme, qui était reparti en secouant la tête.

Maintenant, elle essayait de repousser le souvenir de la salle d'examen de Lucas au fond de son esprit et parcourait plutôt des yeux la liste de questions qu'elle et Gavin avaient préparées pour leur visioconférence avec Penelope et Stephen Brassick.

En raison du décalage horaire de cinq heures, le soleil se couchait déjà derrière les bâtiments lorsque Gavin entra, les cheveux fraîchement lavés et accompagné d'un parfum distinct de bois de santal.

— Tu t'es douché ? le taquina-t-elle doucement tandis qu'il s'asseyait à côté d'elle. Tu sais qu'ils ne peuvent pas te sentir ?

— Je sens encore cette fichue morgue, grogna-t-il.

— Désolée.

Il soupira.

— Moi aussi. Je ne voulais pas être agressif. Comment tu te sens ?

— Je pense que je vais me servir un bon verre quand je rentrerai. Un grand.

— Tu as quelqu'un à qui parler chez toi ?

— J'ai rompu avec Tyler le mois dernier.

— Désolé.

— Ne le sois pas.

Elle sourit.

— Tu avais raison, c'est un connard.

Gavin étouffa un rire, puis fit un signe de tête vers l'écran alors que la connexion s'établissait, et une femme aux cheveux noirs d'une quarantaine d'années apparut à l'écran.

Elle portait une veste de tailleur gris clair sur une

chemise bleu pâle ; le mur derrière elle était une série de petits carreaux carrés couleur crème.

— Détectives Piper et Hanway ? Je suis la détective Adrienne DaCosta, du 10ème district. Nous sommes le commissariat local des Brassick, alors j'ai pensé prendre un moment pour me présenter, dit-elle, puis elle brandit un mince dossier. Je suis également celle qui fait la liaison avec votre agent pour obtenir leurs empreintes digitales à des fins d'élimination, donc je les enverrai par e-mail pendant que vous leur parlerez.

Laura éleva un peu la voix pour contrer la connexion Internet instable.

— Merci pour votre aide à ce sujet, et pour avoir aidé à organiser cet entretien, détective DaCosta.

— Je vous en prie.

La femme haussa les sourcils en entendant des voix hors champ, puis jeta un coup d'œil en arrière.

— Monsieur et madame Brassick sont là, alors je vais vous laisser leur parler. Ils savent qu'ils peuvent m'appeler s'il y a des problèmes techniques ou si vous avez besoin d'aide supplémentaire de ce côté-ci.

— Merci.

Laura attendit que la détective attrape le dossier et cède la place à un couple dans la cinquantaine avancée, leurs visages mornes.

Penelope Brassick était habillée impeccablement, un collier de perles accentuant une robe tailleur bleu marine qui, malheureusement, ne faisait rien pour les cernes sous ses yeux, tandis que son mari portait une veste de costume noire sur un jean et une chemise blanche. Une barbe de plusieurs jours couvrait son menton, et pas de manière élégante.

Laura réalisa qu'aucun d'eux n'avait probablement beaucoup dormi depuis qu'Aaron Stewart les avait appelés la veille au soir pour leur annoncer le meurtre de Katrina.

— Monsieur et madame Brassick, merci d'avoir pris le temps de nous parler aujourd'hui, commença-t-elle.

— S'il vous plaît, appelez-nous Stephen et Penelope.

L'homme passa une main dans ses cheveux clairsemés, puis fit un geste vers sa femme.

— Je suis désolé, nous sommes encore sous le choc. Je... je n'arrive pas à croire que quelque chose comme ça soit arrivé à Katrina. Dans notre maison...

Laura leur laissa un moment, puis jeta un coup d'œil à ses questions.

— Depuis combien de temps employiez-vous Katrina ?

— Nous ne l'employions pas directement, elle est venue chez nous par l'intermédiaire d'une agence à Maidstone, expliqua Penelope, sa voix trahissant la plus légère trace d'un accent américain adopté. Nous n'étions pas satisfaits du service que nous recevions de l'agence précédente, alors j'ai appelé plusieurs endroits pour trouver quelqu'un d'autre, et ils nous ont envoyé Katrina.

— Nous avons tout de suite vu que c'était une travailleuse consciencieuse, ajouta Stephen. C'était le genre de personne à qui il ne fallait pas répéter les choses deux fois et qui n'avait pas peur de prendre des initiatives.

— Hovat ne semble pas être un nom anglais, d'où venait-elle à l'origine ?

— De la République tchèque.

— Depuis combien de temps faisait-elle le ménage pour vous ?

— Par intermittence depuis six mois. Elle a commencé au nouvel an.

L'homme tendit la main et serra celle de sa femme.

— On a l'impression que ça fait plus longtemps que ça, dans le bon sens du terme.

— C'était agréable de l'avoir autour de nous, ajouta Penelope en tamponnant ses yeux avec un mouchoir. J'ai été tellement impressionnée la première fois que je lui ai demandé de venir faire le ménage chaque semaine pendant que nous étions à la maison. C'était rassurant pour nous de l'avoir à disposition pour nettoyer quand nous louions la maison aussi.

— Vous avez dit que vous n'avez jamais eu de problèmes avec elle ou son travail, dit Gavin. Mais y a-t-il eu un moment où vous avez senti qu'elle s'inquiétait de quelque chose ?

— Pas du tout. Comme Stephen l'a dit, elle était consciencieuse.

— Et j'espère qu'elle savait qu'elle aurait pu nous parler si elle s'inquiétait de quoi que ce soit, ajouta son mari.

— Les agents qui sont arrivés les premiers sur les lieux ont remarqué que vous avez des caméras de sécurité à l'extérieur de votre maison...

Laura s'interrompit lorsque Penelope leva la main.

— Tout ce dont vous avez besoin, quoi que ce soit, nous sommes heureux de vous le fournir. Stephen a accès au flux des caméras sur son ordinateur portable, donc si vous nous donnez une adresse e-mail, nous vous accorderons un accès administrateur plutôt que d'essayer de télécharger les fichiers d'ici.

— Ils peuvent devenir assez volumineux, surtout s'ils tournent toute la nuit quand le renard du coin est dans les parages, ajouta son mari.

— Ce serait apprécié, merci. Vous avez dit que Katrina ne vous a pas fait part de préoccupations la dernière fois que vous l'avez vue, mais semblait-elle distraite, peut-être en vérifiant son téléphone plus souvent, ou en prenant des appels en privé ?

Le couple se regarda, puis se tourna vers Laura.

— Pas que je me souvienne, dit Stephen.

— Moi non plus, ajouta Penelope.

— Une dernière question : pourriez-vous me donner les coordonnées de l'agence par laquelle vous avez eu Katrina ?

— Bien sûr.

L'autre femme sortit son téléphone portable de son sac et récita le numéro.

— J'avais l'habitude de parler à quelqu'un là-bas qui s'appelait Madeleine quand je voulais que Katrina fasse le ménage pendant notre absence.

— Merci, et merci pour votre temps aujourd'hui, surtout dans des circonstances aussi difficiles, dit Laura en fermant son carnet. Avez-vous besoin que nous appelions quelqu'un pour vous, peut-être un serrurier local pour réinitialiser votre système de sécurité ?

— Ne vous inquiétez pas, je peux le faire en ligne via un système différent de celui des caméras et définir un nouveau code, dit Stephen.

Il esquissa un sourire ironique.

— La technologie, hein ?

CHAPITRE 7

Un matin ensoleillé de juin accueillit Kay le lendemain lorsqu'elle se gara au commissariat de Palace Avenue.

Elle hissa son sac à main sur son épaule, accrocha sa carte de sécurité à la ceinture de son pantalon, et équilibra un mug de voyage en acier inoxydable dans une main pour passer par la porte de derrière dans un couloir peint en beige, où elle fit un signe de tête à Ellis Hughes au bureau d'accueil.

— La nuit a été calme ? demanda-t-elle en regardant à travers une épaisse vitre dans une porte qui les séparait du bloc cellulaire.

— Pour une fois.

Le sergent en uniforme la regarda par-dessus ses lunettes.

— Vous voudrez peut-être avoir un mot avec Gavin et Laura quand vous monterez, chef, si vous me permettez de le dire.

Kay fronça les sourcils.

— L'autopsie ?

— Ils avaient l'air sous le choc tous les deux quand ils sont revenus hier après-midi.

Hughes secoua tristement la tête.

— Et ils ont suffisamment d'expérience maintenant pour qu'il en faille beaucoup pour les ébranler.

— Merci. J'apprécie l'avertissement.

Elle parvint à esquisser un petit sourire.

— J'espère qu'à présent la plupart des membres de l'équipe savent qu'ils peuvent me parler de tout, mais un rappel de temps en temps ne fait pas de mal.

— Exactement ce que je pense, chef.

Il lui fit un clin d'œil.

— Maintenant, vous feriez mieux de monter avant que ce café ne refroidisse.

— À plus tard.

Kay poussa une porte sécurisée intérieure vers la cage d'escalier et regarda en bas vers le parking.

Toutes les voitures des membres de son équipe qui avaient des places attribuées étaient présentes, et le reste était rempli de véhicules de police de formes et de tailles variées. Elle accéléra le pas quand elle aperçut une moto familière garée à côté de la voiture de Barnes, son conducteur en train d'attendre à côté d'un coffre ouvert, et elle atteignit le palier au moment où Laura émergeait du couloir du deuxième étage, déterminée dans sa démarche.

— Bonjour, chef.

— Bonjour. Pourquoi cette précipitation ?

En réponse, Laura brandit un sac à preuves contenant un vieil ordinateur portable.

— Kyle Walker a trouvé ça dans une boutique de prêteur sur gages en ville hier soir.

— C'est celui de Katrina ?

— Oui, le propriétaire a toujours sa télé aussi. Apparemment, elle était d'accord pour qu'il la vende, mais elle prévoyait de revenir chercher l'ordinateur.

— Ah, ça explique pourquoi j'ai vu Andy Grey dehors.

— Il est venu le récupérer. Aucun d'entre nous ne peut aller à Northfleet avant cet après-midi, et j'ai supposé que tu voudrais qu'il y jette un œil dès que possible.

— Tu as bien deviné. Merci.

Kay se déplaça sur le côté pour laisser passer l'autre femme.

— Laura ?

La jeune enquêteuse s'arrêta quelques marches plus bas dans l'escalier et regarda par-dessus son épaule.

— Oui, chef ?

— Viens me voir si tu as besoin de parler à propos de l'autopsie d'hier, d'accord ? Ça n'a pas dû être facile à gérer.

— C'est vrai, chef. Et merci, je le ferai peut-être. Gavin et moi nous sommes arrêtés pour un café en revenant, mais...

— Parfois, c'est bien de parler à quelqu'un de différent, non ?

— Ouais. Surtout avec un cas comme celui-là. Tu parleras aussi à Gavin, n'est-ce pas ?

— Je le ferai. Je vais m'assurer aussi que Barnes soit au courant au cas où il serait plus à l'aise pour en parler avec un autre homme.

— Merci.

Laura leva l'ordinateur portable.

— Je devrais y aller.

— Je vais attendre que tu sois revenue avant de commencer le briefing.

Quand elle entra dans la salle des opérations, les poils fins sur sa nuque se hérissèrent d'anticipation. Il y avait déjà plusieurs officiers assis à leurs bureaux, la tête penchée sur leur écran d'ordinateur ou le téléphone à l'oreille, leurs voix rivalisant avec le bourdonnement de l'imprimante et du photocopieur surchargés et le bruit des membres de l'équipe en train de s'interpeler à travers la pièce avec des demandes urgentes.

Tout était urgent maintenant.

Kay plaça son sac sous son bureau et traversa jusqu'au tableau blanc où se tenait Barnes, la mâchoire serrée.

— J'ai croisé Laura en montant ici, dit-elle.

— Kyle a bien fait de récupérer l'ordinateur portable si rapidement. Andy était en bas ?

— Sur le parking, à l'attendre. Espérons que, vu l'âge de cet ordinateur portable, il ne lui faudra pas longtemps pour y accéder une fois de retour au QG.

Elle but une gorgée de café.

— J'ai un service à te demander. Tu peux parler à Gavin ce matin et t'assurer qu'il va bien après l'autopsie. J'ai jeté un œil au rapport de Lucas hier soir, et c'était une lecture plutôt bouleversante.

Il hocha la tête.

— Je l'ai lu en arrivant, et ne t'inquiète pas, je vais lui parler.

— Merci.

Elle se retourna alors que la porte de la salle des opérations s'ouvrait et que Laura réapparaissait, les joues rouges d'avoir couru les deux étages.

— Tout s'est bien passé avec Andy ?

— Il dit qu'il t'appellera dès qu'il aura quelque chose, chef.

— D'accord. Alors on commence.

Elle laissa un moment à son équipe pour s'installer sur des chaises ou s'appuyer contre les bureaux les plus proches du tableau, puis elle se tourna vers Kyle.

— Bon travail avec l'ordinateur portable. Comment est-ce que vous avancez, Nadine et toi, avec l'agenda de Katrina ?

L'agent déféra à sa collègue en lui faisant signe d'avancer.

Nadine lui adressa un sourire nerveux de remerciement.

— Jusqu'à présent, nous n'avons pas réussi à en tirer des noms, chef, juste un système d'initiales que Katrina utilisait, mais ce que nous avons établi, ce sont ses habitudes de travail. Elle n'avait jamais de rendez-vous entre huit heures du matin et six heures du soir du dimanche au jeudi, ce qui nous suggère qu'elle faisait ce travail autour d'un emploi principal pour gagner de l'argent supplémentaire.

— Est-ce qu'il y a quelque chose là-dedans qui suggère quel pourrait être cet emploi principal ?

— Pas dans l'agenda, chef. Si nous avons raison et qu'elle avait deux emplois, alors elle les gardait séparés.

Nadine rougit.

— Nous avons même essayé cette vieille astuce de frotter un crayon sur du papier calque pour essayer de lire les éventuelles indentations sur les pages, mais il n'y avait rien.

— Ça valait le coup d'essayer quand même, merci.

Kay finit d'écrire sur le tableau puis tapota le bout du stylo contre son menton.

— Comment vous en êtes-vous sortis avec les profils sur les réseaux sociaux ?

Nadine fit signe à Kyle, puis s'assit.

— Nous avons trouvé quelques profils de Katrina, mais même si elle postait régulièrement auparavant, elle n'a pas été active sur aucun d'entre eux depuis environ quatorze semaines, chef, commença Kyle en lui remettant des pages imprimées. Nous n'avons pas trouvé de proche non plus. J'ai vérifié les avis de décès locaux par rapport à certains posts qu'elle a partagés il y a quelques années et il semble que ses deux parents soient décédés, et elle n'avait pas de frères et sœurs. Son statut d'emploi a été mis à jour pour la dernière fois il y a deux ans et j'ai retracé cela à un établissement de soins pour personnes âgées en périphérie de la ville. Je n'ai rien trouvé sur ses profils qui suggérerait qu'elle ait été menacée ou intimidée par quelqu'un.

Kay feuilletait les impressions tout en écoutant.

— Et pourtant, elle est passée de posts au moins deux fois par semaine sur les choses amusantes qu'elle faisait ou voyait à un retrait soudain et complet.

— Les gens se désintéressent de certaines plateformes de réseaux sociaux à cause des problèmes de confidentialité, suggéra Barnes.

— C'est vrai. Bon travail pour trouver les coordonnées de l'employeur, Kyle, ils sont dans le coin ?

— Ils le sont, et j'ai pris la liberté d'organiser une rencontre pour vous demain matin, chef. J'espère que ça ne pose pas de problème.

— Parfait, merci. Qu'en est-il des amis listés sur ces profils ?

— Nous sommes encore en train de retracer et de contacter autant d'entre eux que possible en vue de prendre des rendez-vous pour des entretiens à partir de cet après-midi, chef. Nous nous concentrons sur les personnes avec lesquelles elle semblait interagir le plus avant de disparaître.

— D'accord. Vois avec Debbie pour assigner trois autres officiers pour vous aider avec les entretiens. Plus vite nous les ferons, mieux ce sera. Passons aux relevés bancaires, Gavin ?

— Chef, je ne pense pas que tous les travaux de nettoyage dans l'agenda de Katrina aient été payés sur son compte bancaire, dit le détective. Il y a deux paiements semi-réguliers sur son compte, l'un de Maid By Us, qui est l'agence sous contrat pour nettoyer la maison de Penelope et Stephen Brassick, et un autre paiement régulier qui n'a qu'un numéro de référence et pas de nom d'entreprise. Les montants de ce second paiement restent les mêmes et ils sont plus importants que ceux de Maid By Us, et sont versés toutes les deux semaines—

Kay fronça les sourcils.

— Cela suggère que ça vient de son emploi principal, alors.

— C'est ce que nous pensions, dit Laura. Mais c'est comme Nadine l'a dit, Katrina faisait beaucoup de travail supplémentaire à côté si on en croit cet agenda, et donc Gavin et moi avons pensé qu'il s'agissait probablement d'emplois payés en espèces.

Un gémissement collectif traversa la salle des opérations.

— Si elle était payée en espèces, alors il n'y a pas beaucoup d'espoir que nous découvrions qui l'a payée, dit Barnes.

— Et ça, c'est en supposant que c'étaient tous des travaux de nettoyage, ajouta Nadine en rougissant.

Kay ajouta leurs suggestions au tableau.

— Ne négligeons rien pour le moment. Espérons qu'une fois qu'Andy aura réussi à craquer cet ordinateur portable, il pourra trouver l'accès à un agenda basé sur le cloud avec plus d'informations, ou au moins une liste de contacts.

— Chef, l'autre chose à propos des comptes bancaires, c'est le manque de dépenses sortantes, dit Laura. Ce ne sont que des coûts de vie quotidiens, de la nourriture, du loyer, des factures de services publics, pas de dépenses discrétionnaires, pas de gâteries, rien.

— Ça correspond à ce que nous avons vu dans son appartement, la plupart des placards étaient vides, et bien sûr la télévision manquait.

Kay soupira en parcourant ses notes du regard.

— Donc, nous avons une femme qui a plus de deux emplois, ne dépense de l'argent que pour l'essentiel... Est-ce qu'elle s'est retirée de son cercle social par embarras, ou par peur ? Pourquoi ce subterfuge avec les initiales dans l'agenda ? Et quelqu'un d'autre avait-il accès à son appartement ?

— Chef, si ces rendez-vous dans son agenda étaient payés en espèces, alors elle ne voulait probablement pas que le fisc le découvre, dit Barnes. Surtout si, comme

Nadine l'a suggéré, ce n'étaient peut-être pas des travaux de nettoyage mais autre chose.

Kay fit une pause et souffla sa frange de ses yeux.

— Ok, c'est un bon point. Concentrons-nous sur les tâches que nous avons aujourd'hui, interrogeons ses amis, et voyons ce que ses employeurs diront demain. Vous pouvez disposer, tout le monde.

CHAPITRE 8

Kay fixait l'immeuble de quatre étages, plissant les yeux alors que le soleil du début d'après-midi scintillait sur les fenêtres de l'étage supérieur.

Chaque appartement avait un petit balcon sur la rue, et certains résidents avaient disposé des pots colorés remplis de diverses plantes feuillues. Un résident entreprenant avait érigé un treillis, et elle aperçut de grosses tomates suspendues aux vignes qui en recouvraient la structure. D'autres résidents avaient simplement choisi d'y étendre leur linge, profitant sans doute au maximum de l'orientation ouest.

Un bourdonnement constant de circulation provenait du système de sens unique qui encerclait la banlieue, en contradiction avec les cris joyeux des enfants en train de jouer une partie de football improvisée dans le petit parc derrière elle.

Elle baissa les yeux en remarquant un mouvement à côté d'elle.

— Lequel est le sien ? demanda Barnes en se

protégeant les yeux. J'espère que ce n'est pas au dernier étage, à moins qu'il n'y ait un ascenseur.

Kay sourit.

— Appartement 3, au premier étage. Ça devrait aller pour toi. Je croyais que tu allais à la salle de sport avec Pia maintenant ?

— C'est le cas. Je souffre encore de la séance de jeudi soir, donc moins j'en fais aujourd'hui, mieux ce sera.

Il se dirigea d'un pas lourd vers la porte d'entrée commune de l'immeuble, la tenant ouverte pour elle avant de désigner d'un mouvement du menton l'arrière du bâtiment.

— Deux appartements par étage alors. Ils doivent être d'une taille correcte.

— Beaucoup de lumière aussi, dit Kay en scrutant la cage d'escalier illuminée par des spots encastrés dans les murs en plâtre. Même si je pense que je préférerais un de ceux qui donnent sur la rivière. Il y a plus de choses à regarder.

— Et plus à payer aussi. Je me souviens quand ils ont été construits.

Barnes commença à monter les escaliers.

— Ce bloc était le moins cher des trois.

Arrivé à l'étage suivant, il s'écarta pour la laisser passer.

— Comment cette femme connaissait-elle Katrina ?

— Kyle dit qu'il semble qu'elles travaillaient ensemble dans un pub en ville jusqu'à il y a quelques années.

Kay s'arrêta devant la porte en bois massif du numéro trois et baissa la voix.

— Annabelle Menzies était divorcée et élevait seule

son fils à l'époque. D'après les photos que Kyle a imprimées des réseaux sociaux, il semble qu'elle et Katrina étaient assez proches, et puis quand Katrina a quitté le pub pour travailler à la maison de retraite, elles se voyaient de temps en temps socialement. Rien ces trois derniers mois cependant.

Elle frappa, sortit sa carte de son sac et expira.

Être porteur de mauvaises nouvelles n'était jamais facile, encore moins dans des circonstances aussi horribles.

Quelques instants plus tard, une femme aux profondes rides sillonnant son front et aux cheveux attachés en un chignon désordonné répondit, plissant les yeux à leur vue.

— Que se passe-t-il ?

— Annabelle Menzies ? Je suis l'inspectrice principale Kay Hunter, et voici mon collègue l'inspecteur Ian Barnes. Est-ce que nous pourrions vous parler, s'il vous plaît ?

— À quel sujet ?

Kay baissa sa carte.

— Il vaudrait mieux qu'on en parle à l'intérieur.

— C'est à moi d'en décider. De quoi voulez-vous me parler ?

— C'est au sujet de votre amie, Katrina Hovat. Je suis désolée, nous avons de mauvaises nouvelles.

Les yeux d'Annabelle s'écarquillèrent et sa main serra plus fort la porte.

— Est-ce qu'elle va bien ?

— Est-ce que nous pouvons entrer ? S'il vous plaît.

La femme s'écarta avant de déambuler le long d'un court couloir et d'entrer dans un salon qui – comme Kay l'avait prédit – donnait sur le parc et le match de football en contrebas.

C'était rangé et fonctionnel, avec des étagères en kit d'un grand magasin bien connu qui occupaient un mur de chaque côté d'une petite télévision. Une paire de canapés comblait l'espace au milieu avec une table basse en verre prenant la majeure partie d'un épais tapis blanc et gris.

Elle entendit Barnes fermer doucement la porte d'entrée avant de la rejoindre, puis elle fit un geste vers l'un des canapés.

— Pouvons-nous nous asseoir, Annabelle ?

La femme acquiesça, repliant ses pieds sous elle alors qu'elle s'asseyait à l'extrémité d'un canapé, dos à la fenêtre, et se rongeait un ongle pendant que Barnes sortait son carnet.

— Il n'y a pas de façon facile d'annoncer ce genre de nouvelles, commença Kay. Je suis désolée de devoir vous dire que Katrina a été retrouvée morte vendredi soir, et que nous considérons sa mort comme suspecte.

La mâchoire de la femme tomba, son visage pâlissant.

— Morte ? Comment ?

— J'ai bien peur de ne pas pouvoir partager les détails avec vous pour le moment, mais j'aimerais vous demander votre aide pour trouver le responsable.

— Vous voulez dire qu'elle a été assassinée ?

Des larmes coulaient sur les joues d'Annabelle, qu'elle essuya du dos de la main.

— Pourquoi ?

— Nous allons faire tout notre possible pour le découvrir, mais accepteriez-vous de répondre à quelques questions sur Katrina ?

Kay adoucit sa voix.

— Cela nous aiderait vraiment.

En réponse, Annabelle se déroula du canapé et se précipita hors du salon, ses sanglots audibles à travers les minces cloisons.

— Bon sang, je déteste cette partie du boulot, marmonna Barnes.

— Moi aussi.

Kay entendit la chasse d'eau, puis le bruit d'Annabelle en train de se moucher avant que la femme ne revienne dans le salon et s'effondre sur le canapé, serrant ses genoux contre elle tout en fixant le tapis.

— Désolée.

— Ce n'est rien. C'est une réaction parfaitement normale dans ces circonstances.

Kay lui laissa un moment pour se ressaisir, et attendit que les yeux de la femme croisent les siens.

— Nous avons trouvé vos coordonnées sur les réseaux sociaux, il semblait que vous et Katrina étiez assez proches. Est-ce que c'est exact ?

Annabelle hocha la tête.

— Nous travaillions dans un pub en ville le soir, quelques nuits par semaine, juste pour gagner un peu d'argent supplémentaire après nos divorces. Le patron aimait nous avoir comme employées parce que nous avions plus d'expérience que certains jeunes, et nous supportions moins de conneries de la part des clients que le personnel plus jeune. On s'amusait tellement...

Elle secoua tristement la tête, puis déplia un mouchoir en papier et tamponna ses yeux.

— Êtes-vous restées en contact quand vous avez toutes les deux quitté le pub ?

— Oui, de temps en temps. Elle a obtenu un emploi

dans un supermarché qui offrait plus d'heures et un meilleur salaire il y a deux ans, et puis j'ai obtenu le travail que j'occupe actuellement comme assistante administrative pour un courtier en assurances, donc ce n'est pas comme si nous pouvions nous voir régulièrement.

Elle esquissa un sourire larmoyant.

— Quand nous le faisions cependant, nous reprenions toujours la conversation là où nous l'avions laissée. Nous pouvions parler de tout entre nous.

— Katrina a-t-elle déjà dit, ou avez-vous eu l'impression, qu'elle s'inquiétait de quelque chose ou de quelqu'un ? demanda Kay.

— Non, pas que je me souvienne.

Annabelle fronça les sourcils.

— Remarquez, je ne l'ai pas vue depuis environ quatre mois maintenant. Je pensais justement la semaine dernière que je devrais lui envoyer un message, essayer de prendre de ses nouvelles. J'aurais aimé...

De nouveaux sanglots secouèrent ses épaules, et Kay fit une pause pendant que la femme se ressaisissait.

— J'aurais aimé savoir si elle avait peur de quelque chose, ou de quelqu'un.

Elle se mordit la lèvre.

— Le seul souci qu'elle avait, c'était l'argent. Elle travaillait sans arrêt, c'est pour ça qu'il a fallu des mois pour organiser quelque chose, et quand on l'a fait, elle ne voulait pas aller dans un bar chic ou quoi que ce soit de ce genre.

— Était-ce inhabituel pour elle ? De s'inquiéter pour l'argent ?

— Seulement depuis qu'elle avait perdu son emploi au supermarché en janvier. Ils ont installé plus de caisses en libre-service et ont décidé de se débarrasser de tous ceux qui travaillaient plus d'un certain nombre d'heures par semaine pour ne pas avoir à payer autant de salaires. Katrina faisait déjà du ménage ici et là pour joindre les deux bouts, et puis elle a trouvé un autre travail à temps partiel, mais ce n'était pas suffisant.

Annabelle soupira.

— Juste avant la dernière fois où je l'ai vue, elle avait trouvé un nouveau travail dans l'une des boutiques du centre-ville, mais elle ne gagnait pas autant qu'avant. Elle avait toujours trois emplois. Je m'inquiétais pour elle, et je le lui ai dit, elle avait l'air épuisée.

— C'était quand, la dernière fois que vous l'avez vue ? demanda Kay.

— Début mars. Je lui ai envoyé un message fin avril pour voir si elle voulait qu'on se retrouve pour un café, mais elle m'a juste dit qu'elle ne pouvait pas. J'ai proposé de payer, pensant qu'elle avait peut-être encore des difficultés, mais je n'ai jamais eu de réponse.

Les épaules d'Annabelle s'affaissèrent.

— Je me suis demandé si je l'avais accidentellement vexée en proposant de payer, mais je ne savais pas quoi faire d'autre.

— Vous avez dit que Katrina était divorcée, dit Barnes. Avez-vous connaissance de problèmes à ce sujet ? Était-elle toujours en contact avec son ex ?

— Non, il vit quelque part près de Sheffield, dit Annabelle. À ma connaissance, une fois le divorce prononcé, ils ne se sont plus jamais parlé. Elle disait que c'était à l'amiable cependant, je crois qu'ils se sont mariés jeunes et se sont simplement éloignés. Il travaille dans le marketing, je crois, ou du moins, c'était le cas quand Katrina et moi travaillions ensemble au pub. Je pense que c'est la dernière fois qu'elle l'a mentionné.

— Nous savons qu'elle faisait du ménage à temps partiel, mais vous avez mentionné qu'elle avait un troisième emploi en plus du travail dans le commerce, demanda Barnes. Avez-vous une idée de ce qu'était ce travail ?

— Non, désolée. Elle l'a seulement mentionné en passant. Je ne pense pas que ça payait beaucoup non plus, mais j'ai supposé que tous ces jobs lui rapportaient suffisamment pour s'en sortir.

Annabelle renifla.

— Elle disait toujours qu'elle avait juste besoin d'un grand coup de pouce, quelque chose pour lui donner un élan financier pour aller de l'avant.

— Nous avons remarqué qu'elle n'avait plus de télévision quand nous avons visité son appartement hier, et qu'il n'y avait pas beaucoup de nourriture dans les placards. Avait-elle mentionné si elle vendait ses affaires ?

— Quoi ? Non, je n'ai plus eu de nouvelles d'elle après lui avoir envoyé un message en avril. Mon Dieu, maintenant je me sens mal de ne pas l'avoir appelée depuis. J'aurais dû le faire. J'aurais dû insister pour l'aider d'une manière ou d'une autre.

Le regard d'Annabelle parcourut son salon.

— Même si elle avait voulu rester ici un moment, je l'aurais laissée faire. Je veux dire, je n'ai pas beaucoup de place ici, mais...

— Une dernière question, dit Kay. Savez-vous si Katrina a des membres de sa famille proche que nous pouvons contacter ? Nous avons essayé de localiser ses parents, mais...

— Ils sont morts il y a quelques années, dit Annabelle. Je suis allée à l'enterrement avec elle. Et elle n'a pas de frères et sœurs, il n'y avait personne d'autre à l'enterrement à part une poignée d'amis de ses parents, et elle et son ex n'avaient pas d'enfants.

— Merci.

Kay se leva et tendit une de ses cartes à Annabelle.

— Toutes mes coordonnées sont dessus, alors si vous vous souvenez de quoi que ce soit qui pourrait nous aider, n'hésitez pas à m'appeler, s'il vous plaît.

— D'accord.

La main de la femme tremblait en prenant la carte.

— Je le ferai.

— Et si vous avez un ami ou un membre de la famille que vous pouvez appeler, peut-être pour passer du temps ensemble aujourd'hui, faites-le, ajouta Barnes. Entendre des nouvelles comme celles-ci n'est jamais facile.

Annabelle essuya de nouvelles larmes.

— Je vous laisse trouver la sortie ?

CHAPITRE 9

L'estomac de Gavin gargouilla tandis qu'il verrouillait la voiture de service et jetait un coup d'œil de l'autre côté de la rue étroite vers une rangée de maisons mitoyennes, dont la maçonnerie était peinte d'un mélange de couleurs pastel entrecoupées d'un occasionnel et laid crépi.

Il s'écarta lorsqu'un jeune d'une vingtaine d'années passa à toute allure sur une planche à roulettes, laissant derrière lui une traînée de fumée de cigarette, tandis que plus loin au carrefour, un petit restaurant à emporter indépendant à la façade délabrée faisait un commerce animé de nourriture frite, les arômes gras flottant vers lui portés par la brise.

Laura suivit son regard et plissa le nez.

— Tu ne penses quand même pas sérieusement à manger quelque chose là-bas, si ?

— Non, répondit-il rapidement, puis il tourna le dos et ignora les tiraillements de la faim qui lui pinçaient l'abdomen. Mais je m'arrêterai peut-être sur le chemin du retour au commissariat pour prendre un sandwich.

Sa collègue sourit avant de désigner du menton une maison peinte en bleu pâle au milieu de la rangée.

— C'est celle-là. Le numéro quarante-sept.

Ils traversèrent la rue, leurs pas faisant fuir un gros chat tigré roux et blanc qui se trouvait sous un SUV usé pour aller se réfugier sur un muret de briques à côté de la propriété voisine.

Gavin tendit la main pour lui caresser la fourrure, puis changea d'avis lorsque le chat le fixa d'un regard noir, les yeux plissés. Au lieu de cela, il porta son attention sur la porte défraîchie du numéro quarante-sept et sonna, le carillon résonnant à travers le bois mince.

— Tu veux mener cet interrogatoire ? dit-il à voix basse. Vu les circonstances, elle appréciera peut-être de parler à une autre femme.

— Pas de problème.

Laura pinça les lèvres alors qu'une chaîne cliquetait contre le bois et qu'une femme d'une trentaine d'années clignait des yeux face au soleil éclatant.

— Oui ?

Laura sortit sa carte de police et fit les présentations.

— Êtes-vous Carissa Margoyles ?

— Oui.

— Nous avons cru comprendre que vous êtes une amie de Katrina Hovat. Est-ce que nous pouvons entrer, s'il vous plaît ?

— Que se passe-t-il ?

La femme regarda Laura puis Gavin.

— Kat va bien ?

— Est-ce que nous pouvons entrer ?

Laura regarda par-dessus son épaule alors qu'un vieil

homme passait avec un terrier en laisse, les yeux écarquillés à la vue des deux détectives en costume.

— Cela nous donnera un peu d'intimité par rapport à vos voisins.

— Je ne sais pas trop. Je veux dire, je sais que vous êtes de la police et tout, mais...

— Je comprends. Je suis désolée, mais nous avons de mauvaises nouvelles et je pense que vous préféreriez les entendre à l'intérieur.

Carissa déglutit et porta sa main à sa poitrine.

— Oh, mon Dieu. Elle a été blessée, n'est-ce pas ? C'est pour ça qu'elle ne répondait pas à mes appels.

Gavin s'avança alors que la femme chancelait contre le cadre de la porte et lui prit le coude dans sa main.

— Allons nous asseoir, Carissa. Je vais mettre la bouilloire en route.

Il conduisit la femme au-delà du seuil, se retrouvant dans un salon sombre au plafond bas.

Un cendrier à côté d'un canapé froissé contenait un petit tas de papiers à cigarettes et les restes d'un joint fraîchement fumé. L'odeur douce de la marijuana flottait encore dans l'air.

Carissa rougit et évita son regard tandis qu'il attendait qu'elle s'assoie, puis elle agita la main vers le cendrier.

— Je ne fume pas souvent, je—

— J'imagine que c'est uniquement pour un usage personnel ?

Elle hocha la tête misérablement.

— Alors ne vous en faites pas pour ça. Maintenant, thé ? Café ?

— Thé, s'il vous plaît. Mais je n'ai plus de lait.

— Vous voulez du sucre dedans alors ?

— Oui. S'il vous plaît.

Elle se pencha en avant sur le canapé.

— Je vais vous montrer où tout se trouve.

— Ça va aller. Je suis débrouillard.

Il lui adressa un petit sourire, puis jeta un coup d'œil à Laura qui s'installait dans un fauteuil près de la fenêtre et hocha la tête avant de quitter la pièce.

Trouvant une tasse ébréchée dans un placard au-dessus du micro-ondes et fouillant dans la minuscule cuisine jusqu'à ce qu'il trouve une boîte en carton de sachets de thé de marque générique, il tendit l'oreille pour entendre par-dessus le bruit de la bouilloire.

La voix douce de Laura porta au-dessus de l'eau bouillonnante, puis de doux sanglots accompagnèrent ses paroles, et son estomac se noua.

En expirant, il versa l'eau sur le sachet de thé, ajouta deux sucres et le remua plusieurs fois avec une cuillère tachée de tanin.

Lorsqu'il retourna dans le salon, le visage de Carissa était marbré et elle essuyait ses larmes avec un mouchoir d'un paquet fraîchement ouvert sur ses genoux. Après avoir posé la tasse de thé à côté du cendrier, il s'approcha d'un petit meuble bas sur lequel était disposée une petite collection de photos encadrées.

Sa respiration se bloqua dans sa gorge lorsqu'il reconnut Katrina sur trois d'entre elles, ses bras autour des épaules de Carissa alors qu'elles riaient dans diverses poses, l'une dans un bar de Maidstone qu'il reconnaissait pour y être sorti avec sa petite amie, Leanne. Sur l'une d'elles, elles encadraient un chat noir à poil court aux oreilles énormes, l'animal frappant de sa patte un poisson rouge en peluche que Katrina faisait bouger au bout d'une ficelle.

— C'est votre chat ? demanda-t-il en jetant un coup d'œil par-dessus son épaule.

— Oui. Katrina l'a trouvé dans un refuge pour animaux il y a environ un an et elle m'a suggéré de l'adopter. Mon ancien chat était mort peu de temps avant.

Carissa renifla.

— Faites attention s'il fait son apparition, par contre. Il n'aime pas les étrangers. Il vous arrachera le bras à la première occasion.

Gavin sourit, puis s'approcha et s'assit à l'autre bout du canapé.

— Je garderai ça à l'esprit, merci.

— Carissa, je suis désolée de faire ça après vous avoir annoncé une mauvaise nouvelle, mais nous essayons d'en savoir plus sur les déplacements de Katrina ces dernières semaines, dit Laura. Cela vous dérangerait-il si je vous posais quelques questions ?

— Allez-y.

— Depuis combien de temps connaissiez-vous Katrina ?

— On s'est rencontrées en travaillant au supermarché. Elle est un peu plus âgée que moi, évidemment, mais on s'est tout de suite bien entendues.

Carissa tendit le bras et fouilla sur le côté du coussin du canapé, pour en extirper un paquet de cigarettes froissé avant d'en allumer une d'une main tremblante. Elle se pencha en arrière et souffla la fumée en l'air avant d'être prise d'une quinte de toux.

— Il y a combien de temps ?

— Il y a dix-huit mois. J'avais été licenciée d'une boulangerie en ville mais j'ai eu de la chance, mon patron là-bas connaissait un superviseur au supermarché et m'a présentée.

Elle haussa les épaules.

— C'était soit ça, soit le chômage. J'ai pas le permis alors je pouvais pas faire de la livraison ou quoi que ce soit dans le genre.

— On nous a informés que Katrina avait perdu son emploi au supermarché en janvier quand ils ont installé plus de caisses en libre-service, vous n'avez pas été touchée par ça ?

Carissa secoua la tête.

— Je ne travaille pas aux caisses. Je m'occupe de toutes les commandes d'épicerie qui arrivent en ligne, donc mon emploi est plutôt sûr en ce moment.

— À quelle fréquence vous retrouviez-vous toutes les deux ? demanda Laura. En voyant ces photos, on dirait que vous vous amusiez beaucoup quand vous le faisiez.

— Ouais, elle est... était géniale. Elle ne me jugeait pas, et ne me disait pas que je pourrais faire mieux de ma vie. Elle savait aussi bien écouter. J'ai pas beaucoup d'argent, elle non plus, alors on cherchait des trucs gratuits à faire, des concerts dans le parc en été, ce genre de choses.

— Avez-vous remarqué si Katrina semblait nerveuse dernièrement, ou si elle avait quelque chose en tête ces dernières semaines ?

— Elle était plus silencieuse que d'habitude.

Carissa tapota le bout de sa cigarette dans le cendrier, puis tira une autre bouffée.

— Je lui ai demandé il y a quelques semaines si elle allait bien. Elle avait l'air fatiguée aussi. Je lui ai dit qu'elle devrait quitter un des boulots qu'elle faisait. C'est là qu'elle m'a dit que ça n'avait pas d'importance parce que le travail à temps partiel qu'elle faisait allait s'arrêter.

— Le travail de ménage ?

Laura fronça les sourcils.

— Je pensais qu'elle le faisait toujours.

— Pas ça. Le truc d'administration en ligne. Elle travaillait via un de ces sites qui font... comment ça s'appelle ? Du travail d'assistante virtuelle. C'est ça. Elle faisait des petites choses pour une agence immobilière à Portsmouth, juste télécharger de nouvelles annonces et des trucs comme ça à côté, mais ensuite ils ont trouvé un moyen de le faire en interne pour moins cher.

— Comment gérait-elle trois emplois ? Elle devait être épuisée.

— Elle l'était, vous avez raison. Je veux dire, le supermarché ne paie pas beaucoup mais on a quelques avantages comme des réductions sur les courses et tout ça, et je sais qu'elle faisait le ménage régulièrement à côté. Je pense qu'elle devait faire le truc immobilier tard le soir.

Carissa tira une dernière bouffée de sa cigarette et l'écrasa pendant que des volutes de fumée s'échappaient de ses lèvres.

— Elle avait perdu du poids cependant. Vous voyez cette photo à gauche là-bas ? Je l'ai prise en janvier dans ce parc près de la gare. Le mois dernier, elle devait avoir perdu au moins trois kilos ou plus, ses joues semblaient creuses, et j'ai remarqué qu'elle avait aussi arrêté de fumer. Mais elle acceptait toujours une des miennes si je lui en proposais.

— A-t-elle obtenu le travail de ménage par une agence ou quelque chose comme ça ?

— Elle n'en a jamais parlé. Je pensais qu'elle avait peut-être mis quelques cartes dans des magasins ou un truc du genre. Je sais qu'elle n'était pas très chaude pour aller dans une agence pour le travail supplémentaire parce qu'ils prélèvent une partie de vos gains pour couvrir les frais administratifs et tout ça, non ?

Laura fit une pause pour mettre à jour ses notes avant de poser sa question suivante.

— Katrina a-t-elle mentionné si elle avait des problèmes d'argent ?

— Non. Je lui ai demandé si tout allait bien, et elle n'arrêtait pas d'insister que oui. Même si je pouvais voir que ce n'était pas le cas.

— Était-ce inhabituel pour elle ? Vous semblez proches sur les photos.

— Ouais, c'était bizarre.

Carissa froissa le mouchoir et sortit une autre cigarette du paquet.

— C'est pour ça que, quand elle n'est pas venue au pub vendredi soir, j'ai commencé à m'inquiéter.

— Au pub ?

— J'ai réussi à la convaincre de me laisser l'inviter à dîner. Ça a demandé de la persuasion.

Carissa soupira.

— Katrina était brillante pour aider les autres, mais nulle pour me laisser l'aider en retour. Mon père m'a donné de l'argent la semaine dernière pour mon anniversaire et je pensais que ce serait sympa de sortir. Un vrai repas, vous voyez ? Pas des plats à emporter ou ce que je bricole ici. Je ne voulais pas y aller seule par contre, j'ai rompu avec mon copain il y a quatre mois, alors j'ai pensé que ce serait bien d'inviter Katrina. Puis elle n'est pas venue. J'ai essayé de l'appeler...

Laura se pencha en avant.

— Quel est son numéro, Carissa ?

Gavin le nota, soulignant l'information, son esprit se tournant déjà vers le travail qu'ils auraient à faire de retour dans la salle des opérations.

— Katrina semblait-elle effrayée ou inquiète à propos de quelqu'un la dernière fois que vous lui avez parlé ? demanda-t-il.

— Elle n'a rien mentionné. Je sais qu'elle ne voyait personne en ce moment. Elle a essayé une de ces applis de rencontre mais ça n'a pas marché avec le dernier gars, il vivait à Newcastle, et elle ne voulait pas d'une relation à distance.

Carissa haussa les épaules.

— Elle disait qu'elle ne pouvait pas se permettre d'aller à des rendez-vous de toute façon. Elle disait qu'elle devait économiser son argent.

— Économisait-elle pour quelque chose en particulier ? demanda Laura.

Carissa fit tourner la molette de son briquet, envoyant une flamme vers le haut qui illumina ses traits pâles.

— Si c'était le cas, elle ne me l'a pas dit.

Cinq minutes plus tard, Gavin se tenait sur le trottoir à côté de la voiture, à inhaler de grandes bouffées d'air plus frais pendant que Laura donnait une carte de visite à Carissa avant de traverser la rue en courant pour le rejoindre.

— Qu'est-ce que tu en penses, Gav ?

Elle déverrouilla la voiture et posa sa main sur le toit pendant qu'une moto ronronnait en passant, puis ouvrit la portière.

— Katrina avait l'air d'être l'âme de la fête sur ces photos, mais on dirait qu'elle est devenue recluse ces derniers mois.

Il s'assit à côté d'elle et attacha sa ceinture.

— Trois emplois, mais elle vivait dans un appartement vide et ne sortait pas. Elle perdait du poids parce qu'elle ne mangeait pas, et a arrêté de socialiser. Elle devait avoir peur de quelqu'un, non ?

CHAPITRE 10

Le lendemain matin, Barnes gara la voiture dans un parking commercial animé en périphérie du centre-ville tandis que Kay faisait défiler une myriade de courriels sur son téléphone.

Elle gémit lorsqu'il freina pour laisser passer une jeune mère sur un passage piéton, levant les yeux et se demandant comment répondre au dernier message du QG de Northfleet.

— Ils ont refusé ma demande de renforts pour cette affaire. Apparemment, il y a eu deux agressions à l'arme blanche à Gravesend pendant le week-end, potentiellement liées à un affrontement entre trois gangs de drogue rivaux, donc ça devient prioritaire.

— Plus qu'une femme torturée à mort ?

Barnes secoua la tête en accélérant doucement. Il jura à voix basse en faisant des allers-retours pour trouver une place qui ne soit pas réservée aux conducteurs handicapés ou aux parents avec enfants, poussant finalement un cri étranglé de joie lorsqu'une voiture de sport étincelante recula à toute vitesse d'une place, manquant de peu son pare-chocs avant.

— Je te pardonne, mon pote, murmura-t-il. Parce que je ne vais pas refaire le tour.

Kay gloussa.

— Parfois, je suis contente de travailler en équipe et de rater une partie de ce chaos.

Elle leva les yeux vers les énormes entrepôts qui bordaient un côté du parking, où une enseigne lumineuse au-dessus de chaque double porte affichait un mélange de noms de marques connues vendant de l'électronique, des fournitures pour animaux et des meubles.

Au bout se trouvait une boutique indépendante, ses grandes vitrines placardées d'affiches de soldes. Un assortiment d'étagères métalliques bon marché avait été traîné à l'extérieur et encadrait maintenant les doubles portes ouvertes, exposant un bric-à-brac de plantes artificielles en pots, de boîtes de rangement en osier et de poubelles à pédale en métal de diverses tailles et couleurs.

Une musique joyeuse et enjouée l'accompagna lorsqu'elle suivit Barnes dans le magasin, son regard balayant les allées qu'elle traversait. Tout autour d'elle, les clients parcouraient, touchaient, humaient et tâtaient les différents étalages allant des bougies parfumées aux ballots moelleux de serviettes en passant par de mignons bibelots qui finiraient sûrement par prendre la poussière une fois ramenés à la maison.

— Je peux vous aider ? lança une femme aux cheveux décolorés d'une soixantaine d'années qui rôdait dans la zone des caisses. On n'a pas signalé de voleurs à l'étalage, si ?

Kay retint un ricanement.

— Voilà qui met fin à nos efforts d'infiltration, dit Barnes à voix basse, puis il sortit sa carte professionnelle. Inspecteur Ian Barnes, et inspectrice principale Kay Hunter. Nous sommes là pour voir Hayley Prendle.

— Elle est à l'arrière.

La femme pointa du doigt au-delà des allées.

— Allez par là et cherchez la porte bleue. Vous devrez frapper, elle la verrouille quand elle travaille là-dedans.

Hochant la tête en guise de remerciement, Kay marcha rapidement le long de l'allée et trouva la porte à côté d'une autre avec un écriteau « Réservé au personnel - réserve » accroché à sa poignée.

La porte s'ouvrit après un coup léger et une petite femme aux cheveux auburn courts jeta un coup d'œil.

— Vous êtes les détectives ?

— C'est nous, répondit Kay en montrant sa carte professionnelle. Hayley Prendle, c'est ça ?

— Oui. Je vous ai vus sur les caméras de vidéosurveillance.

La femme s'écarta, ouvrant grand la porte et pointant du doigt une paire d'écrans d'ordinateur sur un bureau encombré. Elle sortit deux chaises de jardin pliantes en métal d'à côté d'un classeur à quatre tiroirs et les plaça près du bureau avec un sourire contrit.

— C'est le mieux que je puisse faire, malheureusement.

La porte se referma derrière Barnes avec un clic audible, et Hayley leva les yeux au ciel.

— Elle se verrouille automatiquement, et je n'ai pas trouvé comment l'en empêcher. J'essaie de persuader le siège de payer pour qu'un serrurier vienne examiner ça et la serrure défectueuse de la porte de l'entrepôt, mais l'équipe de direction évite systématiquement mes courriels.

— Je connais ce sentiment.

Kay lui adressa un sourire compatissant en essayant de s'installer confortablement sur le siège dur.

— Merci de nous recevoir ce matin. J'imagine que mon appel d'hier soir a dû être un choc.

— En effet.

Hayley se laissa tomber dans son propre fauteuil, qui semblait être maintenu ensemble par du ruban adhésif noir et pas grand-chose d'autre. Il grinça de façon inquiétante lorsqu'elle se pencha en avant pour utiliser son clavier.

— J'ai pris la liberté de retrouver la candidature de Katrina pour vous quand je suis arrivée. Je ne sais pas si ça aidera, mais je me suis dit... oh, je ne sais pas. Je voulais juste faire *quelque chose*.

— Nous apprécions, merci.

Kay plissa les yeux vers l'écran.

— Si j'ai bien compris, elle travaillait dans un supermarché avant de venir ici ?

— Oui, pendant environ deux ans. Ne vous inquiétez pas, je peux vous imprimer ça. Attendez.

Hayley appuya sur une série de boutons puis revint à l'écran d'origine pendant qu'une imprimante fine sur le dessus du classeur se mettait en marche.

— Avant ça, elle était dans une jardinerie, donc

travailler ici lui est venu naturellement, je pense. Elle s'est certainement intégrée rapidement.

— Saviez-vous qu'elle faisait du ménage à temps partiel ? demanda Kay tandis que la femme agrafait les pages imprimées avant de les lui tendre. Merci.

— Non, je ne le savais pas.

Elle s'assit et fronça les sourcils.

— Je me demandais pourquoi elle avait l'air fatiguée tout le temps.

— Combien d'heures travaillait-elle ici ?

— Vingt heures par semaine réparties du lundi au vendredi, puis un samedi et un dimanche sur trois. Comme le reste de mon personnel.

— Pas à temps plein ?

Hayley secoua la tête.

— Vous ne trouverez pas beaucoup de contrats à temps plein dans le commerce de détail, inspectrice Hunter. Pas à moins que quelqu'un ne soit manager, comme moi. Nous n'avons qu'à payer le taux horaire de base de cette façon. Ça nous aide à maintenir les frais généraux bas, vous voyez.

— Vous avez mentionné que Katrina avait l'air fatiguée tout le temps, était-ce quelque chose de récent, ou—

— Seulement depuis les quatre dernières semaines environ.

Hayley fit une pause pour verrouiller l'écran de son ordinateur, puis fit pivoter sa chaise pour leur faire face.

— Je lui ai demandé si tout allait bien. Malgré les apparences, je m'assure que mon personnel puisse venir me parler ici quand ils le souhaitent, même si je ne peux littéralement pas laisser cette fichue porte ouverte. Elle a dit qu'elle allait bien, mais il y a eu quelques fois la semaine dernière où elle semblait distraite. Vous avez rencontré Beverley là-bas, c'est une des supérieures. Elle m'a dit jeudi dernier que Katrina s'était montrée irritable avec un client ce matin-là, et qu'elle avait dû lui dire de mettre son téléphone portable dans son casier parce qu'elle ne cessait de vérifier ses messages au lieu de remplir les rayons.

— Était-ce inhabituel pour elle ?

— Très.

Hayley laissa tomber ses mains sur ses genoux, triturant son alliance tandis que sa voix se réduisait à un murmure.

— Et puis vous avez appelé pour dire qu'elle avait été assassinée vendredi soir.

Barnes leva les yeux de ses notes.

— Avez-vous déjà vu ou entendu quelqu'un agir de manière menaçante envers elle au travail ?

— Non, mais je suis souvent ici.

Elle fit un geste vers les papiers et les dossiers éparpillés sur le petit bureau en bois.

— Vous pouvez interroger le personnel si vous voulez. Beverley garde un œil sur les choses là-bas pour moi, tout comme les deux autres superviseuses qui travaillent ici. Elles ont peut-être remarqué quelque chose.

— Katrina a-t-elle déjà signalé des clients qui se comportaient de façon menaçante envers elle ?

— Non. Et je peux vous assurer que si elle l'avait fait, nous l'aurions pris très au sérieux. Le système de vidéosurveillance n'est pas là uniquement pour dissuader les voleurs à l'étalage, il est aussi là pour la sécurité de notre personnel.

Kay fronça les sourcils en jetant un coup d'œil à son téléphone qui vibrait dans son sac, puis elle examina les pages que Hayley avait imprimées tout en se levant.

— Merci pour votre temps ce matin, et pour ceci. Si nous voulons jeter un œil aux images de vidéosurveillance...

— Je peux tout copier sur un disque dur externe pour vous, dit Hayley. Elles ne sont conservées que pendant huit semaines, c'est tout ce que nos assureurs exigent, mais si vous pensez que ça pourra vous aider.

— Ça le pourrait.

Kay lui tendit sa carte.

— Et je vais demander à des agents en uniforme d'organiser des entretiens avec vos employés dès que possible. Pourriez-vous m'envoyer leurs coordonnées par e-mail, s'il vous plaît ?

— Je le fais tout de suite.

— Merci. Nous resterons en contact.

Se hâtant de quitter le magasin, Kay suivit Barnes jusqu'à la voiture tout en sortant son téléphone pour voir le numéro de l'appel manqué.

— Attends, Ian. Andy Grey de Northfleet a essayé de me joindre.

Elle attacha sa ceinture pendant que Barnes démarrait le moteur et tapotait des doigts sur le volant.

— Andy ? C'est Kay Hunter.

— Dans combien de temps peux-tu être à Northfleet ? dit-il en guise de salutation.

— Quarante minutes peut-être. Pourquoi ? Tu as déjà réussi à accéder à l'ordinateur portable de Katrina ?

— Non, mais il y a quelque chose que je dois te montrer, et nous ne pouvons y accéder que d'ici.

Andy fit une pause, et elle l'entendit prendre une respiration tremblante.

— Je te préviens tout de suite, ça ne va pas être agréable à voir.

CHAPITRE 11

— Est-ce qu'il a dit ce qu'il avait trouvé ?

Barnes passa sa carte de sécurité sur le panneau d'accès à côté d'un ensemble de portes doubles en verre fumé et il suivit Kay à travers un sol carrelé vers un groupe d'ascenseurs.

Une brise fraîche de climatisation caressa ses épaules pendant qu'ils attendaient, lui envoyant un frisson non désiré le long de la colonne vertébrale, un froid la saisissant alors qu'elle se rappelait les paroles d'Andy.

— Non, mais ça n'a pas l'air bon. Surtout si c'est quelque chose auquel ils ne peuvent accéder que d'ici.

— Tu veux dire, des trucs du dark web ?

Ses yeux s'écarquillèrent.

— Comment a-t-il—

— Je ne sais pas.

Kay bougea quand les portes de l'ascenseur s'ouvrirent pour révéler une paire d'officiers haut gradés. Elle leur adressa un bref signe de tête alors qu'ils passaient sans interrompre leur conversation, puis elle appuya sur le bouton de l'étage de l'unité de criminalistique numérique.

— Mais il a dit avant de raccrocher qu'il n'avait encore rien trouvé sur son ordinateur portable. Elle a effacé le disque dur avant de le déposer chez le prêteur sur gages, donc il doit faire une analyse approfondie du système pour voir s'il y a quelque chose qui se cache ailleurs qui pourrait nous aider.

Barnes souffla dans ses joues tandis que l'ascenseur montait dans le bâtiment.

— Quoi qu'il ait trouvé, je suis content que ce soit nous qui soyons ici et pas Gavin ou Laura. Pas après avoir dû assister à l'autopsie.

Ils sortirent dans un couloir bordé d'une moquette d'aspect industriel qui étouffait leurs pas mais faisait peu pour l'esthétique globale de l'endroit. Les portes étaient espacées régulièrement du côté droit, celui qui offrirait aux occupants des bureaux une vue sur la route à double voie animée s'ils avaient le temps de la contempler, tandis que le mur de gauche était parsemé de diverses photographies de paysages qui semblaient avoir été achetées en gros dans une papeterie en ligne.

Kay ouvrit la marche vers une porte près du bout avec un panneau de verre dépoli enchâssé dans sa lourde surface en bois au-dessus d'un panneau de sécurité à clé.

Elle frappa du poing contre le verre et attendit, son regard trouvant la petite caméra au-dessus du cadre de la porte, où une seule lumière LED rouge clignotait vers elle.

Après quelques instants, la porte fut ouverte brusquement et un homme d'environ sa taille avec des cheveux courts et des lunettes à monture métallique leur fit signe d'entrer.

— Merci d'être venus, dit-il. Ce n'est pas le genre de chose que je voudrais charger sur HOLMES2, même si je le pouvais. Moins il y a d'yeux là-dessus, mieux c'est.

Andy Grey se dirigea rapidement vers un grand écran avec une énorme tour d'ordinateur à côté et fit un geste vers la pièce par ailleurs spartiate.

— Prenez une chaise. N'importe laquelle fera l'affaire, tout le monde est en formation sur la santé et la sécurité ce matin.

— Vous avez beaucoup d'objets tranchants ici ? plaisanta Barnes en faisant rouler une chaise avec une roulette bancale.

— Une autre case cochée pour le service des ressources humaines.

Andy parvint à sourire avant que ses yeux ne s'assombrissent à nouveau. Il retira ses lunettes et fronça les sourcils, se tournant vers l'écran.

— J'ai préparé ça, et je vais le lancer dans un instant, mais dites-moi dès que vous en aurez assez vu, d'accord ?

— Tu l'as regardé en entier ? demanda Kay, la bouche sèche.

— Il le fallait. C'est pareil pour tout ce qu'on voit ici. C'est le seul moyen d'obtenir un rapport complet pour vos enquêtes.

L'analyste en criminalistique numérique grimaça.

— J'avais le pressentiment que celui-ci allait être mauvais, après avoir entendu comment vous l'avez trouvée.

Kay se força à regarder l'écran quand il démarra la

vidéo, ses doigts s'enfonçant dans le tissu moelleux des accoudoirs de la chaise alors qu'un angle de caméra instable montrait d'abord la moquette rose pâle familière de la chambre principale des Brassick, puis se redressa pour montrer Katrina en train de se débattre sous l'emprise d'une silhouette masquée vêtue de noir qui la traînait vers le lit double.

L'agresseur de la femme portait une cagoule noire qui dissimulait ses traits, et un simple ensemble de jogging noir composé d'un sweat-shirt et d'un pantalon. Aucun logo n'était visible sur ses vêtements.

Katrina suppliait pour sa vie, respirant par à-coups alors qu'elle implorait, d'abord en anglais, puis dans ce que Kay supposait être du tchèque. Ses yeux s'écarquillèrent lorsque son agresseur brandit un couteau devant ses yeux, puis celui qui tenait le téléphone et filmait l'attaque s'approcha du lit.

Ni la personne qui filmait ni l'agresseur ne disaient quoi que ce soit ou ne semblaient reconnaître les paroles de Katrina, la voix de la femme n'étant guère plus qu'un halètement tandis qu'elle se débattait.

Puis son agresseur passa son couteau sur son abdomen, une coupure profonde qui fit haleter Kay.

Le cri de Katrina remplit l'espace insonorisé du bureau, strident contre les murs en plâtre, en décalage avec les photos joyeuses de la famille d'Andy qui entouraient son bureau.

La bile monta dans la gorge de Kay alors qu'elle regardait les larmes couler sur les joues de Katrina, la femme se tordant de douleur tandis que son agresseur se redressait, l'enfourchait, puis enfonçait le couteau dans sa cuisse.

— Stop.

Kay leva la main en se détournant de l'écran.

— Nom de Dieu.

Barnes fit pivoter sa chaise après une seconde ou deux, puis se dirigea vers la fenêtre et passa sa main sur sa bouche.

Kay cligna des yeux, essayant de perdre une partie des images qui se rejouaient dans sa tête.

— Je ne sais pas comment toi et ton équipe faites ça tous les jours, Andy.

— Quelqu'un d'autre a démissionné la semaine dernière, dit l'analyste. Et j'ai deux employés à temps partiel en arrêt pour stress.

— Ça ne m'étonne pas.

Après quelques secondes de plus, Barnes les rejoignit et expira, sortant ses lunettes de lecture de la poche de sa veste pour scruter le texte sous la vidéo figée.

— Putain de merde. Ça n'a été posté qu'il y a six heures, et il y a déjà eu plus de trois cents vues.

— Ah, j'allais en parler.

Les doigts d'Andy balayèrent son clavier, et Kay regarda une nouvelle chaîne de données apparaître à gauche de l'écran.

— Regardez ici. C'est la durée totale de la vidéo. Un peu plus de dix minutes...

— Dix minutes ?

Kay déglutit, voyant qu'ils n'avaient visionné que la première minute et quinze secondes.

— Ça semblait plus long en regardant cette partie.

— Je sais. Mais regardez.

Andy tendit la main et tapota l'écran.

— Le temps de visionnage moyen est inférieur à quarante-cinq secondes.

— Donc les gens en ont vu suffisamment et sont passés à autre chose, dit Barnes.

— Ce n'est pas ce que je veux dire.

Andy ferma la vidéo et se tourna vers eux, son ton patient.

— Le point est que cela a été chargé sur le dark web, le genre d'endroit où les gens vont pour regarder ce genre de choses. Ils recherchent ce type de contenu, donc je m'attendrais à ce qu'ils regardent toute la vidéo, pas qu'ils abandonnent après quelques secondes. Je m'attendrais à ce que la durée moyenne soit plus élevée, et à ce que le nombre de vues soit plus élevé pour une vidéo snuff. Beaucoup plus élevé. Mais il y a un code ici qui suggère qu'elle a été partagée. Un lien a été généré peu après que la vidéo a été téléchargée, probablement dans le but de la partager par d'autres moyens comme l'e-mail.

Kay fronça les sourcils.

— Où veux-tu en venir ?

— Je ne pense pas que ce contenu ait été partagé en ligne pour que quelques individus tordus puissent s'exciter. Je pense que ça a été posté puis partagé ailleurs comme un avertissement.

CHAPITRE 12

Un public aux visages sombres fixait Kay lorsqu'elle se tint devant le tableau blanc, prête à commencer le briefing de fin de matinée.

Les récentes averses avaient laissé place à un soleil éclatant qui filtrait à travers les stores de la fenêtre et scintillait sur les bureaux, un effet en contradiction avec les photographies de la scène de crime épinglées au tableau.

Kay prit une brève gorgée d'eau de sa bouteille, referma le bouchon et s'éclaircit la gorge.

— Bien, commençons par le point sur l'expertise numérique avant d'aller plus loin, dit-elle. Andy Grey a découvert qu'une vidéo de la torture et de la mort de Katrina a été mise en ligne sur le dark web plus tôt aujourd'hui. Ce fichier vidéo est maintenant lié à notre système, mais pour tous les nouveaux membres de l'équipe : il vous est interdit de le visionner, ainsi qu'à toute personne non autorisée par moi ou l'inspecteur

Barnes. Tout ce que je peux dire, c'est que c'est horrible et que l'attaque contre Katrina a été prolongée.

Un silence choqué accueillit ses paroles.

— Passons à la suite. D'après les entretiens avec les amies de Katrina, nous avons obtenu un numéro de portable sur lequel Andy travaille actuellement pour essayer de déterminer les mouvements de Katrina avant sa mort. Aucune de ses amies ne l'a vue vendredi, et il n'y a rien sur ses réseaux sociaux qui suggère où elle est allée avant de se trouver chez les Brassick pour nettoyer avant l'arrivée de leurs invités ce soir-là. Dès que nous aurons des nouvelles d'Andy, je vous ferai un nouveau point. En attendant, sa supérieure du magasin où elle travaillait à temps partiel a confirmé qu'au cours des quatre dernières semaines, Katrina avait l'air épuisée, et l'une de ses collègues l'avait réprimandée pour avoir utilisé son téléphone portable alors qu'elle aurait dû travailler. Les agents en uniforme interrogent actuellement les autres membres du personnel, mais pour l'instant, il semble que personne n'était au courant du travail de ménage qu'elle faisait en parallèle et il n'y a aucun signalement de clients ayant menacé Katrina.

Elle mit ses notes de côté et leva le menton jusqu'à ce qu'elle puisse voir Aaron Stewart.

— Qu'en est-il des caméras de surveillance de la maison ?

— Les Brassick ont installé quatre caméras, une de chaque côté de la maison, dit-il en haussant la voix pour être entendu. Et toutes ont eu leurs objectifs et leurs détecteurs de mouvement peints à la bombe avant que Katrina ne soit tuée.

La brusque inspiration de Kay fut reprise en écho par les officiers autour d'elle.

— Merde. Stephen Brassick ne s'en est pas rendu compte ? Je croyais qu'il avait accès au flux des caméras sur son ordinateur portable ?

— C'est le cas, et quand je le lui ai dit, il était naturellement choqué. Il a dit que le système aurait dû lui envoyer une alerte immédiatement dès qu'une activité était détectée par les capteurs de mouvement et vu leur sensibilité, celui qui a fait ça—

— Connaissait leur existence et leur fonctionnement.

Kay soupira en repoussant sa frange de ses yeux.

— Bon sang. Est-ce qu'il y a une chance que tu aies pu voir du mouvement sur les images avant que les caméras ne soient désactivées ?

— Non, chef. Ils ont complètement aveuglé les caméras.

Aaron eut un rictus.

— Ils ont probablement vérifié la disposition de la maison en utilisant des images satellite en ligne avant de venir.

— La maison est au milieu de nulle part. Comment ont-ils fait pour voir où les caméras étaient situées ? Elles n'apparaîtraient pas en ligne, n'est-ce pas ?

Nadine leva la main.

— Chef, s'ils ne savaient pas exactement où se trouvaient ces caméras, il leur suffirait de se déplacer assez lentement pour que les capteurs ne se déclenchent pas.

— Bon sang.

Kay haussa un sourcil.

— Mon frère est dans les Marines, expliqua l'agente

stagiaire, les joues rougissantes. Il me raconte ce genre de choses sur leur entraînement. C'est juste une suggestion.

— Et c'est une bonne suggestion.

Kay se retourna vers le tableau blanc et mit à jour les notes.

— Cela pourrait suggérer que notre tueur, ou nos tueurs, ont eu une sorte de formation militaire ou autre formation spécialisée.

— Ou ils l'ont déjà fait et savent à quoi faire attention, ajouta Barnes. Et ils sont patients.

— Sans parler du culot qu'il faut pour passer autant de temps à approcher la maison sans savoir si les propriétaires ou quelqu'un d'autre pouvaient arriver à tout moment.

Kay fronça les sourcils en se tournant vers Gavin.

— Je ne me souviens pas que le rapport d'autopsie ait suggéré cela, mais Lucas a-t-il mentionné si les blessures de Katrina suggéraient un angle militaire ? Je pense aux forces spéciales, ce genre de chose.

— Non, chef, mais je l'appellerai après ça pour lui en parler.

— Aaron, tu peux travailler avec Debbie pour passer en revue les images des caméras des quatre dernières semaines ? C'est la période durant laquelle la responsable de Katrina nous a dit l'avoir vue fatiguée et stressée par quelque chose, alors peut-être que la maison des Brassick a été repérée avant jeudi soir.

— Je m'en occupe, chef.

— Qu'en est-il de son ex-mari ? Il a un alibi ?

Kyle Walker leva les yeux de ses notes.

— Il était à Copenhague pour un voyage d'affaires toute la semaine dernière et n'est rentré que samedi soir.

J'ai parlé à son responsable, qui a corroboré l'heure de départ de l'hôtel et l'arrivée du vol.

— D'accord, merci. Passons à la suite : comment les tueurs de Katrina sont-ils entrés dans la maison ? Si elle avait peur de quelqu'un, pourquoi les aurait-elle laissés entrer ? Y a-t-il des preuves suggérant qu'ils sont entrés par effraction pendant qu'elle était à l'intérieur de la maison ?

— J'ai examiné les rapports de l'équipe de la police scientifique de Harriet et il n'y a rien qui indique une effraction, répondit Laura.

— Donc potentiellement, elle connaissait ses agresseurs.

Kay jeta son stylo sur une table voisine.

— Nous avons besoin de plus d'informations sur le passé de Katrina, y compris tout ce que nous pouvons trouver sur son éducation, ce que faisaient ses parents et pourquoi ils ont déménagé au Royaume-Uni en premier lieu.

— Tu penses qu'il pourrait s'agir d'une vengeance pour quelque chose que sa famille a fait ? Ou quelqu'un qu'elle connaît ? demanda Barnes.

— Je n'en ai aucune idée pour le moment, mais la suggestion de Nadine selon laquelle les tueurs de Katrina auraient pu avoir une formation militaire ouvre un tout nouvel angle, n'est-ce pas ?

Kay parcourut son équipe du regard.

— Et si ce n'est pas quelqu'un d'ex-militaire d'ici, alors nous allons devoir examiner si une entité étrangère est impliquée.

CHAPITRE 13

Kay planta sa fourchette dans une crevette frite sans méfiance et vérifia son téléphone portable de l'autre main.

Faisant défiler une série de nouveaux messages, elle retint un soupir en voyant le dernier communiqué du quartier général, puis elle leva les yeux en entendant un toussotement poli.

— J'en déduis que tu as suggéré ce dîner pour que nous puissions parler d'autre chose que de la vie au sommet ? demanda le commandant divisionnaire Devon Sharp en prenant une gorgée de sa bière. Ou est-ce que c'était une ruse pour que je paie tout ce repas ?

— Désolée, chef.

Kay baissa son téléphone et remua les restes de son curry thaï dans son assiette pendant quelques instants.

— Cette affaire...

— Hmm. Lucas m'a dit que c'était une sale histoire.

— Tu lui as parlé ?

— En passant, plus tôt aujourd'hui. Il était brièvement à Northfleet pour une réunion avec une des équipes de la division est. Et pendant qu'on est en dehors du bureau, on utilise nos prénoms, tu te souviens ?

Son ton s'adoucit.

— Après tout, on en a vécu des choses ensemble au fil des années.

— C'est vrai. Comment va Rebecca au fait ?

— Elle est à sa séance hebdomadaire de squash. Elles ont mis en place un programme d'entraînement de six semaines pour les femmes, ce qui signifie qu'elle va m'écraser la prochaine fois qu'on sera sur un court ensemble.

— Elle dit qu'elle te bat la plupart du temps de toute façon.

Sharp rit doucement.

— Je vais avoir deux mots à lui dire à ce sujet.

Kay fit une pause pour boire une gorgée de vin, puis posa sa fourchette et repoussa son assiette.

— Ça y est, je suis gavée.

— Alors parle. Je vais finir le riz.

Après avoir vérifié par-dessus son épaule qu'aucune des tables derrière elle ne s'était remplie de clients, elle garda une voix basse pendant qu'elle le mettait au courant des progrès de l'enquête.

— Une de nos nouvelles stagiaires a un frère dans les Marines, et elle a suggéré que celui qui a fait ça pourrait avoir une formation militaire.

— Sur quelle base ?

— Le fait qu'ils ont désactivé les caméras de telle manière qu'ils n'ont jamais été repérés en approchant. L'agente Fenning pense que la seule façon dont ils auraient pu négocier les détecteurs de mouvement était de se déplacer très lentement.

Kay fit tourner le pied de son verre de vin entre ses doigts.

— Étant donné que Stephen Brassick nous a dit que ces caméras peuvent être déclenchées par un renard qui se promène dans le jardin, il faudrait être vraiment très lent.

Sharp s'essuya la bouche avec sa serviette puis se pencha en arrière sur sa chaise, le regard pensif.

— C'est un point valable.

Elle observa l'ancien policier militaire serrer la mâchoire, son regard dérivant vers les assiettes vides pendant un moment avant qu'il ne parle à nouveau.

— Tu as eu l'occasion d'examiner les anciens militaires locaux avec un casier judiciaire ?

— On y a travaillé tout l'après-midi, mais rien n'est apparu récemment.

Kay expira.

— L'autre chose à laquelle je pense, c'est qu'avec les origines tchèques de la victime, il pourrait y avoir un angle de sécurité là-dedans.

Les yeux de Sharp s'élargirent.

— Une attaque par une puissance étrangère ? C'est un grand pas.

— C'est vrai, mais c'est quelque chose que nous allons devoir examiner, ne serait-ce que pour l'écarter.

Elle s'éclaircit la gorge.

— C'est de ça dont je voulais te parler. Je me demandais si tu avais des contacts auprès desquels tu pourrais faire des enquêtes discrètes. La dernière chose que je veux, c'est que les médias en aient vent.

— Mon Dieu, non. On ne peut pas avoir ça.

— Tu connais quelqu'un qui pourrait aider ?

— Pas comme ça, mais je vais y réfléchir. Si je trouve quelqu'un, je te le ferai savoir une fois qu'on aura soit confirmé qu'il y a un lien, soit qu'il n'y a rien qui suggère une implication étrangère.

Il grimaça.

— Et ce ne sera pas par les moyens habituels, donc mieux vaut garder ça entre nous.

Le cœur de Kay s'accéléra.

— Tu veux dire les services de sécurité.

— C'est ce dont tu as besoin, non ?

— C'est vrai.

— Ça pourrait me prendre un certain temps, alors continue avec tes autres pistes jusqu'à ce qu'on puisse l'écarter. Je pense que tu devrais aussi jeter un coup d'œil plus attentif aux Brassick.

— Oh ? Pourquoi ? Ils sont à New York en ce moment, et ça fait des mois qu'ils y sont.

— Oui, mais tu as mentionné que Stephen Brassick pouvait surveiller les caméras et réinitialiser les serrures de la maison à distance en utilisant son système de sécurité en ligne.

Sharp se pencha en avant et posa ses coudes sur la table alors qu'il s'échauffait sur le sujet.

— Et s'il peut faire ça, alors il aurait aussi pu laisser entrer quelqu'un dans la maison à l'insu de Katrina, non ?

Kay déglutit, la bouche soudain sèche.

— Mon Dieu, tu as raison. Elle aurait pu être occupée à nettoyer à l'étage et ne jamais les avoir entendus entrer.

— Ou ils étaient déjà dans la maison quand elle est arrivée. À l'attendre.

Son regard se déplaça vers la droite quelques instants avant que Kay n'entende du mouvement, et elle jeta un coup d'œil par-dessus son épaule pour voir le serveur approcher.

— Tout va bien ici ? demanda-t-il en tendant déjà la main vers les assiettes vides. Vous voulez autre chose ?

— C'est bon, merci. Juste l'addition s'il vous plaît, répondit Kay.

Elle attendit qu'il se retire vers la cuisine, puis se retourna vers Sharp.

— Je vais demander à Laura de faire des recherches plus approfondies sur le passé et l'historique professionnel des Brassick dès demain matin.

— Tu devrais, dit-il. Et demande-lui de voir s'il y a aussi un lien militaire là-dedans. Étant donné la quantité de voyages que Stephen Brassick fait pour son travail, qui sait qui il a pu croiser ?

Kay sortit son porte-monnaie, sa main planant au-dessus de sa carte de crédit et elle leva les yeux.

— Tu penses que Katrina a été tuée pour envoyer un message aux Brassick, plutôt que cette attaque soit directement liée à elle ?

Son ancien mentor haussa les sourcils.

— Ça, détective Hunter, c'est quelque chose que tu vas devoir découvrir.

CHAPITRE 14

Une demi-heure plus tard, lorsque Kay engagea sa voiture dans son allée, un 4x4 boueux était déjà garé devant le garage.

Elle descendit et sourit en entendant le merle local gazouiller dans les arbustes du petit jardin de devant. Une douce lueur rosée s'attardait encore sur l'horizon qui s'assombrissait au-delà des maisons de l'autre côté de la ruelle.

Quelque part, quelqu'un faisait un barbecue, et l'odeur du charbon de bois flottait dans la brise tandis qu'elle enfonçait sa clé dans la porte d'entrée.

Un frisson involontaire lui parcourut les épaules au souvenir d'une affaire d'il y a quelques années, puis elle claqua la porte, repoussant cette pensée.

La chaleur l'enveloppa tandis qu'elle retirait ses chaussures du bout du pied et se débarrassait de sa veste de tailleur, l'arôme de quelque chose de délicieux venant de la cuisine contrebalancé par une odeur âcre de—

— Merde, tu es déjà rentrée.

Son compagnon, Adam Turner, passa la tête par la porte de la cuisine, une expression coupable sur son visage bronzé.

Kay plissa les yeux.

— Que se passe-t-il ?

— J'espérais avoir nettoyé tout ça avant ton retour.

Il s'écarta pour la laisser passer, puis pointa du doigt une boîte dans le coin.

— Les petits ont eu un accident.

Son regard passa du désordre sur le carrelage de la cuisine à quatre créatures piquantes qui se bousculaient dans la boîte, tapissée de paille fraîche.

— J'ai pensé les laisser courir un peu ici pendant que je nettoyais leur litière, dit Adam en tirant d'autres feuilles d'un rouleau de papier essuie-tout presque épuisé avant d'éponger les saletés. J'avais oublié à quel point ils font du désordre à cet âge.

— Ils sont adorables.

Kay s'accroupit à côté de la boîte, résistant à l'envie de tendre la main pour toucher les bébés hérissons.

— Tu les as trouvés où ?

— Un des voisins les a amenés plus tôt cet après-midi, il y avait un nid derrière sa remise et il leur mettait de la nourriture depuis avril. Il y a un hérisson mort un peu plus haut dans la ruelle, alors il les a surveillés toute la nuit pour voir si un parent revenait, mais on dirait que ces petits sont orphelins.

Adam se redressa en grimaçant.

— Je vais mettre ça dans la poubelle, je reviens dans une minute.

Kay désigna un verre à vin vide sur le plan de travail central.

— Tu en veux un autre, ou tu pars tôt demain matin ?

— Je veux bien un autre verre, merci, il y a un chardonnay ouvert dans le frigo.

Elle servit deux verres, puis se dirigea vers le salon, les notes d'un album préféré d'Adam jouant en arrière-plan, un groupe qu'ils avaient vu en concert plusieurs fois.

Elle regarda les papiers éparpillés sur la table basse et plaça le verre d'Adam aussi loin que possible des documents, puis elle s'effondra sur le canapé avec un soupir et frotta ses yeux fatigués.

— J'en déduis que ta semaine de congé prévue n'aura pas lieu, alors ?

Adam entra, s'installa sur le canapé et fit tinter son verre contre le sien.

— Non, pas maintenant.

Kay roula des épaules.

— Je ne peux pas. Pas avec cette affaire.

— Comment va Devon ?

— Bien. Il te passe le bonjour.

Elle inclina son verre vers les papiers.

— Sur quoi est-ce que tu travailles ?

— On m'a demandé de contribuer à un article pour une revue plus tard dans l'année, mais je suis un peu rouillé sur les derniers développements de la recherche.

— Des devoirs, alors ?

Il acquiesça.

— Il se passe de bonnes choses en ce moment, aussi. Ce serait bien de les regrouper dans un seul article. Si j'arrive à mettre mes idées en ordre, bien sûr. La revue est destinée aux étudiants de premier cycle, donc je ne peux pas me permettre de les aveugler avec de la science.

Kay se pencha et l'embrassa.

— C'est super que tu reçoives de plus en plus d'invitations pour faire ça.

— Eh bien, j'espère que celle-ci pourrait aussi déboucher sur des conférences.

— Tu aimerais enseigner ?

Elle se redressa.

— Plutôt que de diriger le cabinet, je veux dire ?

— Non, pas pour remplacer le travail pratique. Mais c'est agréable de transmettre une partie de ce que je sais, je suppose. D'ailleurs, j'apprends généralement des choses des autres intervenants aussi.

Il posa son verre, puis se pencha en avant et commença à rassembler les papiers en une pile soignée.

— Alors, comment s'est passée ta journée ?

— Frustrante.

Elle prit une autre gorgée.

— Une partie de moi a l'impression que mon cerveau va exploser avec la quantité d'informations qui arrivent, l'autre partie s'inquiète du fait que nous en sommes déjà à quatre jours d'enquête, et pourtant nous ne savons presque rien sur qui a tué notre victime, ou pourquoi.

— Tu as demandé à Sharp d'avoir plus de personnel ?

— Je l'ai fait. Il ne peut rien faire cependant, trop d'autres affaires ont autant de priorité que celle-ci, comme d'habitude.

Elle posa son verre, un goût amer assombrissant son palais.

— Je vais devoir me débrouiller avec ce que j'ai. Celui qui a assassiné cette femme est un vrai sadique.

Adam lui serra la main.

— Je sais que tu ne peux pas tout me dire sur ce que tu fais, mais tu sais que tu peux me parler si ça devient trop lourd, n'est-ce pas ?

— Je sais.

Elle força un sourire.

— Et merci.

Il la prit dans ses bras et embrassa ses cheveux.

— Fais attention à toi, Kay. C'est tout ce que je demande. Si ce tueur est aussi mauvais que certains des autres que tu as mis derrière les barreaux, alors ne fais rien—

— De stupide ?

Elle s'écarta et lui lança un regard penaud.

— Je ne le ferai pas. J'ai appris de mes erreurs par le passé, non ?

— Je ne suis pas si sûr de la partie apprentissage.

Il tendit la main et remit une mèche de cheveux derrière son oreille, une expression inquiète dans les yeux.

— Je sais comment tu es une fois que tu as mordu dans une affaire.

CHAPITRE 15

— Je n'arrive pas à croire que j'ai dû prendre un jour de congé juste parce que tu n'as pas pu te résoudre à faire ça pendant le week-end comme nous en avions convenu.

Alana Winkman se tenait les mains sur les hanches et fusillait son frère du regard avant de tourner son attention vers l'intérieur surchargé du box de stockage.

— Et je n'arrive pas à croire la quantité de *merdes* que Papa a ici. Je pensais qu'à la mort de Maman, il avait tout donné à une association caritative.

— Apparemment pas.

Richard Zilchrist se dandinait d'un pied sur l'autre.

— Et je n'ai pas pu venir ce week-end, je te l'ai dit. Diane voulait aller voir sa sœur.

Alana leva les yeux au ciel.

— Peu importe.

— Où est Matt, d'ailleurs ? Je croyais que tu avais dit qu'il viendrait.

— Quelqu'un est tombé malade alors on lui a demandé de travailler aujourd'hui.

Elle acquiesça d'un signe de tête brusque en entendant son soupir exaspéré.

— Ce qui est vraiment chiant parce qu'on aurait vraiment pu utiliser sa camionnette. Là, on va devoir se débrouiller avec les deux voitures.

Des particules de poussière tourbillonnaient dans l'air tandis qu'elle s'appuyait contre une grande boîte et la poussait sur le côté pour essayer de faire de la place à l'avant du box.

Une odeur de renfermé s'accrochait à tout, avec un fort relent de moisissure venant de quelque part, tandis que les rayons du soleil essayaient en vain de réchauffer l'air frais qui émergeait des ombres.

Richard éternua en ouvrant un carton, envoyant un nuage de poussière vers le haut.

— Par où diable commencer avec tout ça ? Je veux dire, tu veux garder quelque chose ?

— Je ne sais pas. On ne sait même pas encore ce qu'il y a ici.

Elle cligna des yeux pour retenir ses larmes et renifla.

— Pourquoi ne nous a-t-il pas parlé de ça quand il était vivant ? On aurait pu lui demander quoi faire.

— Hé, ça va aller.

Il passa son bras autour de son épaule et la serra contre lui.

— On va s'en sortir. D'ailleurs, l'avocat a dit que les propriétaires de cet endroit nous donnaient jusqu'à la fin du mois pour tout débarrasser. Et si on s'y attaquait petit à petit en commençant aujourd'hui et en revenant ici le week-end ? On triera ce qui doit aller à l'association caritative et on jettera le reste. Honnêtement, je n'imagine pas qu'il y ait quoi que ce soit ici qu'on voudra garder, pas toi ?

— Je suppose que non.

Alana renifla à nouveau.

— De toute façon, au moins, s'occuper de ça nous tiendra occupés pendant que l'avocat s'occupe de toutes les autres questions financières.

Il gémit.

— Ne m'en parle pas. J'ai dû leur remettre tous les papiers de Papa hier, je n'y comprenais rien.

— Eh bien, on les paie assez cher alors laissons-les faire leur travail.

Alana se pencha et tira une boîte vers elle, grimaçant lorsqu'une grosse araignée passa en trombe devant ses chaussures en toile et sortit du box en vitesse.

— Mon Dieu, j'espère qu'il n'y a pas de rats ici.

— J'en doute. Je ne vois pas d'humidité ici, et il n'y a pas de crottes de rats. Enfin, regarde toute cette poussière. Et puis, cet endroit n'aurait pas beaucoup de clients si les affaires de tout le monde étaient rongées.

Elle jeta un coup d'œil par-dessus son épaule vers le vieux conteneur maritime à l'entrée du site qui avait été transformé en bureau de fortune.

— Je ne pense pas qu'ils aient beaucoup de clients de toute façon. Comment diable Papa a-t-il trouvé cet endroit ?

— Dieu seul le sait. Certaines de ces choses sont ici depuis longtemps. Regarde.

Richard tenait une pile de magazines automobiles, le papier autrefois brillant se recroquevillant avec l'âge.

— Ils datent de l'époque où il rénovait la Morris Minor.

— Il l'a vendue il y a trois ans, non ?

Son estomac se noua tandis qu'elle promenait son regard sur les autres boîtes.

— Quel âge ont les cartons du fond, alors ?

— Il n'y a qu'un seul moyen de le savoir.

Son frère se dirigea vers le côté gauche de l'ouverture et trouva un interrupteur. Quatre tubes fluorescents brillants clignotèrent au-dessus de leurs têtes.

— Et si on travaillait pendant quelques heures, puis qu'on ira manger un morceau quelque part avant de revenir ici ?

— Ça me va.

Alana retroussa ses manches, prit une profonde inspiration à l'idée de trouver un nid d'araignées, et commença à fouiller dans les boîtes à côté d'elle.

Au bout de vingt minutes, il y avait six cartons qui avaient été sortis du box et qui se trouvaient maintenant à côté de leurs voitures garées pour être jetés au centre de recyclage voisin. Deux autres boîtes étaient destinées à l'association caritative après que Richard avait découvert certains vêtements de leur mère soigneusement emballés à l'intérieur, et une horloge ancienne dont Alana se souvenait de leur enfance se trouvait maintenant dans sa voiture.

Elle ne savait pas encore quoi en faire, mais elle répugnait à s'en débarrasser.

Une heure et demie s'était écoulée lorsque Richard se redressa, enfonçant ses poings dans son dos avec un gémissement, et se tourna vers elle.

RACHEL AMPHLETT

— Bon, ça suffit, pause. J'ai besoin d'un café.

Elle sourit en sortant une paire de sweat-shirts mangés aux mites d'une boîte.

— Moi aussi. Mon Dieu, pourquoi diable a-t-il gardé ça ? Je suis sûre de me souvenir que Maman lui avait dit de les jeter il y a des années.

— Tu connais Papa, toujours réticent à se débarrasser de quelque chose qui était parfaitement bon pour...

— Jardiner, dirent-ils à l'unisson.

Alana rit.

— Je suis contente qu'on fasse ça ensemble. Ça semble... juste, non ?

Il sourit.

— Je suis désolé qu'on ait perdu le contact ces deux dernières années, Al. C'est juste qu'avec le travail et tout, et puis les problèmes de Damien à l'école...

— Je sais.

Elle leva la main.

— Pas besoin de t'excuser. Comment va-t-il d'ailleurs ? Il s'adapte bien au nouvel endroit ?

— Pas de problèmes jusqu'à présent, Dieu merci.

Il regarda sa montre, puis se faufila entre une paire de chaises décrépites et examina une vieille armoire à côté d'une rangée de boîtes qui avaient été empilées le long du mur du fond.

— Ok, encore un carton et on va déjeuner. Ça te va ?

— Ça me va.

Comme pour confirmer, son estomac gargouilla.

— Il y a un endroit en bas de la rue qui sert des petits déjeuners toute la journée. On peut aussi prendre du café à ramener ici.

Elle entendit une réponse étouffée de son frère alors qu'elle plongeait dans une autre boîte, puis elle se retourna au son d'un haut-le-cœur.

— Rich ?

Il se frayait un chemin hors du fond du box, poussant de tout son poids contre les chaises si fort qu'elles heurtèrent une étagère et envoyèrent son contenu voler à travers le sol.

Le visage gris, il mit sa main sur sa bouche et se précipita vers la porte ouverte.

Quelques instants plus tard, elle l'entendit vomir sur le sol en béton criblé de trous, et se précipita dehors.

— Rich ? Qu'est-ce qui ne va pas ? Que se passe-t-il ?

Il secoua la tête en réponse, ferma les yeux et se pencha en avant, les mains posées sur ses genoux.

Alana regarda par-dessus son épaule vers le box sombre, plissant les yeux face à la luminosité éclatante.

— Que s'est-il passé ?

Son frère se redressa lentement, puis se retourna et cracha par terre. Quand il parla, sa voix tremblait.

— Appelle la police, Al.

— Quoi... ?

Il se retourna vers elle, les yeux hagards.

— La police. Appelle-les. Maintenant. Et pour l'amour du ciel, ne retourne pas là-dedans.

CHAPITRE 16

Barnes vacilla sur un pied et tira la jambe de la combinaison de protection par-dessus son pantalon, jurant dans sa barbe lorsque l'ourlet s'accrocha à son gros orteil et faillit l'envoyer percuter la jeune technicienne de la police scientifique qui se tenait à ses côtés.

À son crédit, elle parvint à ne pas rire et tendit plutôt la main pour le stabiliser.

— Merci, dit-il d'un ton bourru. Où est Harriet ?

— À l'intérieur.

Elle fit un signe du pouce ganté par-dessus son épaule alors qu'il se redressait.

— Ça nous a pris un temps fou pour nous frayer un chemin à travers tous les cartons, alors elle vient juste d'avoir l'occasion d'examiner le corps.

— C'est comment ?

— J'ai vu pire.

— Ça ne me rassure pas vraiment.

Elle sourit derrière son masque, le mouvement plissant la peau au coin de ses yeux.

— Ça ira pour l'autre jambe ?

— Quoi ?

En réponse, elle pointa sa combinaison et il baissa les yeux pour voir qu'il était toujours à moitié dedans, à moitié dehors, et il soupira.

— Je sais m'habiller tout seul, vous savez.

— Je vérifiais juste, chef.

Elle lui fit un clin d'œil, puis s'éloigna rapidement alors que Lucas Anderson s'approchait d'eux, sa main lissant une mèche de cheveux rebelle.

— Est-ce que je vieillis, ou est-ce qu'ils deviennent plus effrontés ? demanda Barnes.

Le médecin légiste lui adressa un sourire las.

— Sans commentaire. Tu es venu seul ?

— Kay est allée directement à la salle des opérations pour organiser les choses de ce côté-là.

Il tira les manches de la combinaison de protection sur ses poignets et enfila des gants avant de désigner d'un mouvement du menton la porte ouverte de l'unité de stockage.

— Homme ou femme ?

— Homme, fin de la vingtaine ou début de la trentaine, je dirais.

Lucas se tourna vers l'unité.

— Difficile à dire avant l'autopsie, mais je suggérerais qu'il est là depuis environ deux mois, à quelques jours près.

— Dave Morrison a dit à la radio que la victime avait été retrouvée nue. C'est vrai ?

— Nue, et torturée avant d'être étranglée.

Lucas haussa un sourcil.

— Je déteste te dire ça, Ian, mais d'après ce que j'ai pu voir pendant que le corps était encore in situ, les marques de couteau sur les bras et les mains de la victime ressemblent à celles infligées à Katrina Hovat. Il y a le même placement des blessures, par exemple sur la peau fine entre les doigts.

— Merde.

Barnes fléchit ses doigts, sa peau déjà moite sous le matériau nitrile de protection.

— Tu as dit que le corps était toujours in situ...

— Il était fourré dans une vieille armoire qui était stockée le long du mur latéral de l'unité.

Barnes regarda Dave Morrison qui se détachait d'un petit groupe de jeunes officiers et se dirigeait vers eux.

— Bonjour, chef. Les deux personnes qui ont découvert le corps sont en fait un frère et une sœur qui étaient en train de vider cet endroit. Ça appartenait à leur père, un certain monsieur Angus Zilchrist. Il est mort il y a deux semaines.

— Naturellement, ou—

— Crise cardiaque, chez lui.

Dave régla le volume de sa radio qui grésillait.

— Apparemment, il tondait la pelouse quand c'est arrivé. Il est tombé raide mort sur place.

— Où sont le frère et la sœur ?

— Nadine Fenning s'est arrangée pour les ramener chez eux. J'ai pris leurs dépositions avant qu'ils ne partent. Ils ne savaient même pas que cette unité existait jusqu'à ce qu'ils parlent avec le notaire de leur père trois jours après sa mort.

— D'accord, donc nous avons besoin de vérifications des antécédents de cet Angus Zilchrist alors. Comment—

— Inspecteur Barnes ? On t'attend.

Barnes vit Harriet lui faire signe, son masque baissé sur son menton alors qu'elle se tenait à l'extérieur de l'unité.

— J'appellerai Kay une fois de retour au bureau pour lui faire savoir quand je ferai l'autopsie, dit Lucas en s'éloignant. Ce sera probablement demain.

— Merci. Dave, je te retrouve avant de partir d'ici.

Barnes se traîna jusqu'à l'endroit où Harriet l'attendait.

— Bonjour. Il faut qu'on arrête de se rencontrer comme ça.

— Sans blague.

Elle lui tendit un masque jetable.

— Ne t'inquiète pas, il ne sent pas trop mauvais. Je pense que si ces deux-là ne l'avaient pas découvert, on aurait eu affaire à une momie. Lucas a dit que l'environnement ici est parfait.

Barnes plissa le nez sous le papier qui le couvrait.

— Il a aussi mentionné qu'il pensait que la victime était ici depuis au moins quelques semaines.

— Eh bien, voyons si nous trouvons quelque chose pour nous aider avec ça. Fais attention où tu marches, j'ai besoin que tu suives cette ligne de drapeaux, d'accord ?

Il la suivit dans l'unité, en faisant attention de ne pas frôler une boîte qui était tombée, répandant son contenu de livres de poche écornés sur le sol en béton, puis il enjamba un tas de vieux vêtements éparpillés.

Quelques pas de plus, et ils atteignirent l'armoire, ses portes fragiles ouvertes en grand.

À sa base, la forme pâle et froissée d'un homme nu gisait étalée sur le sol, son visage tordu dans une grimace de douleur, les dents découvertes tandis que ses yeux...

Barnes déglutit.

— Bon sang. Narnia a bien dégringolé, n'est-ce pas ?

Un gémissement collectif filtra parmi les techniciens de la police scientifique rassemblés, et Harriet leva les yeux au ciel.

— On a eu assez de blagues comme ça, merci, inspecteur Barnes. Nous pensons qu'une de ces boîtes maintenait la porte fermée. Quand Richard Zilchrist a déplacé la boîte, les portes se sont ouvertes et la victime est tombée.

— Seigneur, ça a dû lui faire une de ces peurs.

Malgré sa répulsion, il s'accroupit à côté du corps de la victime et tendit le cou pour voir les différentes blessures de couteau qui couvraient les jambes et les bras de l'homme.

Certaines n'étaient guère plus qu'une petite entaille sur la peau, mais comme Lucas l'avait dit, elles se trouvaient dans des zones de peau délicate, des endroits où même la plus petite des coupures causerait une douleur atroce. De plus grandes blessures par arme blanche se trouvaient sur les cuisses externes de l'homme, et la lèvre de Barnes se retroussa derrière son masque lorsqu'il réalisa qu'au moins l'une d'entre elles aurait coupé jusqu'à l'os.

— Lucas a vérifié sa mâchoire, et il manque trois dents que nous pouvions voir, dit Harriet. Peut-être plus. Quand il le ramènera à la morgue, il pourra confirmer si c'étaient d'anciennes extractions, ou si elles ont été infligées avant la mort.

— Ça ressemble effectivement aux blessures de Katrina. Ce sera intéressant d'entendre s'il peut comparer les plaies pour voir si c'est la même arme qui a été utilisée, dit Barnes en se redressant, puis en examinant le sol en béton. Je ne vois pas de sang, donc je suppose qu'il a été tué ailleurs, puis abandonné ici. Est-ce qu'il y a quoi que ce soit ici qui suggère *comment* il a été mis dans l'armoire, si le frère et la sœur ont des alibis ?

Harriet le ramena vers la porte, hors du chemin de ses techniciens.

— Pas encore. L'agent Morrison a déjà demandé les images de vidéosurveillance au gérant, mais le frère et la sœur ont déplacé les cartons pour accéder à l'armoire, donc nous avons probablement perdu beaucoup de preuves. Nous traitons tout pour vérifier les empreintes latentes et nous avons prélevé des échantillons sur eux avant qu'ils ne partent pour pouvoir les éliminer si nécessaire, mais ce ne sera pas pour demain.

Après être sorti, Barnes repoussa sa capuche de protection et retira son masque, puis dézippa le haut de sa combinaison de protection.

— D'accord, merci, Harriet. Je vais te laisser continuer.

Il jeta la combinaison dans une poubelle de déchets biologiques à proximité, et il se dirigea vers l'endroit où Dave Morrison s'appuyait contre l'arrière de sa voiture de patrouille, la tête penchée sur son carnet.

— Qui avait les clés de l'unité de stockage ?

— Il y a une clé maîtresse détenue par le bureau là-bas, et puis celle qu'Alana Winkman dit avoir trouvée chez son père pendant qu'ils triaient des papiers trouvés dans un des tiroirs de la cuisine. Quand elle a interrogé l'avocat à ce sujet, c'est lui qui a suggéré qu'elle pourrait appartenir à cette unité de stockage, c'était la première fois que l'un ou l'autre des enfants d'Angus entendait parler de cet endroit.

Dave rangea son carnet dans son gilet de protection.

— Richard Zilchrist a confirmé qu'il n'avait pas de clé, et il a corroboré la version des événements d'Alana lorsque je l'ai interrogé séparément.

Barnes frotta sa mâchoire mal rasée et foudroya l'unité du regard, son esprit réfléchissant à toutes les tâches qu'il devrait confier à l'équipe à son retour dans la salle des opérations.

— Tu as eu le nom de l'avocat ?

— Madame Winkman m'a donné ça.

Dave sourit et lui tendit une carte écornée.

— J'ai pensé que tu voudrais peut-être lui parler.

CHAPITRE 17

Kay replaça délicatement le combiné du téléphone sur son socle, même si elle avait envie d'arracher le cordon et de jeter l'appareil à travers la salle des opérations dans un accès de colère.

Une nouvelle victime de meurtre, possiblement liée à la torture et au meurtre de Katrina Hovat, et pourtant elle n'arrivait toujours pas à obtenir plus d'officiers de ses supérieurs au quartier général.

Mauvais timing, avaient-ils dit.

Pas assez d'officiers formés disponibles, avaient-ils ajouté.

Et non, nous ne pouvions pas nous permettre d'heures supplémentaires.

Elle repoussa sa chaise et lança un regard noir à la pile grandissante de paperasse dans le bac d'arrivée au coin de son bureau, consciente des autres affaires qu'elle essayait de gérer, et elle retint un long soupir.

Quand elle avait d'abord obtenu sa promotion au rang d'inspectrice principale, elle savait qu'elle serait plus exposée aux aspects politiques du travail de police, avec l'attente que chacun de ses mouvements serait analysé en fonction d'un budget maigre que d'autres inspecteurs principaux de la division ouest se disputaient, et pourtant ceci...

— Chef, Barnes vient de se garer dans le parking en bas, dit Gavin en s'approchant de son bureau avant de froncer les sourcils. Tout va bien ?

— On n'aura pas d'aide supplémentaire sur cette affaire, Gav. Je viens d'avoir la conversation finale « allez vous faire voir et débrouillez-vous » avec Northfleet.

— Merde.

Son froncement de sourcils s'accentua un moment, puis son visage s'éclaira.

— J'imagine que tu vas nous soudoyer avec encore plus de pizzas que d'habitude alors ?

— Tout le monde n'est pas aussi facilement corruptible que toi quand il s'agit d'heures supplémentaires, Piper.

Malgré sa frustration, Kay sourit, puis rassembla ses notes de briefing.

— Bon, réunis tout le monde pour qu'on soit prêts à commencer dès qu'il sera là. Tu veux lui préparer un café ? Il va probablement en avoir besoin.

Cinq minutes plus tard, Barnes apparut. Il s'approcha de l'endroit où elle se tenait près du tableau blanc et enleva sa veste pour la suspendre au dossier de la chaise d'un jeune agent.

Les officiers rassemblés se turent progressivement, et Gavin lui tendit une tasse fumante de caféine.

— Ça va si on commence tout de suite ? murmura Kay alors qu'ils faisaient face à l'équipe. C'est juste que j'aimerais que tout le monde entende ce qui s'est passé ce matin le plus tôt possible.

— C'est bon, chef, vraiment.

Il avala une gorgée de café, fit claquer ses lèvres, puis commença.

— Bien, donc nous avons une victime masculine, probablement fin de la vingtaine, début de la trentaine, retrouvée fourrée dans une vieille armoire dans un box de stockage à Quarry Wood. L'espace de stockage est une propriété indépendante, et il est géré pendant la journée par une équipe de quatre employés en rotation. Les agents en uniforme sur place récupèrent les coordonnées des membres du personnel qui ne sont pas là aujourd'hui pour qu'ils puissent être interrogés.

Barnes sortit ses lunettes de lecture et tendit sa tasse de café à Kay avec un hochement de tête reconnaissant avant de sortir son carnet.

— Le box de stockage a été loué pour la première fois par Angus Zilchrist il y a quatre ans. Il est décédé récemment, et son fils et sa fille étaient en train de le vider ce matin. Ils disent qu'ils n'étaient pas au courant de l'existence de cet endroit jusqu'à il y a quelques jours.

— Est-ce que l'un d'eux connaît la victime ? demanda Kay.

— Richard n'a pas bien vu son visage quand il est tombé de l'armoire. Le pauvre homme était trop choqué. Alana n'a pas du tout vu le corps. Après que le corps est tombé, ils ont eu le bon sens de rester à l'écart du box pendant qu'ils nous attendaient. J'ai pensé qu'on pourrait demander à Simon à la morgue de nous envoyer une photo du visage de la victime après l'autopsie pour savoir qu'ils le connaissent.

Laura leva son stylo en l'air.

— Harriet a-t-elle trouvé une pièce d'identité ?

— Il était complètement nu, dit Barnes. Donc à moins qu'il n'ait son permis de conduire fourré dans son—

— Stop.

Kay leva la main tandis qu'un éclat de rires étouffés remplissait la pièce.

— Je n'ai pas besoin de cette image dans ma tête, merci. Qu'en est-il d'Angus Zilchrist ? Que savons-nous de lui jusqu'à présent ?

— Il venait de Peckham, répondit Barnes en consultant ses notes. Il a pris une retraite anticipée et a déménagé ici avec sa femme, Louise, dans une maison à Downswood. Elle est décédée il y a un moment. D'après ce que nous avons appris jusqu'à présent, Angus avait la seule clé du box à part le passe-partout détenu par les propriétaires. Nous attendons que le gérant de l'unité de stockage trie les images de vidéosurveillance, mais ils ne les gardent que pendant quatre semaines sauf en cas d'effraction ou de plainte, et Lucas pense que le corps pourrait être là depuis plus longtemps.

— Merci.

Kay lui rendit son café puis se tourna vers le tableau blanc et mit à jour les notes.

— Bien, commençons les tâches d'aujourd'hui. En plus de ce que vous faites déjà concernant le meurtre de Katrina, j'ai besoin de ce qui suit de votre part. Laura, Gavin, allez au bureau du notaire d'Angus Zilchrist après ça et découvrez ce qu'il peut vous dire sur les affaires juridiques de son client et s'il y a d'autres propriétés comme ce box de stockage dont nous devrions être au courant. Ian, j'aimerais lire la déposition que Dave Morrison a prise du gérant de l'unité ce matin, puis nous déciderons si nous voulons lui parler à nouveau, ou interroger le propriétaire.

— Bien, chef.

— Qui était la dernière personne à y aller ?

Barnes consulta ses notes.

— Angus est la dernière personne à s'être enregistrée, en avril pendant le week-end de Pâques.

— D'accord, merci.

Kay se tourna vers l'équipe.

— Kyle, Nadine, à mesure que nous obtenons plus d'informations sur le passé d'Angus Zilchrist, j'aimerais que vous les compariez tous les deux avec ce que nous savons de Katrina Hovat pour voir si leurs chemins se sont déjà croisés. Si l'autopsie de Lucas indique le même tueur, alors nous devons commencer à réfléchir aux connexions.

— Ça pourrait valoir le coup de comparer aussi Angus et la victime, une fois qu'on saura qui il est, avec les Brassick, dit Gavin. Je veux dire, ce n'est pas parce qu'ils sont à New York que ça les exclut d'être impliqués, n'est-ce pas ?

Kay observa le nombre croissant de notes et de liens qu'elle avait dessinés sur le tableau blanc, puis elle expira.

— Tu n'as pas tort, Gav.

CHAPITRE 18

Laura boutonna sa veste et lut la plaque en laiton fixée sur une colonne de pierre fraîchement peinte, le bâtiment géorgien de quatre étages projetant des ombres sur l'allée piétonne pavée.

Une soudaine bouffée de gaz d'échappement l'enveloppa lorsqu'une camionnette de livraison d'un modèle ancien passa en grondant, sa progression ralentie par le nombre de mères avec des poussettes qui semblaient envahir la rue à cette heure de la journée, les cafés faisant de bonnes affaires à l'approche de l'heure du déjeuner.

Elle appuya sur le bouton d'entrée sous un panneau listant trois entreprises différentes, et elle se présenta à la réceptionniste avant d'entendre un *clic* métallique lorsque la serrure de la porte se déverrouilla.

— Bon sang, il se débrouille plutôt bien s'il peut se permettre le loyer ici, dit Gavin en passant ses doigts dans ses cheveux en épis devant le reflet du laiton, puis il lui fit signe d'avancer. Tu peux mener, si tu veux.

— Oh, merci, dit-elle en souriant, puis elle poussa une

lourde porte en chêne pour se retrouver dans un hall d'entrée d'apparence simple.

Un large escalier occupait le mur de gauche, avec deux portes qui partaient de la droite et des panneaux en plastique sur le plâtre à côté d'elles affichant les noms des entreprises.

— Lee Mesurier a son bureau au deuxième étage, dit Laura en ouvrant la voie dans la première volée de marches. En fait, je pense qu'il occupe *tout* le deuxième étage. C'est l'un des trois associés de cette entreprise.

— Ils ne font que des testaments ?

— Des successions et du droit de la famille. La biographie de Mesurier sur le site web dit qu'il est spécialisé dans les testaments et les fiducies.

Ils atteignirent le haut des escaliers et elle passa à travers une porte vitrée avec une longue poignée en acier inoxydable sur un côté, polie à l'extrême.

— Je plains la personne qui doit faire ça chaque fois que quelqu'un part, murmura Gavin.

Laura lui donna un coup de coude et se dirigea vers le bureau de réception, un grand édifice en acajou qui enveloppait une toute petite femme d'une vingtaine d'années qui les regardait avec méfiance.

— Vous êtes les détectives ? demanda-t-elle en en faisant glisser un livre de visiteurs et un stylo d'apparence coûteuse.

— En effet. Enquêteuse Laura Hanway, et mon collègue, l'enquêteur Gavin Piper.

Elle griffonna sa signature sur la page et fit glisser le livre vers Gavin, regardant pendant qu'il faisait de même.

— Nous sommes ici pour voir Lee Mesurier.

La femme jeta un coup d'œil à leurs signatures avec dédain en reprenant le livre, comme si elle était offensée qu'ils aient ruiné son flux parfait d'interactions avec les clients, puis elle se leva de sa chaise.

— Suivez-moi. Je vais l'informer que vous êtes là.

Un couloir à la moquette épaisse menait de la zone de réception à plusieurs pièces aux portes fermées, des voix murmurées filtrant à travers alors que Laura passait. Elle observa les différents tableaux qui ornaient les murs couleur crème, puis s'arrêta lorsque la réceptionniste ouvrit l'une des portes et les fit entrer.

— Attendez ici. Il ne sera pas long.

Sur ce, la porte se referma derrière eux, et Gavin leva un sourcil.

— On dirait qu'elle ne veut pas qu'on encombre la zone de réception, alors.

Laura se dirigea vers l'une des six chaises en cuir disposées autour d'une table en acajou et s'y enfonça.

— Je suppose que ça ne ferait pas très bon effet si un client potentiel entrait et voyait deux policiers traîner dans le coin.

— On est repérables à ce point ?

Gavin s'approcha de l'une des deux énormes fenêtres à guillotine multi-carreaux qui donnaient sur la place.

— Qu'est-ce que tu en penses alors ? Tu crois que Mesurier était l'avocat habituel de Zilchrist, ou juste celui qui a fait son testament ?

Laura plissa le nez.

— Cet endroit a l'air cher, non ? Peut-être trop pour la retraite d'un enseignant.

Gavin se détourna de la fenêtre au bruit de mouvement à l'extérieur de la porte.

— On dirait qu'on va bientôt le savoir.

La porte s'ouvrit, et un homme d'une cinquantaine d'années fit irruption, une touffe de cheveux blancs créant un effet de halo autour de son visage tandis qu'il équilibrait quatre dossiers de couleurs différentes dans ses bras, un bloc-notes jaune glissant sur le dessus.

— Bonjour, bonjour, dit-il en se précipitant vers la table pour laisser tomber le tout avant que ça ne lui échappe des mains.

Il tendit la main à Gavin en premier.

— Lee Mesurier.

— J'espère que nous ne vous dérangeons pas à un mauvais moment, monsieur Mesurier, dit Laura.

— Tous les moments sont mauvais.

Il éclata de rire, puis rebroussa chemin et ferma la porte.

— J'ai été naturellement choqué quand j'ai eu des nouvelles de Richard plus tôt aujourd'hui.

— Richard Zilchrist vous a parlé ? dit Laura. Quand ?

L'avocat hocha la tête, le mouvement envoyant ses cheveux dans une autre frénésie.

— Oh oui. Ce matin. Pendant qu'ils étaient à l'unité. Je pense qu'il attendait que vos collègues arrivent.

Il s'assit dans la chaise au bout de la table et tira les dossiers vers lui.

— Bien, je n'ai que vingt minutes environ jusqu'à l'arrivée de mon prochain client, alors faisons ça rapidement, vous voulez bien ?

Laura attendit que Gavin la rejoigne, puis se retourna vers Mesurier.

— Depuis combien de temps étiez-vous l'avocat d'Angus Zilchrist ?

— Environ six ans. Lui et sa femme utilisaient quelqu'un à Peckham, où ils vivaient auparavant, jusqu'alors, mais je suppose qu'ils ont pensé qu'engager quelqu'un de local serait plus pratique, alors quand ils ont décidé que leurs testaments avaient besoin d'être mis à jour, ils sont venus me voir.

— Comment vous ont-ils trouvé ?

— Pardon ?

— Comment ont-ils entendu parler de vos services ?

— Eh bien, je suppose soit par une recherche sur Internet, soit par une recommandation.

Le front de Mesurier se plissa et il plongea dans le premier dossier, un rouge terne décoloré par l'âge.

— Hmm. Il n'y a rien sur leur formulaire de nouveau client qui l'indique cependant, donc je ne peux pas en être sûr.

— À part leurs testaments, avez-vous fait d'autres travaux pour les Zilchrist ?

Mesurier laissa échapper un petit rire.

— Voyons, détective, vous savez que je ne peux pas divulguer les détails du type de travail que je fais pour mes clients.

— De manière générale ? Est-ce que tout était lié au droit de la famille, ou y avait-il des intérêts commerciaux... ?

— Juste le testament. Les Zilchrist menaient une vie assez simple et tranquille pour autant que je sache.

— Comment saviez-vous pour l'unité de stockage qu'Angus louait ?

— Il en avait parlé il y a quelque temps, après le décès de Louise.

Les yeux de Mesurier s'assombrirent.

— Elle lui manquait terriblement, mais je pense qu'il s'était rendu compte qu'il devait faire du tri dans la maison pour remettre de l'ordre dans sa vie. Il ne pouvait tout simplement pas se résoudre à se séparer de tout. Jusqu'à ce qu'Alana me parle de la clé, je pensais qu'il s'était débarrassé de tout ça depuis longtemps.

— Quand avez-vous vu Angus pour la dernière fois ?

Mesurier fit glisser vers lui le dossier le plus récent, d'un bleu vif cette fois, mince avec peu de contenu.

— Voyons voir. Ah, fin avril. Il a déposé une enveloppe à conserver avec son testament. J'ai supposé qu'il s'agissait d'instructions pour exposer ses souhaits après sa mort. Certaines personnes aiment faire cela, pour aborder les détails plus fins que nous n'incluons pas nécessairement dans le testament lui-même.

— Et quels étaient les souhaits d'Angus ?

Laura s'avança sur son siège.

— Le testament a été lu il y a un moment, n'est-ce pas ?

— Je ne peux pas divulguer les détails exacts, répondit l'avocat, mais il se frotta ensuite le menton. Cependant, je dois admettre que j'ai été choqué, tout comme Alana et Richard quand je l'ai ouvert et que je le leur ai lu.

— A-t-il fini par léguer tout son argent à des œuvres caritatives ? demanda Gavin.

— Non, dit Mesurier. C'est là le problème. Il n'avait pas d'argent. Enfin, presque pas d'argent.

Laura fronça les sourcils.

— N'était-il pas propriétaire de la maison dans laquelle il vivait ?

— Il avait fait l'un de ces contrats de prêt viager hypothécaire, dit Mesurier.

— Et qu'en est-il de l'héritage d'Alana et Richard ?

— C'est à cela que je fais allusion.

Mesurier ferma le dossier et rassembla son bloc-notes juridique.

— Il n'y avait *pas* vraiment d'héritage. Tout ce que je peux en déduire, c'est qu'Angus Zilchrist était endetté pour une somme considérable. En dehors du prêt viager hypothécaire, auquel je me serais fermement opposé s'il avait pensé à me demander conseil, il avait également refinancé la propriété auprès de sa banque. Ces deux prêts ne laissent que très peu à ses héritiers une fois que tout le reste est payé.

Laura réprima sa frustration.

— Angus possédait-il ou louait-il d'autres propriétés en dehors de l'unité de stockage ?

— Il n'y a aucun document, et personne n'a contacté Alana ou Richard pour exiger des paiements de loyer. À moins qu'il n'ait fait appel à un autre cabinet, je ne peux pas vous aider, j'en ai peur.

Mesurier regarda sa montre d'un air entendu.

— Je dois vraiment retourner à mon bureau. Mon client arrive dans cinq minutes.

Laura repoussa sa chaise et lui tendit une carte de visite, ses pensées tourbillonnant tandis qu'on les raccompagnait à la réception puis qu'ils quittaient le bâtiment.

Une fois dehors, elle se tourna vers Gavin pour voir la même expression perplexe sur son visage.

— Alors, qu'en penses-tu ? demanda-t-elle.

Il leva les yeux vers les fenêtres du deuxième étage pour voir un store se remettre en place.

— Je pense que nous allons passer le reste de la journée à téléphoner à des avocats pour savoir si Angus Zilchrist était un client. J'ai l'impression qu'il n'était pas tout à fait honnête avec Mesurier, ni avec ses enfants.

Laura gémit.

— Dans ce cas, je vais avoir besoin de plus de café.

CHAPITRE 19

Lorsque Richard Zilchrist ouvrit la porte de sa modeste maison jumelée en bordure de Harrietsham, Kay remarqua les rides d'inquiétude gravées sur son visage.

Sa main tremblait tandis qu'il indiquait le salon d'un geste, ses mouvements tendus. Il arpenta le sol en stratifié imitation chêne pendant que Kay et Barnes s'installaient dans des fauteuils face à un grand écran de télévision, puis il s'effondra sur le canapé à côté d'eux et joignit ses doigts sous son nez.

— Je n'arrive pas à chasser le visage de cet homme de mon esprit, murmura-t-il en fermant les yeux un instant. Savez-vous comment il est mort ?

— L'enquête n'en est qu'à ses débuts, monsieur Zilchrist, répondit Kay. Y a-t-il quelqu'un d'autre avec vous ici ?

— Alana reste avec nous pendant qu'on vide l'unité. Elle va descendre dans une seconde. Les enfants sont à l'école, et ma femme est au travail, elle est de service à l'hôpital.

— Vous lui avez parlé ?

— Oui. Brièvement. Mais elle ne peut pas partir, ils manquent de personnel.

Il se pencha en arrière tandis qu'Alana Winkman apparaissait dans l'encadrement de la porte.

— Frangine, voici l'inspectrice Kay Hunter.

Kay fit un signe de tête à la femme qui se perchait sur l'accoudoir du canapé.

— Je sais que tout ceci a été un choc pour vous deux, mais nous devons vous poser quelques questions pour nous aider dans notre enquête.

Alana essuya une larme égarée sur sa joue.

— Vous pensez que notre père l'a tué ?

— Et vous, le pensez-vous ?

— Papa n'aurait pas fait de mal à une mouche. C'est pour ça que je ne peux pas... je ne peux tout simplement pas...

Elle s'interrompit, renifla, puis tamponna ses yeux avec la manche de son sweat-shirt, laissant des traces révélatrices de mascara sur le coton gris.

— Non, je ne pense pas qu'il l'ait tué.

Kay tourna son attention vers Richard.

— Avez-vous reconnu l'homme décédé ?

— Je ne l'avais jamais vu de ma vie.

La voix de l'homme était rauque, et il s'éclaircit la gorge.

— Comme je l'ai dit, je n'oublierai jamais son visage maintenant, mais je ne l'ai pas reconnu.

— L'un d'entre vous était-il déjà allé dans cette unité avant aujourd'hui ?

Le frère et la sœur secouèrent la tête à l'unisson.

— Ok. Et vous êtes sûrs que votre père n'a jamais mentionné avoir un box de stockage ?

— Je ne me souviens pas qu'il nous en ait parlé, dit Alana. Je savais qu'il avait attendu un an après la mort de Maman pour commencer à trier ses affaires, et il pouvait encore monter au grenier à l'époque.

— Il a dû simplement jeter ce dont il ne voulait pas et stocker le reste dans l'unité plutôt que d'essayer de le vendre ou de le remettre au grenier, dit Richard. Je veux dire, on est actuellement en train de vider la maison de Papa pour la mettre sur le marché, et je suis monté au grenier, il est vide.

Kay fit une pause, sachant que sa prochaine question allait toucher un point sensible.

— Je dois vous poser cette question à tous les deux, et je sais que c'est un sujet difficile, mais j'ai cru comprendre qu'il y a deux prêts sur la maison qui doivent être remboursés avec la vente. Saviez-vous que votre père avait des dettes envers quelqu'un ?

— Nous n'en avions aucune idée. Je veux dire, je savais que Papa aimait parier sur les chevaux, mais ça...

Richard s'interrompit, sa voix empreinte de frustration.

— Je pense que son problème de jeu s'est aggravé après la mort de Maman, ajouta Alana. Elle arrivait toujours à contrôler ses dépenses je crois, un peu comme lui donner un budget hebdomadaire.

Kay feuilleta ses notes.

— Quand votre mère est-elle décédée ?

— Il y a cinq ans, répondit Richard. Elle a eu un AVC en août et n'est jamais sortie de l'hôpital. Elle est morte deux semaines plus tard.

— Je suis désolée d'entendre ça. Comment votre père semblait-il gérer la situation cette dernière année ? Avait-il l'air stressé ou inquiet par quelque chose ?

Alana joignit ses mains sur ses genoux.

— Pas que j'aie remarqué. J'essayais de passer le voir toutes les six semaines environ, selon le travail et tout ça, et il ne m'a jamais rien mentionné.

— Moi non plus, et je le voyais chaque semaine.

Richard soupira.

— Mais en même temps, je n'ai jamais posé la question non plus. Je supposais simplement que tout allait bien. Il avait l'air d'aller bien, la dernière fois que je l'ai vu. C'est pour ça que sa mort soudaine a été un tel choc. Il avait perdu un peu de poids, et il semblait avoir réduit sa consommation d'alcool, même s'il n'était pas un gros buveur, il disait qu'il allait moins souvent au pub.

— De quel pub s'agissait-il ? demanda Kay, puis elle nota le nom de l'établissement.

C'était un pub qu'elle connaissait, mais plus proche du centre-ville de Maidstone que son pub local.

— Si j'en avais besoin, à qui devrais-je m'adresser concernant la santé de votre père ? Connaissez-vous son médecin traitant ?

— Je ne le connais pas, mais j'ai son carnet d'adresses.

Richard se leva péniblement du canapé et se dirigea vers une étagère pour en sortir un mince carnet noir avant de feuilleter les pages.

— Je l'ai gardé uniquement pour pouvoir informer ses amis des dispositions funéraires et tout ça. Voilà. Docteur Gus Marlett, et j'ai un numéro de téléphone pour son cabinet.

— Merci. Par curiosité, votre père avait-il un contrat de téléphone portable ?

— Oui. Je viens juste de contacter l'opérateur pour essayer de l'annuler, mais ils traînent.

Alana leva les yeux au ciel.

— Ils vont probablement nous facturer jusqu'à ce qu'ils l'aient clôturé aussi.

— Pensez-vous que nous pourrions avoir accès à ses relevés téléphoniques, si vous avez ses identifiants de connexion bien sûr ?

— Bien sûr, je suppose.

Alana regarda son frère, puis revint vers Kay.

— Mais pourquoi ?

Kay esquissa un léger sourire.

— C'est la procédure standard dans des cas comme celui-ci.

— Est-ce que nous aurions raison de supposer que la maison de votre père est actuellement sur le marché ? demanda Barnes.

— Elle l'est, et la banque a évidemment la priorité là-dessus, dit Richard avec amertume. Ensuite, c'est cette foutue agence de crédit qui passe.

— Y a-t-il une chance que la ligne fixe soit toujours connectée ?

— Ne me dites pas… Vous voulez aussi les relevés pour ça.

— S'il vous plaît.

— Ils sont dans un dossier dans la chambre d'amis. J'ai tout ramené de chez Papa pendant que l'agent immobilier fait visiter les gens. Attendez.

Dix minutes plus tard, Kay et Barnes retournèrent à

leur voiture, les bras chargés de dossiers remplis de relevés bancaires, de cartes de crédit et de téléphone.

— J'ai l'impression qu'ils commencent aussi à se demander ce que leur père fabriquait, dit Barnes en empilant les boîtes à l'arrière de la voiture, puis en drapant sa veste par-dessus et en retroussant ses manches.

Kay monta dans la voiture, puis la démarra et fit la grimace.

— J'ai bien peur qu'ils n'aiment pas la réponse.

CHAPITRE 20

Lorsque Kay rassembla son équipe pour la dernière fois ce jour-là, le parfum distinct de pepperoni et de fromage grillé embaumait la salle des opérations.

Une heure plus tôt, elle avait chargé Debbie de passer commande à la pizzeria du coin, programmant la livraison de manière à ce que le plus grand nombre possible d'agents soient présents, nombre d'entre eux ayant passé la journée à mener des enquêtes de porte-à-porte et à recueillir les déclarations des voisins d'Angus Zilchrist et de ceux dont les noms figuraient dans son carnet d'adresses.

Le groupe s'était maintenant rassemblé autour des tables de chaque côté du tableau blanc, leur bavardage habituel interrompu par le besoin de se sustenter.

Des stores en plastique couvraient les fenêtres, bloquant le crépuscule qui enveloppait la ville, et le bruit de la circulation à l'extérieur avait perdu son grondement régulier de la journée.

Kay signa le dernier document d'un dossier que

Debbie avait laissé sur son bureau, le referma d'un coup sec et le poussa dans le bac supérieur, puis elle se dirigea vers l'équipe pour les rejoindre.

— Il reste quelque chose pour moi ?

— Il y a un tas d'ananas que Laura a retiré de sa pizza que vous pourriez avoir, chef, dit Kyle. Je lui ai dit de s'en tenir à la carnivore la prochaine fois.

— Mais je n'aime pas le poulet sur celle-là, bouda Laura au milieu des rires de ses collègues. Chef, tiens.

Elle tendit à Kay une assiette en carton avec deux parts dessus, puis donna un léger coup de poing sur le bras de Kyle et se dirigea vers un siège face au tableau blanc.

Après avoir pris un moment pour savourer la nourriture peu équilibrée et jurer d'aller courir plus longtemps ce week-end si elle en avait l'occasion, Kay se déplaça parmi son équipe pour s'enquérir de leurs familles et s'assurer qu'ils étaient suffisamment rassasiés pour la réunion.

Elle ne pouvait pas se permettre qu'ils perdent leur concentration, malgré l'heure tardive.

Elle se dirigea vers le tableau blanc et attendit qu'ils prennent leurs places.

Barnes s'appuyait contre l'un des bureaux et sirotait une canette de soda pendant que Gavin murmurait à son oreille, ses deux collègues attendant son signal pour commencer, et progressivement la conversation entre ses autres officiers se réduisit au silence.

— Bien, commença-t-elle en vérifiant l'ordre du jour que Debbie avait imprimé depuis la base de données HOLMES2. Nous avons eu une journée chargée, vous avez tous hâte de rentrer chez vous, alors allons-y. Il n'y aura pas de briefing demain matin parce que Barnes et moi devons assister à l'autopsie de la victime trouvée dans l'unité de stockage, mais assurez-vous d'être disponibles pour une réunion à 14 heures. Il y a beaucoup d'informations à recouper, et je ne veux pas que vous poursuiviez une piste qui n'est pas pertinente, c'est compris ?

Un murmure d'approbation parcourut le groupe assemblé.

— Gavin, Laura, si vous voulez bien commencer ?

Laura regarda par-dessus son épaule vers son collègue, puis sur un signe de tête de sa part, s'essuya les doigts sur une serviette et ouvrit son carnet.

— Ok, donc nous avons passé l'après-midi à téléphoner aux avocats locaux pour savoir si l'un d'entre eux avait agi au nom d'Angus Zilchrist à un moment donné au cours des six dernières années. Évidemment, selon la loi actuelle, ils ne peuvent pas conserver de documents personnels plus longtemps que ça. Un seul cabinet local avait des informations, et c'était pour confirmer qu'ils avaient agi pour Angus et sa femme lorsqu'ils ont décidé de mettre en place une procuration durable en cas de maladie.

— J'ai également parlé à l'avocat de Peckham qui s'est occupé du transfert de propriété pour la vente de leur maison il y a quelque temps, ajouta Gavin. Il n'a plus les papiers mais il s'est souvenu d'eux parce qu'ils avaient fait faire leurs précédents testaments par le même cabinet. Il a confirmé qu'une fois la vente de la maison conclue, ce cabinet n'a plus rien fait pour les Zilchrist.

— Qu'en est-il des vérifications d'antécédents sur l'avocat actuel, Mesurier ?

— Il est clean, pour autant que nous puissions en juger, répondit Laura. Aucune connexion enregistrée avec des criminels connus, ni pour personne d'autre dans ce cabinet.

— Ok, c'est du bon boulot, merci à vous deux.

Kay tourna son attention vers Barnes, qui était à mi-chemin d'une autre part de pizza.

— Tu as une minute pour nous parler du médecin généraliste ?

— Mm-hm.

Il avala.

— Gus Marlett est l'un des quatre médecins généralistes du cabinet, et il a vu Angus pour la dernière fois lors d'un contrôle de routine il y a six mois. Il a dit qu'il avait eu l'impression qu'Angus s'inquiétait de quelque chose mais malgré les assurances de confidentialité de Marlett, Angus ne voulait pas en parler.

— Typique des hommes, soupira Debbie.

Un des sergents en uniforme masculins lui lança une serviette froissée, et Kay sourit.

— A-t-il mentionné si Angus avait eu des problèmes de santé avant sa crise cardiaque ? demanda-t-elle.

— Sa tension artérielle était plus élevée que la normale, répondit Barnes. Et Marlett a dit qu'il avait aussi perdu du poids. Il lui a posé des questions sur son régime alimentaire, mais Angus lui a dit qu'il allait bien, qu'il essayait juste de rester en bonne santé.

— La perte de poids est quelque chose qu'Alana et Richard ont mentionné, et pourtant personne n'a suggéré qu'Angus avait commencé une routine sportive régulière, ce qui me fait me demander si c'était causé par le stress.

Surtout étant donné le rapport de Marlett sur sa tension artérielle élevée.

Kay mit à jour les notes du tableau blanc, puis prit une autre bouchée de pizza et réfléchit aux nouvelles informations.

— Quelqu'un a-t-il déjà quelque chose pour suggérer qu'Angus connaissait Katrina ?

L'équipe resta silencieuse, quelques officiers jetant des regards pleins d'espoir à leurs collègues avant de reporter leur attention sur Kay.

— Je vais prendre ça pour un non, alors. Alors, qu'est-ce qu'on en pense ?

Elle arpenta la moquette en agitant sa part de pizza vers le tableau blanc tandis qu'elle parlait.

— Angus Zilchrist devait-il une somme d'argent considérable à quelqu'un, ce qui expliquerait pourquoi il a souscrit à une hypothèque en viager sur sa maison en plus de la réhypothéquer auprès de sa banque ? Qui a tué l'homme qui a été trouvé dans son unité de stockage ? Et pourquoi laisser le corps là-bas ?

— En parlant à ses voisins cet après-midi, Angus n'était pas perçu comme quelqu'un de violent ou qui causait des problèmes, dit Dave Morrison.

— Le propriétaire de son ancien pub local a dit la même chose, même si l'un des habitués a dit qu'il était devenu un peu morose ces dernières semaines, ajouta Nadine, la voix de la jeune agente stagiaire à peine audible depuis le fond du groupe.

— Est-ce que ce client régulier a dit autre chose sur l'humeur d'Angus avant sa mort, ou s'il semblait inquiet de quelque chose ? demanda Kay. Et parle plus fort, je ne mords pas et j'ai besoin de m'assurer que tout le monde puisse entendre ce que tu dis, c'est important.

— Oui, chef.

L'agente s'éclaircit la gorge et se redressa un peu.

— Kyle et moi avons parlé à quatre clients réguliers qui étaient au bar, tous des retraités bien dans leur soixante-dix ans, j'ai eu l'impression qu'ils aimaient passer leurs après-midis là à regarder les courses de chevaux. Tous ont dit qu'Angus était autrefois le premier à leur offrir une bière s'il les voyait, mais depuis mars ou avril environ, il semblait plus réticent, et moins généreux.

Le regard de Kay passa rapidement de Barnes à Nadine.

— Tu as bien dit courses de chevaux ?

— Oui, chef. Ils ne pariaient pas ou quoi que ce soit, rien de ce genre. Il y a un bureau de paris juste au coin de la rue du pub.

— Gav, est-ce que toi et Laura pouvez aller parler au gérant de ce bureau de paris dès demain matin pour voir si Angus était un habitué ? Alana et Richard nous ont dit qu'ils pensaient que leur père avait dilapidé ses économies et les prêts sur la maison en jouant depuis la mort de leur mère, donc Angus devait avoir un repaire régulier dans le coin. Richard a mentionné avant notre départ que son père n'aimait pas utiliser les ordinateurs et avait un téléphone portable antique, donc je ne pense pas qu'il aurait utilisé des applications en ligne pour parier.

— On s'en charge, chef.

— Où en sommes-nous concernant Katrina ?

Dave Morrison épousseta les miettes de son pantalon et se leva.

— Chef, nous avons terminé d'interroger les autres membres du personnel du magasin où elle travaillait, et certains d'entre eux ont déclaré qu'elle semblait très nerveuse dans les deux semaines précédant sa mort. Elle n'en parlait pas, cependant. J'ai eu l'impression qu'ils n'étaient pas vraiment proches. Un des autres superviseurs a mentionné que Katrina était nerveuse si on l'interrompait pendant qu'elle faisait quelque chose, elle a accidentellement cassé un vase l'autre semaine parce qu'un membre du personnel lui a tapé sur le bras pour lui demander quelque chose. Sean ici présent a parlé à quelques-uns de ses amis.

— J'ai réussi à retrouver deux autres femmes qui la connaissaient de l'époque où elle travaillait à la maison de retraite, dit le jeune agent. L'une d'elles, Sally, a vu Katrina pour la dernière fois il y a trois semaines, elles se sont retrouvées dans l'un des cafés juste à côté de Jubilee Square. Sally m'a dit qu'elle avait téléphoné à Katrina pour organiser cela, parce qu'elle estimait lui devoir un déjeuner pour l'avoir aidée à déménager il y a quelques mois. Elle a dit qu'elle ne l'avait jamais vue aussi mince, et qu'elle ne faisait que picorer sa nourriture.

— Est-ce que cette Sally lui a demandé ce qui la préoccupait ?

— Oui, chef, mais Katrina lui a dit qu'il n'y avait rien dont il fallait s'inquiéter, et puis elle a changé de sujet.

— Merci à tous.

Kay fixa ses chaussures pendant un moment.

— Donc nous avons deux meurtres mais pas de suspect. Nous avons un homme tellement effrayé que sa santé se détériore au point qu'il fait une crise cardiaque soudaine, peut-être causée par la découverte du corps de cet homme dans son unité de stockage. Ou alors, Angus a tué cet homme et l'a mis dans l'unité. Mais nous ne pouvons toujours pas tous les relier entre eux... Gavin, quoi de neuf avec les Brassick, quelque chose de ce côté ?

— Pas encore, chef, mais on continue de creuser. Laura et moi prévoyons de réinterroger leurs voisins demain matin en fonction de ce nouvel angle de l'enquête et ensuite nous avons rendez-vous avec le supérieur direct de Stephen Brassick dans l'après-midi.

— En personne, ou par visioconférence ?

— Nous le rencontrons au quartier général, chef. J'ai parlé à quelqu'un là-bas pour organiser une salle d'entretien plutôt que d'aller dans leurs bureaux à Londres, et Duncan, c'est le supérieur de Stephen, a un rendez-vous avec un client à Rochester plus tôt dans la journée, donc ça lui convient bien aussi.

— Étant donné que j'aimerais entendre comment se déroulent tous ces entretiens, repoussons le briefing de demain à dix-sept heures alors, dit Kay, puis elle regarda les miettes sur son assiette avec un soupir. Et espérons que d'ici là, nous commencerons à obtenir quelques fichues réponses.

CHAPITRE 21

Le lendemain matin, Kay examina les affiches de santé et de sécurité sur le mur du vestiaire et prit quelques respirations profondes avant d'ouvrir la porte et de suivre Barnes le long d'un couloir brillamment éclairé.

Une odeur âcre de nettoyant antiseptique pour sol agressa ses narines, l'arôme amer de citron ne dissimulant guère les effluves de décomposition qui l'assaillirent lorsque son collègue la conduisit dans la salle d'examen de la morgue.

Les équipements et les tables en acier inoxydable luisaient sous les lumières crues, projetant de ternes reflets sur les rangées de portes en forme de boîtes qui tapissaient un mur.

Elle frissonna dans l'espace climatisé, la chair de poule hérissant ses avant-bras, puis elle ajusta son masque sur sa bouche et son nez, le tissu rugueux frottant contre sa peau.

Le bruit de l'eau courante attira son attention et elle regarda vers les éviers pour voir Lucas Anderson se laver soigneusement les mains et les bras tout en les observant par-dessus ses lunettes.

— Vous êtes bien matinaux, c'est ce que j'aime voir, dit-il. J'imagine que la circulation n'était pas trop mauvaise ?

— Dieu merci.

Barnes remonta son masque et se dirigea vers une table au fond où le corps de la victime était déjà installé. Le tissu se plissa lorsque le détective fronça le nez.

— Ça ne te dérange pas si je prends une photo de son visage avant que tu ne commences ? Je vais demander à quelqu'un de l'informatique de l'arranger pour qu'on puisse l'utiliser à des fins d'identification.

— Je t'en prie.

Lucas se sécha les mains et fit un signe de tête reconnaissant à Simon lorsque l'assistant lui tendit des gants avant de retourner son attention vers un ordinateur portable, le tapotement régulier des touches emplissant la pièce.

— Qu'en est-il d'Angus Zilchrist ? demanda Kay. Tu as eu l'occasion d'examiner le rapport d'autopsie le concernant ?

— Oui, et je dois approuver les conclusions initiales. L'homme avait peut-être perdu du poids, mais selon le médecin légiste qui a effectué l'autopsie, ses artères étaient dans un état lamentable, et il avait beaucoup de graisse en excès autour du foie et des reins. Ajoutons le stress à cela, et c'est une recette pour le désastre.

Lucas enfila des gants de protection, leur donnant un claquement satisfaisant contre ses poignets.

— J'ai parlé à mon collègue au téléphone ce matin,

mais il confirme qu'il n'y avait aucune indication de crime. Rien n'est apparu dans les analyses de sang ou quoi que ce soit d'autre. Sans le stress, votre monsieur Zilchrist aurait pu vivre encore dix ans avant de ressentir des symptômes graves.

Simon repoussa son ordinateur portable et roula un chariot vers la table d'examen, les instruments chirurgicaux en acier inoxydable s'entrechoquant dans leurs différents compartiments.

— Bien, on commence ?

Lucas frappa ses mains gantées l'une contre l'autre et fit signe à Kay de le suivre.

Barnes rangea son téléphone dans la poche arrière de son pantalon, puis il ajusta sa blouse de protection et s'écarta lorsqu'ils s'approchèrent.

— D'après ce que je peux dire de l'examen extérieur que j'ai fait ce matin, votre homme a entre vingt et trente ans, dit Lucas en ouvrant la mâchoire de la victime. Ses dents ne montrent pas encore l'usure à laquelle je m'attendrais chez quelqu'un de plus âgé, même s'il y a un motif caractéristique en croisillon sur ses molaires du fond qui suggère qu'il grinçait des dents régulièrement, pas seulement dans ses derniers jours. Les extractions sont plus anciennes et ne sont pas liées à sa mort.

Kay croisa les bras et se pencha pour regarder de plus près.

— Si quelqu'un était inquiet ou stressé, il ferait ça, n'est-ce pas ?

— Stress, douleur, une vieille habitude...

Lucas haussa les épaules en fermant la bouche de l'homme.

— Difficile à dire. Simon a également pris les empreintes digitales et les a envoyées par e-mail à Gavin au cas où il serait dans votre système.

— Merci.

Le médecin légiste jeta un coup d'œil par-dessus son épaule.

— Simon, je suis prêt à commencer, si tu veux bien me donner un coup de main ?

Kay se déplaça vers l'endroit où Barnes se tenait à côté des pieds de la victime pendant que l'autopsie progressait, son regard se portant vers le sol lorsque la scie de Lucas commença son cri strident, incapable de regarder les méthodes plus macabres par lesquelles on obtenait les réponses tant nécessaires.

— Un café après ça ? murmura Barnes.

— Un bien corsé, oui.

Elle cligna des yeux, puis leva les yeux en entendant un juron murmuré par Lucas.

— Quelque chose ne va pas ?

— Il manque un rein à votre victime.

— Quoi ?

Elle s'approcha de l'endroit où Lucas et Simon scrutaient la zone abdominale de la victime, les côtes écartées pour permettre aux deux hommes d'accéder aux organes internes.

— Depuis quand ?

— Il y a un certain temps, à en juger par ces vieilles cicatrices.

Lucas passa un doigt ganté sur un minuscule espace.

— Voici le deuxième, il a l'air en bonne santé. Mais l'autre n'est pas là, regardez.

— Endommagé, tu penses ?

— Ou donné.

Ses yeux brillèrent derrière ses lunettes de protection.

— Ce qui signifie—

— Qu'il sera sur un registre de donneurs.

Le cœur de Kay fit un bond.

— Oh mon Dieu, ça va être énorme, n'est-ce pas ? Nous avons encore besoin d'un nom pour réduire la recherche. Je n'ai pas assez de main-d'œuvre pour parcourir la liste nom par nom dans l'espoir de le trouver.

— On pourrait commencer par les donneurs locaux, chef, dit doucement Barnes. Répartir la liste entre nous tous et la parcourir entre deux autres tâches.

Le masque de Kay se souleva de son visage alors qu'elle expirait.

— Ce n'est pas gagné, mais...

— C'est tout ce qu'on a, pour l'instant.

Barnes fit un léger signe de tête vers Lucas.

— À moins que tu n'aies d'autres surprises pour nous.

— Je suis désolé, mais je vais devoir te décevoir, détective Barnes. Votre victime est morte de multiples coupures sur la peau sur une période de plusieurs heures, je dirais.

Le médecin légiste s'écarta pendant que Simon commençait à ranger leurs outils chirurgicaux et à stériliser l'équipement. Il s'arrêta près de la tête de l'homme et fit un geste vers les abrasions et les marques sur les bras de la victime.

— Il s'est battu au début aussi, il y a des blessures défensives sur ses jointures, donc je suppose qu'il était attaché. Vous pouvez voir les marques ici, dans la peau tendre autour de ses triceps. Ils ont même tranché ses parties génitales avant de l'achever avec cette coupure profonde là-bas, juste sur l'artère fémorale.

— Est-ce qu'il s'agit du même tueur que celui qui a assassiné Katrina Hovat ? demanda Kay.

Lucas se mordit les lèvres.

— Tu sais que je suis mal à l'aise à l'idée de mettre quelque chose comme ça dans un rapport, Hunter. C'est très risqué.

— Ton opinion personnelle, alors ? Hors dossier.

Ses yeux bruns chaleureux s'assombrirent.

— Étant donné le placement soigneux de ces coupures, la façon dont la lame a percé la peau... Oui, je pense que c'est le même tueur. Possiblement la même arme aussi, mais encore une fois, ça n'ira pas dans un rapport.

— Merde.

Barnes secoua la tête.

— Je me demande ce qui s'est passé ces quatre derniers mois qui a déclenché ces meurtres.

— Nous avons besoin de plus de réponses, dit Kay, et bientôt. Parce que si ce type n'est pas lié à Katrina Hovat, alors nous avons un tueur qui est passé inaperçu jusqu'à présent, et dont le choix des victimes est aléatoire.

CHAPITRE 22

Gavin ajusta sa veste, s'assura que son téléphone était en mode silencieux, puis tira sur la chaîne en laiton ouvragée à côté de la lourde porte d'entrée en bois de la grange reconvertie.

Laura se tenait à ses côtés, la trace légère de son parfum se mêlant aux bouquets qui s'élevaient de plusieurs pots de fleurs au bord l'allée de gravier paysagée menant au perron.

Des cloches retentirent dans les profondeurs de la propriété, et il desserra son emprise sur la chaîne.

Le bourdonnement des abeilles emplissait l'air alors que les minuscules créatures plongeaient dans et hors de la lavande plantée en touffes derrière les pots, et il passa son doigt sous son col, espérant que le propriétaire des lieux les inviterait à entrer pour qu'il puisse échapper aux rayons brûlants du soleil.

Laura se protégea les yeux de la main et regarda en arrière le long de l'allée vers le chemin.

— Je parie que ce sera comme ça samedi aussi. Ça va être un week-end parfait pour aller à la plage.

— Je ne pense pas que toi et moi allons voir un week-end avant un bon moment, murmura-t-il, puis il redressa les épaules lorsque la porte s'ouvrit et qu'un homme aux cheveux blancs dans les soixante-dix ans les regarda fixement. Conrad Lamberton ?

— Qui êtes-vous ?

Les sourcils de l'homme se froncèrent, sa main posée sur la porte.

— Que voulez-vous ?

— Je suis l'enquêteur Gavin Piper, et voici l'enquêteuse Laura Hanway, dit-il en tendant sa carte professionnelle. Nous faisons suite à une enquête concernant le meurtre d'une femme qui a eu lieu dans une propriété voisine le long de ce chemin vendredi.

Le regard de Lamberton s'adoucit.

— Une terrible affaire. Vous feriez mieux d'entrer.

— Merci.

Ils suivirent l'homme dans un grand atrium avec des fenêtres au plafond qui projetaient des poches de lumière sur le sol carrelé de pierre grise. Des fougères dans de hauts bacs étaient disposées artistiquement contre les murs assortis.

Une fraîcheur bienvenue enveloppa Gavin lorsqu'ils entrèrent dans un espace de vie ouvert qui incorporait un énorme salon et une salle à manger avec un escalier en métal sinueux à l'extrémité qui menait à une mezzanine ouverte. Plusieurs portes fermées bordaient la passerelle, et il devina que les chambres et les salles de bain se trouvaient au-delà.

Un foyer vide occupait la majeure partie du mur du salon sous la mezzanine tandis que des fenêtres du sol au plafond faisaient face à l'allée, un effet fumé appliqué au verre pour permettre l'intimité.

Lamberton le vit observer et lui adressa un sourire penaud.

— Les fenêtres sont à triple vitrage pour des raisons de sécurité, si vous vous posez la question.

— Vous avez une belle maison.

L'homme acquiesça d'un signe de tête, puis fit un geste vers un ensemble de trois canapés entourant le foyer.

— Asseyez-vous. Vous savez que j'ai déjà donné ma déposition à la police ? Deux agents en uniforme sont venus tard vendredi.

— Comme je l'ai dit, ce ne sont que quelques questions complémentaires basées sur de nouvelles informations qui ont fait surface.

Gavin déboutonna sa veste et s'enfonça dans les coussins moelleux.

— Connaissez-vous Penelope et Stephen Brassick ?

— Seulement de vue.

Lamberton haussa les épaules.

— Si vous parlez à tout le monde par ici, vous verrez à quel point les maisons sont éloignées les unes des autres. C'est pour ça que nous aimons vivre ici, pour l'intimité que cela nous offre.

— Votre partenaire...

L'homme sourit.

— Jacob est en visioconférence avec son éditeur en ce moment, mais si vous voulez lui parler aussi, je peux lui demander de vous appeler. Il en aura encore pour au moins une heure ou deux.

— Que fait-il ? demanda Laura.

— Il est historien de l'art maintenant. Il a pris sa retraite cinq ans après moi, a tenu un an sans travailler et puis il s'est ennuyé.

Lamberton eut un sourire timide.

— Je lui ai dit il y a des années qu'il serait bon dans ce domaine, il a toujours aimé l'histoire et nous passons des heures dans les galeries partout où nous voyageons. C'est un don naturel. Il reçoit des demandes du monde entier, et maintenant il écrit un livre.

— Vous êtes aussi à la retraite ? demanda Gavin.

— Depuis plus de dix ans, et je ne regrette pas un seul jour la vie en entreprise. J'étais directeur des opérations pour l'une des institutions financières de la City.

Il frissonna théâtralement.

— Non, ça ne me manque pas du tout.

— Pour en revenir aux Brassick, quand les avez-vous vus pour la dernière fois ?

— Alors qu'ils se rendaient à l'aéroport, je suppose. Je sais que Stephen travaille en Amérique de temps en temps. J'étais au bout de l'allée en train de tailler les branches basses des arbres près du portail quand le taxi est passé pour les emmener. Environ quinze minutes plus tard, il est repassé dans l'autre sens avec eux sur la banquette arrière.

— Et quand leur avez-vous parlé ?

Lamberton secoua la tête.

— Comme je l'ai dit, nous n'avons pas tendance à socialiser avec nos voisins. Je ne sais même pas ce que fait

Brassick dans la vie, juste qu'il voyage beaucoup pour les affaires.

— Où étiez-vous vendredi soir, disons à partir de six heures ?

— Ici, en train de lire.

L'homme fit un geste vers deux grands fauteuils près des fenêtres.

— Nous étions tous les deux là, en fait. Nous avons ouvert une délicieuse bouteille de Pinot Noir pour célébrer le contrat de livre de Jacob, puis nous avons préparé le dîner vers vingt heures.

— Quel fauteuil est le vôtre ?

— Pardon ?

Gavin pointa du doigt les deux fauteuils près des fenêtres.

— Lequel est le vôtre ?

— Celui de droite.

Gavin s'approcha et s'assit dans le fauteuil.

— On peut voir le bout de l'allée d'ici. Avez-vous vu des voitures passer pendant que vous étiez assis ici vendredi ?

— Non, nous gardons normalement le portail fermé donc il bloque notre vue. Vous n'avez pu remonter l'allée ce matin que parce que j'attends une livraison.

Gavin jeta un coup d'œil rapide à l'autre fauteuil, puis retourna au canapé et se pencha en avant.

— Vous avez pas mal de terrain à l'arrière de la maison, est-ce que vous avez vu quelqu'un rôder de manière suspecte vendredi, ou un autre jour ces dernières semaines ?

— Non, je n'ai rien vu.

Lamberton regarda Gavin puis Laura, et à nouveau Gavin.

— Attendez, vous voulez dire que celui qui a assassiné cette femme est passé par notre jardin pour atteindre celui des Brassick ?

— Nous n'en sommes pas sûrs pour le moment, dit Gavin. Mais cela vous dérangerait-il si nous jetions un coup d'œil dehors, juste pour vérifier s'il y a quelque chose qui pourrait nous aider ?

— Allons-y, dit Lamberton en se levant avec un grognement sourd.

Il se dirigea vers une porte ouverte au bout de la pièce qui menait à une cuisine moderne et bien rangée, parlant par-dessus son épaule tandis qu'ils le suivaient.

— Remarquez, ils auraient du mal à se faufiler sans qu'on s'en aperçoive. Nous avons fait installer des caméras de sécurité quand nous avons emménagé ici il y a cinq ans, et aucune d'entre elles ne s'est déclenchée depuis quelques semaines. La dernière fois, ce n'était qu'un hérisson, d'ailleurs. Ils hibernent sous la remise du jardin pendant l'hiver.

Gavin se figea.

— Quand avez-vous vérifié les caméras pour la dernière fois ?

— Jacob jette habituellement un coup d'œil rapide aux enregistrements toutes les deux semaines, juste parce qu'il veut savoir si les renards du coin ont eu des petits.

— Cela vous dérangerait-il de me montrer où sont les caméras avant que nous allions faire un tour dans le jardin ?

Lamberton haussa les épaules, ouvrit la porte de

derrière et les fit sortir. Ouvrant la marche le long d'un chemin pavé, il s'arrêta sous un conduit de ventilation et pointa du doigt une caméra noire fixée à un support en dessous.

— Voilà. Oh.

Le regard de Gavin suivit celui de l'homme, le cœur serré.

— Bon sang, dit Laura. Elle a été aspergée de peinture, exactement comme chez les Brassick.

CHAPITRE 23

Une heure plus tard, Laura gara la voiture de service à côté d'un minivan aux couleurs de la police et elle scruta le parking en direction du bâtiment de quatre étages qui abritait le quartier général de la police du Kent.

Le trajet de la maison de Conrad Lamberton à Northfleet était passé comme un éclair, Gavin au téléphone avec la salle des opérations pendant qu'elle naviguait à travers la circulation dense sur la M2.

L'ancienne route de Watling Street était encombrée de camions articulés arborant des plaques d'immatriculation étrangères et de touristes de début de saison qui s'ajoutaient à une route déjà surchargée.

Exaspérée par le temps perdu, consciente qu'ils avaient rendez-vous avec le patron de Stephen Brassick dans moins de quinze minutes, elle examina son reflet dans le rétroviseur et passa ses doigts dans ses cheveux avant de tapoter doucement ses joues pour leur donner un peu de couleur.

— Entendu, chef, dit Gavin à Kay en guise d'au revoir,

avant de baisser son téléphone. Elle veut qu'on retourne directement à la salle des opérations après ça. Ils demandent à Harriet d'envoyer une équipe chez Lamberton pour voir s'ils peuvent trouver des traces de preuves.

— Ils seraient chanceux après tout ce temps.

Après avoir verrouillé la voiture, ils se dépêchèrent de traverser le chemin pavé de béton jusqu'au bâtiment, montèrent les escaliers jusqu'au deuxième étage et entrèrent dans un espace ouvert qui bourdonnait d'une activité tranquille.

Un passage avait été créé entre l'entrée et la première rangée de bureaux, deux fois plus large pour permettre à plusieurs personnes de passer en même temps vers les différents services du bâtiment.

Les yeux de Laura s'écarquillèrent devant le nombre impressionnant d'employés qui remplissaient la pièce. Il n'y avait pas une seule chaise vide, et chacun avait la tête penchée sur un écran d'ordinateur, le bruit des doigts tapant sur les claviers n'étant interrompu que par la sonnerie musicale des téléphones.

— Viens, par ici, dit Gavin.

— Tu étais basé où quand tu travaillais ici ? demanda-t-elle en baissant la voix pour ne déranger personne.

— De l'autre côté du bâtiment. C'est là qu'ils ont l'une des salles des opérations principales.

Il lui tint la porte ouverte au bout de la pièce.

— Je te ferais bien visiter, mais on va être en retard si je le fais.

— Une autre fois, alors.

À sa surprise, la porte s'ouvrait sur un autre couloir qui

serpentait autour du bâtiment jusqu'à déboucher sur une plus petite zone d'accueil.

Une femme était assise à un bureau couvert de documents et de post-it colorés, un surligneur à la main, en train d'écouter attentivement un homme qui se tenait à ses côtés, le front plissé.

— Chef, dit Gavin.

Le commandant divisionnaire Devon Sharp leva les yeux, ses yeux gris froids s'adoucissant à leur vue.

— Ravi de vous voir tous les deux. Qu'est-ce qui vous amène ici depuis Maidstone ?

— Nous interrogeons le patron de Stephen Brassick, répondit Laura en lui serrant la main.

Elle jeta un coup d'œil à l'horloge sur le mur derrière le bureau.

— Et nous sommes juste à l'heure.

— Nous avons peut-être eu une percée dans l'une des propriétés voisines, expliqua Gavin. Harriet est en route pour y aller en ce moment.

— Et pour le deuxième meurtre ? demanda Sharp. Un lien entre les deux, ou trop tôt pour le dire ?

— Trop tôt, chef.

Laura entendit la frustration dans sa propre voix et haussa les épaules d'un air d'excuse.

— Mais on va y arriver.

Sharp sourit.

— J'en suis sûr. Bon, je ferais mieux de vous laisser y aller. Sarah va vous montrer où trouver votre visiteur.

La femme repoussait déjà sa chaise, et à la surprise de Laura, elle dominait Sharp de toute sa hauteur.

— Par ici.

Laura baissa les yeux pour voir si la femme était perchée sur des talons, mais elle fut déçue. Elle retint un soupir, regrettant parfois les quelques centimètres supplémentaires qu'elle aurait aimé avoir, surtout quand elle devait faire face à des suspects plus turbulents, ou des collègues intimidants.

Sarah leur tendit un dossier tout en les guidant plus loin dans le couloir.

— Voici les vérifications d'antécédents de votre équipe de Maidstone qui ont été envoyées par e-mail. Duncan Nithercott ne semble pas avoir d'infractions ou de rencontres avec la police qui pourraient nous inquiéter, mais je vous laisse en juger.

Elle leur adressa un sourire, puis s'arrêta devant une porte fermée et baissa la voix.

— C'est ici. Si vous pouviez lui montrer le chemin pour descendre une fois que vous aurez terminé, et vous assurer qu'il signe à la sortie, ce serait parfait. J'ai l'impression que Sharp va me faire corriger des feuilles de calcul pour le reste de l'après-midi vu la tournure que ça prend.

— Merci.

Laura ouvrit le dossier après que la femme s'était éloignée et elle se tourna pour que Gavin puisse lire par-dessus son épaule pendant qu'elle feuilletait le contenu.

— Irréprochable, dit-il lorsqu'elle ferma le dossier.

Elle pouvait entendre la déception dans sa voix.

— C'est comme Kay le dit toujours, Gav. On doit parler à tout le monde, même si c'est juste pour les rayer de notre liste.

— Je sais.

Il lui fit un clin d'œil, puis ouvrit la porte.

Duncan Nithercott leva les yeux de son verre d'eau à moitié vide et fronça les sourcils à leur entrée.

— Il était temps.

— Toutes nos excuses, dit Laura, refusant de relever le ton acerbe de sa voix. Nous sommes au milieu d'une enquête pour meurtre, et d'autres affaires nous ont retardés cet après-midi. Je peux vous offrir un café ou autre chose avant que nous commencions ?

Il se hérissa à son ton, mais secoua ensuite la tête.

— Non, ça va. Désolé. Ces derniers jours ont été stressants au travail, et ma réunion avec un client a débordé. Je pensais que j'allais être en retard ici.

— Je comprends. Nous allons essayer de ne pas vous retenir trop longtemps. Nous allons mener cet entretien de manière formelle, monsieur Nithercott, donc je vais l'enregistrer, expliqua Gavin pendant que Laura prenait place à côté de lui. Je vais démarrer l'appareil, vous lire vos droits formels en tant que témoin dans notre enquête, puis obtenir quelques informations de base avant de vous poser des questions sur votre employé Stephen Brassick. Cela vous convient-il ?

— D'accord.

Nithercott repoussa le verre d'eau et joignit ses mains sur le bureau pendant qu'il écoutait les formalités.

— Pouvez-vous me confirmer quel est votre rôle dans la société d'investissement ? demanda Gavin.

— Je supervise tous nos actuaires internes, et je travaille activement avec de nouveaux clients pour établir ces relations naissantes, répondit Nithercott. Stephen est l'un de nos employés les plus motivés, c'est pour ça que nous aimons l'avoir sur le terrain à New York et à Zurich autant que possible. C'est quelqu'un de fiable.

— Depuis combien de temps travaille-t-il pour vous ?

— Onze ans.

L'homme leur lança un regard suffisant.

— Nous l'avons débauché d'un de nos concurrents. Je ne pense pas qu'ils nous l'aient pardonné depuis.

— Est-ce que vous le fréquentez en dehors du travail ? demanda Laura.

— Non, pas vraiment. Quelques occasions organisées par l'entreprise, mais c'est tout.

Nithercott gloussa.

— Cela dit, Jackie, c'est ma femme, s'entend bien avec l'épouse de Stephen, Penelope, quand nous les voyons lors d'événements. C'est probablement une bonne chose qu'elles ne se voient pas plus souvent, vu la façon dont elles parlent d'antiquités et de chaussures. Je serais ruiné, et je suis sûr que Stephen le serait aussi.

Laura esquissa un petit sourire face à la tentative d'humour de l'homme, puis elle baissa les yeux sur ses notes.

— Avez-vous eu des problèmes avec Stephen ou son travail par le passé ?

— Aucun. C'est un employé exemplaire.

— Votre entreprise a-t-elle des liens avec l'armée ? demanda Gavin.

Les sourcils de Nithercott se haussèrent.

— Des liens avec l'armée ?

— Des sociétés de sécurité, des sous-traitants privés, ce genre de choses.

— Non. Pourquoi ?

— Savez-vous si le travail de Stephen l'a mis en contact avec quelqu'un ayant un passé militaire ? insista Laura.

— Pas du tout, et je le saurais car je supervise tous les clients de Stephen. Nous les passons en revue ensemble chaque trimestre, et nous planifions en même temps qui il devrait rencontrer pour étendre notre portée.

Il se pencha en arrière dans son fauteuil.

— Que se passe-t-il ?

— Ce sont juste des questions de routine, dit Laura. Cela fait partie de notre enquête en cours.

— D'accord.

Nithercott se réinstalla, même s'il n'avait pas l'air convaincu.

— Eh bien, je peux vous dire que la plupart de nos clients sont des banques et d'autres institutions financières, des sociétés d'investissement, ce genre de choses. Nous nous sommes diversifiés hors du secteur de l'assurance il y a environ douze ans, c'est pour cette raison que nous avons recruté Stephen. Son expérience dans le secteur bancaire avant cela était essentielle pour nos stratégies de croissance à l'époque.

— Que fait votre femme ? demanda Gavin.

— Elle est activement impliquée dans plusieurs associations caritatives locales ici dans le Kent, pour la collecte de fonds et ce genre de choses, dit Nithercott.

Il fit un geste dédaigneux de la main.

— Elle n'a pas besoin de travailler, pas avec les horaires que je fais. Ça peut sembler démodé, mais elle aime être femme au foyer, et cela signifie que pendant qu'elle s'occupe des choses quotidiennes, nous pouvons nous détendre le week-end.

— Je ne savais pas que vous étiez du coin, dit Laura innocemment en déplaçant sa main pour couvrir l'adresse de l'homme dans le dossier ouvert devant elle. Êtes-vous proche des Brassick ?

— Non, nous sommes de ce côté du comté, je préfère être plus près de la City pour être honnête. Notre maison est en périphérie d'Eynsford.

— Avez-vous subi des cambriolages ou remarqué des activités suspectes au cours des douze derniers mois à votre domicile ?

— Pas du tout, et je peux vous assurer qu'après ce qui est arrivé à Stephen et Penelope, j'ai demandé à l'entreprise de sécurité de revenir vérifier tous les systèmes hier.

Nithercott frissonna.

— Je ne supporterais pas que quelque chose arrive à Jackie.

— Merci, monsieur Nithercott, je pense que c'est tout pour aujourd'hui.

Gavin confirma l'heure de fin de l'entretien, puis arrêta l'enregistrement.

— Nous allons vous raccompagner.

Une fois en bas, Laura attendit pendant que Gavin s'assurait que le badge visiteur était rendu et que Nithercott était enregistré comme sorti, et elle fit défiler ses e-mails sur son téléphone.

Elle leva les yeux au bruit de talons claquant sur le sol carrelé pour voir une femme d'une quarantaine d'années s'approcher, son tailleur sur mesure contrastant vivement avec les nuances de gris et de noir et les uniformes repassés alentour.

Les sourcils de Nithercott se levèrent de surprise.

— Jackie ?

— Duncan, chéri, ils t'ont enfin laissé partir ?

La femme saisit les bras de son mari et se pencha tandis qu'il l'embrassait sur la joue.

— J'ai cru que je ne te reverrais jamais.

— Comment es-tu arrivée ici ?

Il tendit le cou pour regarder par les fenêtres du sol au plafond.

— Tu as conduit jusqu'ici ?

— Je m'ennuyais, chéri. J'ai pensé voir si tu m'offrirais le déjeuner.

— Détectives Piper, Hanway, voici ma femme Jackie.

Nithercott se retourna vers eux, passa son bras sous le sien, puis examina le sac à main rebondi suspendu à son épaule.

— Et je soupçonne qu'elle a encore fait des dégâts avec ma carte platine, vu son apparence.

La femme rit en rejetant ses cheveux en arrière.

— Eh bien, si tu me laisses seule pendant des heures, que veux-tu qu'une femme fasse, hein ? D'ailleurs, il y a des soldes d'été à Bluewater.

Nithercott gémit, avant que sa femme ne se tourne vers Gavin.

— Alors, est-ce que vous avez attrapé les misérables qui ont assassiné cette femme ? Une affaire horrible.

Elle frissonna.

— Je suis contente que Duncan ne voyage plus autant

qu'avant. L'idée que quelqu'un rôde en liberté pendant que je suis seule à la maison, c'est impensable.

— C'est toujours une enquête en cours, murmura Gavin, puis il poussa un soupir de soulagement lorsque Nithercott s'excusa et entraîna sa femme.

Laura soupira en les regardant se diriger vers leur voiture, puis elle se retourna pour voir Gavin qui lui souriait.

— Quoi ?

— J'ai vu comment tu regardais ce sac à main, Hanway. Combien ?

— Disons-le comme ça, Gav. Je ne pourrais pas payer mon loyer pendant les trois prochains mois si j'en achetais un.

CHAPITRE 24

Barnes envoya un message à sa compagne, Pia, puis jeta un coup d'œil vers le tableau blanc tandis que des éclairs zébraient le ciel au-delà des fenêtres de la salle des opérations.

Un sentiment d'urgence sous-jacent emplissait l'espace alors que ses collègues traînaient des chaises vers l'avant de la pièce, une fatigue se faisant sentir dans leur démarche.

Les bavardages habituels s'étaient réduits à un murmure las, l'atmosphère oppressante faisant écho à un grondement de tonnerre qui fit trembler les vitres et tourner les têtes.

Laura et Gavin n'étaient nulle part en vue, un appel téléphonique cinq minutes plus tôt confirmant qu'ils étaient coincés dans les embouteillages juste au nord de la ville et espéraient arriver avant la fin de la réunion.

Barnes regarda par-dessus son épaule alors que Kay ouvrait la porte d'un coup de pied, les bras chargés de dossiers et d'une liasse de papiers.

— Voilà le topo, dit-elle en traversant la pièce à grands pas pour se placer devant l'équipe et en distribuant les ordres du jour fraîchement imprimés. Debbie est à un rendez-vous, alors personne n'a intérêt à souffler mot que je viens de piquer une rame de papier et une cartouche d'encre dans le placard de fournitures de l'autre équipe, sinon ça va barder vu comment elle gère l'administration ici.

Ses commentaires provoquèrent quelques sourires en coin pendant que les notes de briefing étaient distribuées, puis les murmures s'éteignirent.

Barnes parcourut du regard la page qu'il tenait, retint un gémissement devant le nombre d'actions en suspens, et desserra sa cravate.

Ça allait être une longue réunion.

— Bien, tout d'abord, l'autopsie de notre seconde victime confirme qu'il est mort d'une blessure mortelle par arme blanche à l'artère fémorale, dit Kay, sa voix portant jusqu'à l'endroit où il était assis. Strictement confidentiel, et à ne pas répéter en dehors de ce briefing, Lucas pense que nous *pourrions* avoir affaire au même tueur étant donné l'emplacement des différentes coupures au couteau sur les membres et le torse de l'homme. Comme Katrina, il a probablement été torturé avant cette dernière coupure. Celui qui a fait ça sait ce qu'il fait. Les deux victimes ont subi une attaque horrible et prolongée avant d'être tuées.

Elle laissa ses paroles faire leur effet un instant.

— J'ai parlé au commandant divisionnaire Sharp plus tôt cet après-midi, et ses enquêtes sur un éventuel angle militaire concernant les Brassick n'ont rien donné. Suite à la visite de Gavin et Laura à la maison de Conrad

Lamberton juste à côté de celle des Brassick, l'équipe de Harriet a terminé ses recherches juste avant que cet orage n'éclate, et malheureusement ils ont confirmé que toute trace de preuve a été perdue à cause des intempéries de vendredi. Aucune empreinte latente n'a été trouvée sur les caméras de sécurité autour de la propriété non plus.

Barnes retira ses lunettes de lecture et baissa la tête en se pinçant l'arête du nez.

— On est foutus.

— Il y a une mince chance que nous obtenions des informations du propriétaire terrien voisin, dit Kay. Le responsable de Harriet sur place, Patrick, a trouvé des signes possibles d'entrée dans le jardin. Il y a une clôture de fil barbelé à côté d'un petit ruisseau qui sépare la propriété des terres agricoles au-delà qui a été coupée, et récemment, selon lui, vu qu'aucun métal n'a encore rouillé. Le sol de chaque côté est très pierreux et vu les pluies récentes, il n'y a pas d'empreintes de pas, mais j'ai chargé une patrouille en uniforme de parler au propriétaire ce soir pour voir s'il y a des images de vidéosurveillance.

— Tant que leurs caméras n'ont pas été aspergées aussi, grommela Dave Morrison à voix basse.

— Tout à fait.

Kay prit une épingle rouge dans la collection sur le plateau à côté du tableau blanc et la planta sur la photo aérienne de la campagne entourant la maison des Brassick.

— Mais jusqu'à ce que nous ayons des nouvelles, cette ferme reste sur notre liste d'actions. Quelqu'un a-t-il trouvé quelque chose sur les caméras de vidéosurveillance locales montrant des véhicules ou des personnes suspects vendredi après-midi ?

Aaron Stewart leva les yeux de ses notes.

— Rien qui suggère quoi que ce soit lié au meurtre de Katrina, chef. Tous les véhicules sur les caméras ont été tracés jusqu'à des résidents locaux, et aucun d'entre eux n'a de casier judiciaire.

— Bon sang.

Kay soupira.

— Eh bien, je suppose que ç'aurait été trop facile. Je—

Elle s'interrompit au son d'un téléphone portable bruyant, et Barnes regarda par-dessus les têtes des officiers rassemblés pour voir Nadine bondir et se précipiter vers son bureau, son téléphone à l'oreille. Quand il jeta un coup d'œil à Kay, elle haussa un sourcil, mais ne dit rien pendant un moment.

Il observa Nadine tandis que la jeune agente stagiaire se laissait tomber sur la chaise de son bureau, le téléphone coincé sous son menton pendant qu'elle écoutait l'interlocuteur et prenait des notes, sa main libre faisant signe à celui qu'elle écoutait de se dépêcher.

Dès que l'appel se termina, elle se jeta sur son clavier, ses doigts volant tandis qu'elle fixait l'écran, ignorant les commentaires murmurés de ses collègues.

La porte s'ouvrit, et Gavin et Laura entrèrent dans la pièce, et Barnes remarqua la confusion balayer leurs visages en voyant tout le monde regarder Nadine avec expectative. Il leur fit signe d'approcher.

— Juste à temps, murmura-t-il.

— Que se passe-t-il ? chuchota Laura tandis que Gavin se perchait sur le bureau à côté de lui. Qu'est-ce qu'on a raté ?

— Rien pour le moment.

Puis il vit Nadine se rasseoir dans sa chaise.

Elle cligna des yeux devant l'écran avant de se précipiter vers les officiers qui attendaient.

— Désolée, chef.

— Pas de problème, dit Kay. Quelle est l'urgence ?

— C'était Simon à la morgue. J'ai passé les détails de notre seconde victime dans le système cet après-midi, et je suis restée bloquée quand j'ai regardé les empreintes digitales. L'une d'elles était un peu floue quand elle a été prise, alors je lui ai demandé de la refaire.

Nadine fit une pause, puis fronça les sourcils.

— J'espère que c'était correct, chef ?

— Absolument.

Kay pointa le téléphone dans la main de l'agente.

— Qu'est-ce que tu as trouvé ?

— Je crois que nous l'avons trouvé, chef. Notre seconde victime.

Une explosion de voix excitées traversa la salle des opérations, et Barnes sentit un frisson lui parcourir les épaules.

— Tout le monde, taisez-vous.

Kay les fusilla du regard, puis se retourna vers Nadine.

— Comment ?

— Une fois que j'ai eu l'ensemble complet des empreintes, j'ai pu les passer à nouveau dans le système. J'ai obtenu un nom : Preston Winford. Simon a parlé avec un de ses collègues à l'hôpital qui a consulté le registre des donneurs pour nous, et il vient de confirmer que Preston a fait don d'un rein à son frère quand il avait dix-neuf ans.

Il y eut un silence choqué, puis Barnes sourit en frappant dans ses mains.

— C'est un résultat fantastique, Nadine. Bien joué.

— En effet, et excellent travail, ajouta Kay tandis que l'agente reprenait sa place, rougissant sous l'attention de ses collègues. Bon, eh bien... Dieu merci. Une excellente façon de terminer la journée.

Barnes observa Kay feuilleter les pages de l'ordre du jour, puis le mettre de côté.

— Cette avancée nous donne de nouvelles pistes à suivre, dit-elle. Tout d'abord, je veux une vérification complète des antécédents de Preston Winford depuis ses dix-neuf ans et le retrait de son rein. Faites une priorité de vérifier les réseaux sociaux d'abord, et découvrez qui est sa famille et comment je peux les contacter.

Kay fit une pause en grimaçant.

— Je dois les informer de ce qui s'est passé avant que les médias n'en aient vent. Et en parlant des médias, si *quelqu'un* laisse fuiter ça, je vous pendrai moi-même. C'est compris ?

Une sombre vague d'assentiment parvint jusqu'où Barnes était assis.

— Ensuite, nous devons découvrir si Preston est lié à Katrina de quelque façon que ce soit, et s'il est lié à Angus Zilchrist et comment. Je ne pense pas que ce soit de la malchance qui l'ait fait se retrouver dans cette armoire dans l'unité de stockage d'Angus. Ça semble trop personnel, un coup comme celui-là. Enfin, découvrez si Preston est déjà entré en contact avec les Brassick. Il a été tué avant Katrina, donc peut-être qu'il a conduit le tueur jusqu'à elle, même par accident.

Elle finit de mettre à jour les points sur le tableau blanc puis se tourna vers eux une fois de plus.

— Autre chose ?

— Je vais vérifier si Preston a déjà eu une formation militaire ou est entré en contact avec quelqu'un qui en avait une, dit Gavin. Juste pour écarter cette possibilité. Cela dit, nous en parlions dans la voiture en venant ici, et je pense que n'importe quel cambrioleur expérimenté saurait utiliser les mêmes tactiques. Il y a suffisamment d'informations sur l'utilisation des tactiques furtives en ligne de nos jours après tout.

— C'est vrai, dit Kay en dessinant un point d'interrogation à côté de la note originale. Et nous n'avons encore rien trouvé qui suggère qu'il y ait un angle militaire à tout cela.

— Je peux rester ce soir pour commencer les vérifications d'antécédents, dit Nadine.

Elle haussa les épaules.

— Après tout, c'est moi qui ai créé tout ce travail supplémentaire.

— C'est du bon travail supplémentaire, alors ne me fais pas entendre d'excuses de ta part, répondit Kay. Si tu restes ce soir, je ne veux pas te voir avant dix heures demain. Il n'y a pas d'heures supplémentaires disponibles, et je ne veux pas que tu travailles quand tu es épuisée, tu ne me serais d'aucune utilité dans cet état.

— Je peux rester aussi, chef, dit Kyle. Avec l'angle des réseaux sociaux, il y aura beaucoup à faire si nous voulons faire des progrès là-dessus.

Barnes sourit à l'agent, puis fit un clin d'œil à Kay, fier qu'elle commande un tel respect parmi son équipe, même au sein des nouvelles recrues.

— Moi aussi.

Sean Gastrell leva la main depuis sa position au fond de la salle.

— Je devais juste aller au pub regarder le foot après le travail. Mon équipe va probablement perdre de toute façon.

— Je ferais mieux de rester aussi alors, chef, dit Aaron Stewart en souriant. Qui sait ce que ces jeunes vont faire tout seuls sinon ?

CHAPITRE 25

Kay réprima son envie de vomir, puis tira une autre lingette humide du paquet posé sur le carrelage de la cuisine.

Quatre minuscules bébés hérissons se bousculaient dans le bac à côté d'elle tandis qu'Adam les plaçait délicatement un par un sur une vieille balance de cuisine et notait le poids de chaque animal, apparemment inconscient de la traînée d'excréments que l'un d'eux avait laissée sur la serviette qui tapissait leur enclos temporaire.

Kay essuya le derrière du coupable, puis se redressa sur ses talons et se couvrit le nez avec le creux de son bras.

— Oh mon Dieu. Mais qu'est-ce qu'ils ont bien pu manger ?

Son compagnon sourit.

— Un mélange équilibré de protéines, de glucides et d'autres vitamines et minéraux essentiels.

Elle jeta un œil aux paquets de nourriture ouverts à côté de deux bols métalliques.

— Quelles sommes ces entreprises gagnent-elles avec cette soi-disant nourriture pour hérissons ? Ce n'est sûrement que de la nourriture pour chatons.

— Sois juste contente qu'ils ne soient plus au biberon.

Il lui lança un sourire machiavélique.

— J'ai vu des projections de caca avec ce truc.

Kay plaça le bébé hérisson parmi ses frères et sœurs, puis jeta un coup d'œil par-dessus son épaule lorsque la sonnette retentit.

— Ça doit être le repas à emporter.

— Ok, vas-y, je termine ici.

Après s'être précipitée vers l'évier de la cuisine pour se laver les mains, Kay se hâta vers la porte d'entrée et l'ouvrit brusquement, juste au moment où le livreur baissait son téléphone.

— Je venais d'envoyer un message pour voir si quelqu'un était là, dit-il en lui tendant la nourriture.

— Désolée, nous sommes en train de nous occuper de hérissons affamés en ce moment.

Sa mâchoire tomba, puis il essaya de regarder derrière elle.

— Vraiment ? Ma sœur dit qu'elle en veut un comme animal de compagnie. Il y a plein de gens sur les réseaux sociaux qui en ont.

— Voici un conseil, dit Kay en prenant le sac en papier et en lui donnant un pourboire en espèces. Dites-lui de ne pas le faire. Ils font leurs besoins partout, et elle n'arrivera jamais à enlever les taches, croyez-moi.

Réprimant un sourire devant l'expression horrifiée du livreur, elle ferma la porte et retourna dans la cuisine, l'odeur aromatique des plats chinois fraîchement préparés ne parvenant pas à masquer la puanteur des animaux.

Adam avait déjà ouvert les fenêtres de la cuisine et leva les yeux du bac des hérissons où il remplaçait la litière souillée par de la fraîche.

— Ne t'inquiète pas, l'odeur va se dissiper.

En sortant des assiettes d'un placard à côté du micro-ondes, Kay leva les yeux au ciel.

— Jusqu'à leur prochain repas. Mangeons dans l'autre pièce, ça sent encore un peu... fort ici.

Quelques minutes plus tard, ils étaient assis côte à côte sur le canapé, leurs assiettes chargées de nourriture et un verre de vin chacun sur la table basse devant eux.

Kay gémit à la première bouchée.

— Mon Dieu, j'avais vraiment besoin de ça.

— Pareil. J'ai été tellement occupé avec la paperasse et à nourrir ces petits toute la journée que je n'ai pas eu le temps de manger.

Adam enfourna une fourchette de nouilles, puis tendit la main vers son verre et prit une gorgée.

— Tu veux regarder un film après ?

— Je ne peux pas, désolée. J'ai ramené des documents budgétaires à examiner. Je n'aurai jamais l'occasion de le faire au travail avec cette enquête qui me prend tout mon temps.

Il reposa son verre et la regarda avec méfiance.

— Ne les laisse pas t'épuiser.

— Ne t'inquiète pas. J'en ai pour une demi-heure environ et ce sera terminé. C'est juste que si je ne le fais pas, je vais rater la date limite. Je veux aussi vérifier mes e-mails, il y a tellement d'informations qui arrivent sur ces deux meurtres que j'ai peur de rater quelque chose d'important.

— Heureusement que tu aimes ce que tu fais, n'est-ce pas ?

Il sourit et se remit à manger.

— Qui s'occupe du cabinet pendant que tu fais du baby-sitting ?

— Scott. Lui et Claire ont tout sous contrôle, heureusement, ça a été une semaine calme. Il n'y a pas eu trop d'urgences, seulement des contrôles de routine et des vaccinations à faire. Il sait qu'il peut m'appeler si quelque chose se présente.

Adam posa son assiette vide sur la table et se pencha en arrière, réprimant un rot.

— Je dois aller dans une ferme à Hawkhurst demain matin pour examiner un cheval avant qu'il ne soit vendu, mais ça ne prendra pas longtemps. Les bébés hérissons iront bien pendant mon absence.

Il se leva tandis qu'elle poussait son couteau et sa fourchette sur le côté.

— Donne-moi ton assiette, je vais m'occuper de la vaisselle pendant que tu travailles.

— Merci. Je n'en aurai pas pour longtemps, promis.

Il sourit.

— Je t'apporterai un autre verre dans un moment.

Kay prit un moment pour savourer une autre gorgée de vin, puis se tourna vers le sac de courrier à ses pieds. En fouillant à l'intérieur, elle sortit un dossier rouge rempli de feuilles de calcul et de notes manuscrites, son cœur se serrant en parcourant les chiffres.

Pas étonnant qu'elle voie rarement Sharp à Maidstone

ces jours-ci. C'était déjà assez difficile d'être inspectrice, sans parler d'avoir un grade supérieur avec plus de paperasse que d'enquêtes sur le terrain.

Elle ouvrit son ordinateur portable et cliqua sur l'application de messagerie, et son regard tomba sur les dernières mises à jour de son équipe. Aussi tentant que cela puisse être de se perdre dans les enquêtes sur les meurtres, elle fit défiler l'écran jusqu'aux instructions du quartier général et revint aux feuilles de calcul, déterminée à terminer sa tâche dans l'heure.

Vingt minutes plus tard, son téléphone vibra sur la table basse, la tirant de ses pensées sur la formule compliquée qu'elle essayait de reproduire, et elle sourit ironiquement en voyant le nom sur l'écran.

— Chef, je pensais justement à toi, dit-elle.

— Et sans doute en jurant tout bas.

Sharp rit.

— Je viens de voir l'e-mail du quartier général. Tu es toujours au bureau ?

— Chez moi. Si j'arrive à comprendre comment écrire cette fichue formule, je t'enverrai mes chiffres ce soir.

— Sur quoi est-ce que tu bloques ?

Ils passèrent les deux minutes suivantes à résoudre le problème, et Kay poussa un soupir de soulagement en lui envoyant les fichiers terminés par e-mail.

— Dieu merci, soupira-t-elle en attrapant son verre de vin. Merci, Devon.

— Je t'en prie. J'ai entendu dire que tu avais un nom pour le corps trouvé dans l'unité de stockage.

— Preston Winford.

Elle parcourut ses e-mails jusqu'à ce qu'elle en voie un d'Aaron Stewart, et paraphrasa sa mise à jour.

— Les dernières informations de l'équipe indiquent que Preston avait vingt-quatre ans au moment de sa mort et travaillait à temps partiel comme livreur. Nous allons interroger son responsable demain matin. Jusqu'à présent, toutes ces informations ont été recueillies sur les réseaux sociaux. Nous avons également retrouvé ses parents, donc j'emmènerai Barnes avec moi pour leur parler demain avant de contacter la presse, et Aaron a dressé une liste de connaissances que nous allons interroger au cours des deux prochains jours.

— Bien, d'accord. Ça me semble être un bon plan. J'imagine qu'il n'y a pas de nouvelles concernant le meurtre de Katrina ?

— J'ai deux agents qui vont parler à un propriétaire terrien proche de la maison des Brassick demain matin. Il semblerait que celui qui l'a tuée ait traversé la propriété d'un voisin pour atteindre leur maison. Quant à savoir si nous trouverons quelque chose ou pas...

— Hmm. Tout ça ne me plaît vraiment pas, Kay.

— À moi non plus. Les deux meurtres montrent un côté vindicatif plutôt que de la violence gratuite. Leurs blessures ont été calculées pour induire autant de douleur que possible sans les tuer sur le coup, jusqu'à ce que l'auteur soit prêt.

— Est-ce que quelqu'un correspondant au profil est sorti de prison récemment ?

— Pas d'après ce que Laura a pu trouver, et elle a été sacrément minutieuse. Elle a même épluché les registres de l'Essex et du Sussex.

— Très bien. Désolé, je dois y aller, j'ai encore quelques coups de fil à passer ce soir. Fais-moi signe si tu as besoin de moi, et passe le bonjour à Adam.

— Je n'y manquerai pas. Merci.

En terminant l'appel, elle remit son ordinateur portable et ses papiers dans son sac, puis se dirigea vers la cuisine avec son verre vide.

Adam était assis au comptoir central, la tête penchée sur une revue vétérinaire. Il leva les yeux quand elle entra et sourit.

— Tu as fini ?

— J'ai fini.

Elle se dirigea vers le réfrigérateur et récupéra le vin, leur servant à chacun un autre verre avant de le rejoindre, et elle prit une chips aux crevettes dans le sac à côté de son coude.

— Sharp te passe le bonjour.

— Je me doutais que c'était lui.

Kay grignotait la chips.

— On devrait organiser un barbecue bientôt. Ça fait une éternité qu'on ne s'est pas tous réunis.

— Faisons-le quand ta charge de travail se sera un peu calmée, dit-il en l'attirant dans ses bras. Sinon, je sais ce qui va se passer, vous allez tous vous asseoir et parler de cette affaire au lieu de vous détendre.

— C'est vrai.

Comme sur commande, son téléphone portable sonna. Elle embrassa Adam, puis s'éloigna pour répondre.

— Hunter.

— Chef ? C'est Sean Gastrell.

— Tu es encore au commissariat ?

— On termine juste pour la soirée, chef, mais Aaron m'a dit que je devrais vous appeler. J'ai découvert quelque chose sur Preston Winford que vous devriez savoir immédiatement.

— Ah, quoi donc ?

— J'ai vérifié son nom dans un contrôle de crédit pour voir quelles étaient ses habitudes de dépenses, au cas où cela nous donnerait de nouvelles pistes sur la façon dont il passait son temps et tout ça, expliqua le jeune agent. Il s'avère qu'il doit plus de douze mille livres réparties sur quatre cartes de crédit. Il ne tenait pas le rythme des remboursements non plus, d'après ces relevés. Il était endetté jusqu'au cou.

Kay se figea sur place, le cœur battant la chamade.

— Tout comme Katrina, murmura-t-elle, et Angus Zilchrist.

CHAPITRE 26

Alec Mingrove s'agrippa au dossier du siège tandis que le bus s'arrêtait doucement, puis il retint sa respiration jusqu'à ce qu'il soit passé devant le vieil homme à l'odeur corporelle écrasante pour atteindre la porte.

En descendant sur le trottoir, il observa les nuages qui dérobaient les dernières lueurs du soir tandis que le bus s'éloignait du bord du trottoir, et il adressa une prière silencieuse pour qu'il ne pleuve pas avant qu'il n'atteigne le restaurant.

Trois semaines auparavant, il avait fini par vendre sa voiture, même si l'homme qui s'était présenté à son appartement avait senti le désespoir émaner de lui et avait réduit le prix demandé de deux mille livres après l'avoir essayée brièvement.

Alec n'avait eu ni l'énergie de discuter avec lui, ni le temps d'attendre une meilleure offre.

Il avait remis l'argent dès qu'il était arrivé sur son compte bancaire. Pendant un instant, il avait été tenté de l'utiliser pour fuir, pour s'échapper, pour se cacher.

Et puis il s'était souvenu que d'autres avaient essayé de s'enfuir aussi, et avaient échoué.

Réprimant sa nausée, il marcha rapidement vers le centre-ville tout en maudissant le fait qu'il ne connaissait pas les bons itinéraires de bus et se trouvait maintenant à quinze minutes du restaurant.

Ses chaussures lui pinçaient déjà les orteils, les bouts pointus à la mode étant plus adaptés aux réunions sociales ou au travail de bureau sédentaire qu'à la marche sur une longue distance.

L'ironie ne lui échappait pas non plus.

Deux cents livres pour une paire de chaussures n'étaient rien pour lui il y a un an, et maintenant il prenait le bus.

En passant sous l'ombre du parking à étages, son estomac se noua à l'idée d'ajouter encore plus à sa carte de crédit ce soir.

Mais il n'avait pas le choix.

Ed avait téléphoné deux jours plus tôt avec des instructions pour se rencontrer, et la chance d'être présenté à l'associée de son ami était une opportunité trop belle pour être refusée.

Surtout quand cette soirée pourrait mener à une offre d'emploi permanent avec un revenu régulier, dont il avait désespérément besoin s'il voulait sortir du pétrin dans lequel il se trouvait.

En tant que contractuel vivant avec l'idée que le gouvernement se faisait du salaire minimum de base, Alec avait du mal à joindre les deux bouts. Jusqu'à il y a quatre mois, il avait dilapidé son salaire en choses matérielles comme la voiture, des montres coûteuses, des vêtements, des vacances – tout payé en plastique.

Tout cela pour essayer d'impressionner ses collègues avec un job dont il avait soudainement été licencié.

Tout cela parce que son employeur avait choisi de déplacer son siège social d'Aylesford à La Haye, les lois sur l'exportation rendant trop difficile les relations avec sa clientèle européenne.

Le reste de l'hiver avait été passé à baisser le thermostat chaque semaine pour économiser de l'argent jusqu'à ce qu'il n'y ait plus aucun intérêt à le baisser davantage. L'appartement était glacial jusqu'à la fin avril et il passait ses soirées à serrer une bouillotte contre lui pour se réchauffer tout en mangeant la nourriture qui le sustentait autrefois pendant ses années d'étudiant.

Et les dettes s'accumulaient toujours : l'hypothèque, le contrat de téléphone portable qu'il ne pouvait pas résilier parce qu'il avait besoin de chercher du travail, ces foutues factures de carte de crédit.

L'offre d'un prêt en espèces à la fin du mois de mars avait semblé être une aubaine.

Jusqu'à il y a quatre semaines et la demande soudaine de rembourser immédiatement le prêt – avec intérêts.

Et toujours l'interminable ronde des candidatures, des entretiens, et la certitude qu'il ne pouvait pas demander d'augmentation ou un contrat permanent à l'entreprise où il travaillait parce que c'était ainsi que les gens ne revenaient pas la semaine suivante.

Il y avait toujours quelqu'un d'autre qui accepterait de travailler pour moins plutôt que de ne pas travailler du tout.

Il se mordit la lèvre, réprimant l'envie de pleurer de frustration.

— Alec !

— Merde, marmonna-t-il, puis il se retourna avec un sourire plaqué sur le visage. Ed, mec, je pensais que tu serais déjà au restaurant.

Son ami fit un geste vers la magnifique femme à côté de lui.

— Quelqu'un n'arrivait pas à décider quoi porter, donc on est un peu en retard.

— Ce n'est pas juste, et ce n'est pas vrai, dit-elle en riant. Le chat a décidé de vomir sur la moquette juste au moment où nous partions.

— Salut, Lisa.

Alec se pencha et lui fit une bise rapide sur la joue.

— Et, sympa ce chat.

— Je sais, hein ? Heureusement qu'il est mignon.

Ed le regarda de haut en bas.

— Je *pensais* bien que c'était toi que j'avais vu descendre du bus à côté du supermarché quand on est passés en voiture. Qu'est-ce qui se passe ? Où est ta voiture ?

Le sourire d'Alec faiblit un peu alors qu'ils s'engageaient dans la rue, tournant à un carrefour avant d'entrer dans la zone piétonne.

— L'embrayage a lâché ce matin et le garage a dû commander un remplacement parce qu'ils n'en avaient pas en stock. Je la récupérerai dans la semaine.

— Donc tu as dû prendre le bus ? Putain.

Le nez d'Ed se plissa.

— Je sais, hein ?

Il donna une tape sur l'épaule de son ami alors qu'ils tournaient vers une ruelle étroite.

— Je crois que je n'ai pas eu à faire ça depuis qu'on a quitté l'école. Tu te souviens de cette fois où tu nous as fait exclure du bus scolaire pendant tout un trimestre ?

Les yeux de Lisa s'écarquillèrent.

— Il ne m'a jamais parlé de ça.

— Ah bon ? Peut-être que tu devrais lui demander.

Alec haussa les sourcils d'un air suggestif.

— Ou je pourrais te parler de cette fois où il—

— Ce n'est rien.

Ed sourit et passa son bras autour de sa femme.

— Tout ce qui s'est passé, c'est...

Alec laissa leurs voix flotter autour de lui tandis qu'ils marchaient devant, une nausée lui tenaillant l'estomac alors que son regard balayait les visages derrière les fenêtres d'un bar donnant sur la cour pavée.

Personne ne le regardait.

Personne ne se souciait de lui.

— Alec ?

Son regard se porta brusquement sur la porte d'entrée du restaurant. La main d'Ed était sur la poignée en laiton, le verre scintillant sous un éclairage soigneusement placé qui illuminait le logo au-dessus de leurs têtes.

Forçant un sourire, il se dépêcha de les rejoindre.

— Désolé, j'étais ailleurs.

— Angela est déjà là, dit Ed en désignant du menton une brune en robe tailleur qui se tenait au bar derrière la vitre. Sois juste toi-même, et tout ira bien. Ce n'est qu'une formalité, crois-moi.

— Merci.

Alec allait tendre le bras vers son ami, puis s'arrêta maladroitement.

— Ça compte beaucoup pour moi.

Ed lui fit un clin d'œil.

— Tu me remercieras quand tu signeras le contrat. Et tu m'achèteras une bouteille de ce Krug millésimé qu'on buvait avant. Ça fait un moment qu'on n'en a pas bu, pas vrai ?

— Ok, marché conclu, acquiesça Alec. Allons-y.

Il suivit Ed dans le restaurant et resta un peu en retrait pendant que les présentations formelles étaient faites, puis il tendit la main à Angela.

— Ravi de vous rencontrer, dit-il. Merci de m'accorder de votre temps ce soir.

Elle sourit, sa poignée de main ferme.

— Pas de problème. Ed m'a beaucoup parlé de vous, et j'aimerais entendre ce que vous pensez pouvoir apporter à notre nouvelle entreprise.

Un serveur s'approcha, murmura que leur table était prête, et les conduisit vers une alcôve nichée à l'arrière du restaurant.

— J'ai pensé qu'il valait mieux nous tenir à l'écart de la foule, expliqua Angela. C'est plus facile de ne pas avoir à se soucier de la confidentialité ainsi. J'aimerais en savoir plus sur votre expérience, Alec, notamment en vue de deux clients que nous espérons obtenir la semaine prochaine.

— Pas de problème.

Alec s'assit entre elle et Ed, et remercia d'un signe de tête le serveur qui lui tendait un menu relié de cuir.

Parcourant la liste des entrées et des plats principaux, il sentit ses yeux piquer en voyant les prix.

Il ne pouvait rien se permettre.

Pas maintenant.

L'amertume l'envahit.

Qu'est-ce qui était passé par la tête d'Ed pour suggérer qu'ils se rencontrent ici ?

— Que prendra monsieur ?

Le serveur se tenait à son coude.

— Je peux recommander le steak tartare pour commencer...

— En fait, je n'ai pas très faim. Pourriez-vous m'apporter la soupe du jour s'il vous plaît, et l'entrée de salade de thon en plat principal ?

— Au régime, Alec ? sourit Lisa. Ce n'est pas ton genre de te soucier de ce que tu manges.

Il tapota son ventre de façon théâtrale et força un rire.

— Les nuits tardives, la malbouffe, tout ça finit par se faire sentir. Je me suis dit que j'allais me tenir à carreau pendant un moment, pour pouvoir me faire vraiment plaisir dans quelques mois.

— Je dois dire que c'est admirable, dit Angela en haussant un sourcil. Bon, moi je dois absolument prendre le gravlax, il est divin ici, et je prendrai l'escalope de veau après, s'il vous plaît.

— Merci, madame.

Le serveur récupéra les menus de leurs mains.

— Et pour le vin ?

Alec regarda l'eau intacte dans son verre.

— Ça ira pour m—

— Nous prendrons une bouteille du Châteauneuf-du-Pape millésimé, dit Angela avec un large sourire. Après tout, nous avons beaucoup de choses à nous dire, n'est-ce pas ?

———

Deux heures plus tard, la main d'Alec tremblait tandis qu'il tapait le code de sa carte dans la machine que le serveur lui tendait, et il regrettait d'avoir cédé à l'insistance d'Angela pour qu'ils prennent une deuxième bouteille du vin le plus cher de la carte.

Il n'avait même pas bu plus de quelques gorgées de la première, refusant les tentatives du serveur de remplir son verre et ignorant les regards interrogateurs que Lisa lui lançait de temps en temps.

Picorant dans son assiette, il s'était concentré sur les réponses aux questions d'Angela avec le bon équilibre entre assurance et humilité, avait suscité quelques rires polis et développé certains aspects de son travail passé quand c'était approprié.

Alors qu'ils repoussaient leurs chaises pour aller chercher leurs manteaux, la partenaire commerciale d'Ed lui tendit à nouveau la main, les yeux pétillants.

— Je suis vraiment contente que nous ayons eu l'occasion de nous rencontrer comme ça, dit-elle. Je trouve qu'il est beaucoup plus facile de prendre la mesure de quelqu'un en dehors d'un environnement de bureau, et Ed avait raison à votre sujet. Je pense que vous serez parfait pour nous.

Sur ce, elle fit un signe de tête à Ed, une bise en l'air à Lisa et sortit rapidement sans un regard en arrière.

Le soulagement d'Alec face à l'offre d'emploi fut de courte durée lorsqu'il vit l'addition.

Ed sourit, puis haussa un sourcil.

— Le mieux serait qu'on partage, tu ne crois pas ?

— Ça me va, répondit Alec, espérant que le soulagement dans sa voix n'était pas trop évident.

— Vois le bon côté des choses, mon vieux. Ça va l'amadouer quand je lui suggérerai que tu commences tout de suite, lors de mon café avec elle demain matin.

L'air frais gifla les joues d'Alec quand ils sortirent du restaurant, et il leva les yeux alors que quelques gouttes de pluie commençaient à tomber.

Malgré l'impression que l'été s'était terminé avant même d'avoir commencé, il espérait que cette soirée était le signe qu'il pouvait enfin essayer de mettre les derniers mois derrière lui.

Peut-être pourrait-il demander à Ed et Angela une avance sur son salaire pour régler ses dettes plus rapidement une fois qu'il aurait eu l'occasion de les impressionner.

Peut-être que dans un an, il considérerait cette période comme une sorte d'épreuve qu'il avait surmontée.

Ça forge le caractère, disait souvent son père.

Alors qu'ils approchaient du parking à étages, Lisa lui donna un coup de coude dans les côtes.

— Félicitations pour ton nouveau boulot.

— Merci, et merci d'être venue ce soir aussi.

— Je n'aurais raté ce repas pour rien au monde, dit-elle en souriant. Pas avec la liste d'attente qu'ils ont pour les deux prochains mois. Oh, merde. Attends.

Elle s'arrêta et fouilla dans son sac à main alors que son téléphone portable se mettait à sonner, et il entendit Ed jurer entre ses dents tandis qu'elle parlait d'une voix précipitée.

— Merde, c'est notre baby-sitter apparemment.

Il grimaça alors que la pluie commençait à tomber pour de bon.

— J'allais t'offrir de te ramener, mais...

— T'inquiète pas, je vais—

— Ed, chéri.

Lisa termina l'appel et se tourna vers l'entrée du parking.

— Hayley a de la fièvre et vient de vomir. J'ai dit à la baby-sitter qu'on serait à la maison dès que poss—

— Allez-y, dit Alec en lui serrant le bras et en l'embrassant sur la joue avant de se tourner vers Ed. Je t'appellerai demain, mais merci. Je te dois une fière chandelle.

— C'est vrai. Mais pas besoin de me remercier. Je savais que tu serais parfait. Oh, hé, taxi !

Ed fit signe à une voiture qui passait et se pencha à la fenêtre ouverte lorsqu'elle s'arrêta, avant de pointer du doigt vers Alec.

— Il doit aller à l'autre bout de Tovil, ça vous va ?

— Montez.

— On se parle demain, dit Ed en tapant l'épaule d'Alec avant de se dépêcher de rejoindre Lisa.

— Ok.

Alec attendit qu'ils aient disparu sur le parking, puis il se tourna vers le chauffeur de taxi qui attendait et hissa sa veste de costume au-dessus de sa tête pour se protéger de la pluie qui lui coulait désormais dans le cou.

— C'est bon, je vais marcher, merci.

— Mais il pleut des cordes. Vous êtes sûr ?

— Ouais, merci.

Le chauffeur leva les yeux au ciel, puis s'éloigna du trottoir, les feux stop de la voiture clignotant au carrefour avant de disparaître dans la nuit.

Alec frissonna, puis s'éloigna d'un pas déterminé, désireux de mettre de la distance entre lui et le parking avant qu'Ed ne le voie.

Recroquevillé sous sa veste, il pesta intérieurement qu'aucun autre convive du dîner n'ait pensé à lui demander s'il avait les moyens de manger là. Ils avaient simplement supposé qu'il le pouvait.

— Et tu n'as pas eu les couilles de leur dire le contraire, espèce d'abruti, fulmina-t-il à voix basse.

Un bus l'éclaboussa alors qu'il atteignait le prochain carrefour en sortant de la ville, les roues délogeant la majeure partie de l'eau d'une flaque au bord du trottoir et trempant le bas de son pantalon avant de s'arrêter à quelques centaines de mètres de lui.

Une femme descendit, leva un parapluie et se précipita vers le portail ouvert d'une maison voisine, le faible bruit de ses talons lui parvenant. Les portes du bus restèrent ouvertes pendant quelques secondes, et il réalisa que le chauffeur attendait probablement qu'il monte.

Alec ralentit le pas, son cou rougissant de honte à l'idée qu'il ne pouvait même pas se payer le trajet du retour.

Le chauffeur comprit le message et repartit sur la route, le laissant en train de secouer sa veste de costume pour éliminer une partie de l'eau qui s'accumulait dans les plis avant de repartir.

Au moins, il y avait des sachets de thé à la maison. Pas de lait, mais n'importe quelle boisson chaude en ce moment tempérerait le froid qui s'infiltrait jusqu'à ses os.

Il exhala, se maudissant pour la torpeur qui l'enveloppait. Après tout, d'ici la fin de la semaine, il aurait un nouveau travail en perspective après l'entretien informel de ce soir et, même si Ed ne parvenait pas à convaincre son associée de l'embaucher directement comme collaborateur, il y avait au moins quelques perspectives de carrière.

Et une fois ses dettes remboursées, il pourrait commencer à économiser – correctement, comme Ed et Lisa l'avaient fait, plutôt que d'acheter toutes ces choses matérielles qui ne lui avaient rien apporté pendant les dix dernières années de sa vie professionnelle.

Redressant les épaules, avec un regain d'entrain dans sa démarche, il s'arrêta au bord du trottoir pour laisser passer une voiture avant de traverser la rue, puis il regarda le véhicule ralentir jusqu'à s'arrêter à côté du trottoir et un homme sortir du côté conducteur.

Alec ralentit, puis vit l'homme s'accroupir à côté de la roue avant, un juron sonore lui parvenant avant que la silhouette ne se redresse et ne donne un coup de pied dans le pneu incriminé.

— Vous avez crevé ? lança-t-il en s'approchant.

L'homme jeta un coup d'œil par-dessus son épaule et haussa légèrement les épaules.

— Peut-être. Elle tirait tout à coup vers la droite.

Alec s'accroupit et scruta l'obscurité, puis fronça les sourcils.

— On dirait qu'il n'y a rien. Qu'est-ce que—

Il cria lorsqu'un bras épais encercla sa gorge puis le tira vers le haut, la main de l'homme s'enroulant autour de son bras.

Puis la vitre arrière s'abaissa, et il trébucha en arrière avant que l'étreinte de l'homme sur son bras ne se resserre.

— Bonjour, Alec.

Une voix provenant du siège arrière de la voiture lui envoya un frisson dans le dos.

Il déglutit, sa bouche restant sèche tandis que ses entrailles menaçaient de se liquéfier.

— J'allais vous appeler en rentrant chez moi, je vous le jure. J'étais—

— Monte, Alec. Il est temps d'avoir une petite discussion à propos de cette dette que tu me dois.

CHAPITRE 27

Une atmosphère de désespoir régnait dans la salle des opérations lorsque Kay franchit la porte le lendemain matin.

Elle balaya du regard les officiers, qui arboraient tous des expressions harassées tandis qu'ils répondaient à un appel après l'autre, essayant de faire face au déluge d'informations provenant à la fois de la nouvelle scène de crime et de leurs enquêtes en cours.

Malgré l'heure matinale, une légère odeur de transpiration flottait jusqu'à l'endroit où elle s'arrêta devant son bureau, le doux ronronnement de la bouche d'aération au-dessus d'elle ne parvenant guère à la dissiper dans l'espace confiné.

Les voix autour d'elle se réduisirent à un faible bruit blanc tandis qu'elle parcourait les derniers courriels puis écoutait une demi-douzaine de messages vocaux laissés sur son téléphone de bureau.

Après avoir noté les plus importants, elle supprima le

reste et étira ses bras au-dessus de sa tête, sentant ses vertèbres supérieures craquer en signe de protestation.

— Chef, les parents de Preston Winford sont en bas, dit Gavin en s'approchant et en lui tendant un résumé de l'affaire fraîchement imprimé avant de la suivre vers le tableau blanc. Tu veux que je les interroge, ou...

— Tu mènes l'interrogatoire, mais ça ne me dérangerait pas d'y assister.

Kay parcourut les points et les notes sur la page, puis se mordit la lèvre.

Il y avait tant à faire, tant de pistes qui avaient été recoupées et traitées, et pourtant une semaine plus tard, ils n'étaient pas plus avancés sur l'identité de celui qui avait sauvagement assassiné Katrina Hovat – ou pourquoi.

Elle souffla sa frange de ses yeux et fixa l'écriture bouclée qui couvrait le tableau.

— Preston doit être la clé de tout ça, non ? Chronologiquement, nous n'avons pas de victimes présentant ce genre de blessures dans d'autres affaires jusqu'à ce qu'il soit assassiné et abandonné dans l'entrepôt d'Angus.

— Aucune que nous ayons trouvée pour l'instant, dit Gavin. Mais nous n'avons toujours pas pu le relier à Angus ou Katrina. Laura et les deux stagiaires ont passé en revue tous leurs comptes de réseaux sociaux au cours des dernières vingt-quatre heures, et nous n'avons rien trouvé.

Elle entendit le découragement dans sa voix et essaya d'insuffler de l'enthousiasme dans la sienne malgré le sentiment croissant que l'affaire lui échappait.

— Eh bien, nous *savons* que les victimes étaient

endettées. Peut-être qu'il est temps de demander l'aide de spécialistes.

Son collègue fronça les sourcils.

— Quel genre d'aide ?

Elle regarda par-dessus son épaule et fit signe à Debbie West.

— Peux-tu contacter le quartier général et demander si Amanda Miller est toujours disponible ? Elle nous a aidés sur cette affaire avec le corps momifié il y a quelques années.

— Je m'en occupe, chef.

Gavin regarda l'agente en uniforme retourner à son bureau, puis se tourna vers Kay.

— L'expert-comptable judiciaire ?

— Elle-même. J'espère qu'elle pourrait repérer quelque chose dans leurs relevés bancaires que nous aurions manqué, ou au moins nous fournir des informations de base sur les autres endroits où ils auraient pu emprunter de l'argent.

Sa bouche se crispa.

— Des usuriers, tu veux dire.

— Peut-être, oui. L'équipe d'Amanda a sûrement déjà croisé des prêteurs illégaux. Voyons si elle a des informations sur ce côté du crime organisé qui pourraient nous aider.

Elle fit une pause et regarda sa montre.

— Bien, allons parler à monsieur et madame Winford. Peut-être qu'ils pourront nous éclairer sur ce que faisait leur fils avant sa mort.

———

Marion et Colin Winford étaient assis côte à côte à une table dans la salle d'interrogatoire numéro trois lorsque Kay suivit Gavin dans la pièce, le couple se tenant la main tandis que la mère de Preston tamponnait ses yeux avec un mouchoir froissé.

Colin Winford se leva quand la porte se referma et tendit une main énorme à Gavin, la carrure de l'homme suggérant qu'il avait peut-être joué au rugby dans sa jeunesse.

— C'est vous le détective qui va attraper l'enfoiré qui a tué mon fils ? demanda-t-il.

— Colin, *langage*.

Sa femme écarquilla les yeux tandis que le rouge lui montait aux joues.

— Je suis désolée, nous—

— Ce n'est rien, ne vous excusez pas, j'ai entendu pire, répondit Gavin stoïquement, et oui, c'est moi. L'un d'entre eux, en tout cas. Voici l'inspectrice principale Kay Hunter, qui dirige l'enquête.

— Monsieur Winford, madame Winford, je suis vraiment désolée pour votre perte.

Kay fit un geste vers les chaises autour de la table.

— Asseyons-nous, monsieur Winford, et je répondrai du mieux que je peux à toutes vos questions pour le moment.

— D'accord, dit-il d'une voix rauque.

Il serra la main de sa femme, puis soupira.

— Désolé pour le langage. C'est juste que... Preston était... était...

Il craqua alors, de grands sanglots déchirants qui secouèrent son énorme carrure tandis que sa femme l'entourait de son bras, ses propres larmes laissant des traînées humides sur la veste de couleur claire qu'il portait.

Gavin tendit la main vers une boîte de mouchoirs à côté du matériel d'enregistrement et la fit glisser vers le couple, leur laissant quelques instants pour se ressaisir.

— Preston ne ferait de mal à personne, dit finalement Marion, le visage bouffi par les larmes. Il ne s'est même jamais mêlé aux mauvaises fréquentations à l'école.

— On ne comprend vraiment pas pourquoi quelqu'un lui aurait fait du mal, ajouta Colin en reniflant.

— Eh bien, nous espérons pouvoir obtenir des réponses pour vous et arrêter celui qui est responsable de sa mort, dit Gavin. Ça ne vous dérange pas si nous vous posons quelques questions sur Preston, pour nous aider à mieux le connaître en tant que personne ?

— Bien sûr.

Colin s'essuya les yeux avec la manche de sa veste et redressa les épaules.

— Tout ce dont vous avez besoin de notre part, demandez-nous.

— Merci.

Gavin fit une pause, ouvrit son dossier pour parcourir ses notes, et Kay jeta un coup d'œil de son côté.

C'était un bon moyen de laisser aux parents de Preston quelques instants de plus pour rassembler leurs pensées, et la fierté gonfla sa poitrine en voyant à quel point son collègue avait mûri en tant qu'enquêteur pendant leur temps ensemble.

Cela signifiait qu'elle pouvait écouter et observer l'entretien, pour évaluer les réponses du couple et essayer de détecter tout courant sous-jacent de stress.

Souvent, c'était quelque chose de non-dit qui pouvait fournir la plus petite percée dont ils avaient si désespérément besoin.

— Quand avez-vous vu Preston pour la dernière fois ? commença Gavin.

— Début avril, répondit Colin. Nous vivons dans le Suffolk maintenant, donc avec lui qui était occupé par son travail et moi qui n'aime plus trop conduire sur l'autoroute, on ne le voyait probablement qu'une demi-douzaine de fois par an.

— Mais on se parlait au téléphone toutes les quelques semaines, ajouta Marion. Et par e-mail.

— Mais rien depuis début avril ?

Les deux parents secouèrent la tête.

— Non.

Colin haussa tristement les épaules.

— J'ai simplement supposé qu'il était occupé par son travail. Je lui ai envoyé un e-mail il y a quelques semaines mais je ne m'inquiétais pas. C'était parfois comme ça, on passait quelques semaines sans se parler, puis on faisait un grand rattrapage quand il refaisait surface.

— Pourriez-vous confirmer ce qu'il faisait comme travail ? demanda Gavin.

— Il travaillait comme chauffeur-livreur, mais uniquement en tant que contractuel.

— A-t-il mentionné des problèmes au travail ?

— Il était frustré qu'ils n'offrent pas d'augmentations ou d'heures supplémentaires cette année, dit Colin, un froncement de sourcils se formant. C'est la troisième fichue année de suite. Il a mentionné en avril qu'il commençait à chercher un autre emploi, mais c'est difficile, n'est-ce pas ? Les employeurs savent que les gens sont désespérés alors ils n'offrent qu'une misère.

— Qu'en est-il des loisirs ? dit Gavin. Qu'aimait faire Preston pendant son temps libre ?

— Il a toujours aimé le sport.

Marion fronça les sourcils.

— Il faisait du vélo jusqu'à l'année dernière, puis il a vendu le vélo qu'il avait. J'ai remarqué qu'il avait aussi perdu un peu de poids. Quand je lui ai demandé s'il allait bien, il a dit qu'il avait arrêté son abonnement à la salle de sport pour économiser de l'argent. Il a dit qu'il ne mangeait pas autant qu'avant parce qu'il ne voulait pas prendre de poids s'il ne faisait pas autant de sport. Je me suis demandé s'il n'allait pas trop loin cependant. Il mangeait toujours pour deux quand il nous rendait visite.

— Je lui ai demandé en avril ce qu'il faisait ces derniers temps, et il était... évasif, ajouta Colin. Au lieu de nous parler de la dernière série qu'il avait regardée en streaming, ou des vacances qu'il avait réservées pour l'été, il a juste esquivé la question. Maintenant que j'y pense, il a aussi changé de sujet quand Marion lui a posé la question.

— Était-ce inhabituel ?

— Oui. Preston était toujours bavard, plein de vie, toujours en mouvement.

Gavin fouilla dans les papiers du dossier, puis s'arrêta.

— Saviez-vous que Preston avait une dette considérable ?

Marion se raidit.

— Il ne nous a jamais rien dit. Et s'il l'avait fait, nous l'aurions aidé dans la mesure du possible. Pourquoi ?

— Dans le cadre de notre enquête sur sa mort, nous

avons été informés qu'il devait douze mille six cents livres à quatre sociétés de cartes de crédit différentes.

Gavin regarda tour à tour chacun des Winford.

— Et il n'a pas effectué les paiements minimums pour deux d'entre elles depuis janvier.

— Douze mille...

Les yeux de Colin s'écarquillèrent.

— Il n'a jamais rien dit...

— Vous a-t-il parlé d'argent ? demanda Kay. Ou avez-vous remarqué quelque chose d'autre dans ses habitudes de dépenses qui semblait inhabituel pour lui ?

— Non. Nous n'avions pas beaucoup quand il était petit mais nous nous sommes assurés qu'il comprenne toujours l'importance de budgéter et ce genre de choses. À quoi diable dépensait-il tout cet argent ?

— Nous sommes en train d'obtenir des relevés des sociétés de cartes de crédit, expliqua Gavin, mais cela peut prendre un peu de temps. Il est possible que les dettes aient été contractées il y a un moment, et que Preston ait été en train de les rembourser depuis un certain temps. Des années, même. Et il ne vous a jamais rien dit ?

Colin secoua la tête.

— Je veux dire, je sais qu'il se plaignait du manque d'augmentations au travail, mais il gagnait une somme décente, détective Piper. Je ne dirais pas qu'il était en difficulté, vous voyez ? Du moins, il ne nous a jamais donné l'impression qu'il y avait un problème.

Kay regarda Gavin extraire deux photographies du dossier, et elle retint son souffle.

— J'aimerais vous montrer ces images, dit-il aux Winford. Elles ont été modifiées mais je dois vous prévenir qu'il s'agit de deux personnes décédées que nous pensons être liées à Preston d'une manière ou d'une autre. Accepteriez-vous d'y jeter un coup d'œil ?

Marion pâlit, mais serra ensuite la mâchoire et hocha la tête.

— D'accord, dit Colin.

Ils se penchèrent plus près lorsque Gavin fit glisser les photographies, leurs yeux balayant les images de Katrina et Angus.

— Avez-vous déjà vu l'une de ces personnes auparavant ? demanda Kay.

— Non, qui sont-ils ? dit Marion, confuse. Est-ce qu'ils ont été tués par la même personne qui a assassiné mon fils ?

— Nous ne le savons pas encore.

Kay pinça les lèvres un instant.

— Nous n'avons pas pu trouver de lien entre votre fils et ces deux personnes à travers leurs réseaux sociaux. Preston vous a-t-il déjà mentionné les noms de Katrina Hovat ou Angus Zilchrist ?

— Non, je suis désolé, dit Colin. Je ne reconnais aucun de ces noms.

— Moi non plus, ajouta sa femme.

Kay se pencha en arrière dans son siège, luttant contre la vague de déception qui la submergeait.

Ils n'étaient pas plus près de découvrir ce qui était arrivé aux trois victimes, ni pourquoi.

Et elle manquait de temps pour empêcher leur tueur de frapper à nouveau.

CHAPITRE 28

Gavin retira ses lunettes de soleil et leva les yeux vers l'enseigne qui dépassait de la façade au-dessus d'un conteneur maritime reconverti.

Un amas de banderoles vertes et dorées flottait sur un panneau sandwich devant la porte, couvert d'inscriptions à la craie vantant les dernières offres pour des espaces de stockage temporaire.

Quand il ouvrit la porte du bureau, il fut frappé par la quantité de choses entassées dans cette minuscule pièce. Un comptoir en Formica bon marché formait un T sur sa gauche, la surface jonchée de cartons, de miettes et de bandes de ruban adhésif, tandis qu'à sa droite se trouvaient deux chaises en plastique et un présentoir en acier inoxydable affichant diverses brochures sur les services proposés par l'entreprise de stockage.

L'odeur de carton et de colle imprégnait les murs.

Un homme était en train de manipuler un carton de la taille d'une malle à thé au fond du bureau, son visage exprimant le regret lorsqu'il vit Gavin.

— Encore vous ?

— Juste quelques questions supplémentaires, si ça ne vous dérange pas.

Gavin tendit sa carte de police.

— Êtes-vous William Clyborne ?

— Will, oui. Attendez.

Quelques manipulations de carton supplémentaires suivirent, puis l'homme enroula habilement un ruban adhésif autour des plis et le poussa sur le côté.

— Le téléphone peut passer sur messagerie pour l'instant. Vous voulez vous asseoir ?

— Merci.

Will essuya ses mains sur le devant de son jean et s'affala dans la chaise à côté des brochures.

— C'est la première fois que j'ai l'occasion de m'asseoir de toute la matinée.

— Occupé ?

Gavin ne put cacher la surprise dans sa voix.

— Oui. Plus que d'habitude. Je suppose que certaines personnes ne peuvent pas rester loin d'une scène de crime, pas vrai ?

Will ricana.

— Des voyeurs, tous autant qu'ils sont. La plupart ne sont venus que pour regarder, prendre une brochure ou du ruban adhésif et puis se tirer. On ne les reverra probablement jamais.

— Quelqu'un a posé des questions ?

Cela provoqua un éclat de rire.

— *Tout le monde* pose des questions. Ils pêchent des infos, vous voyez ? Un type a même dit que ça ferait une super histoire pour son podcast sur les crimes réels.

— Putain de merde.

Gavin secoua la tête.

— Désolé.

— Non, ne vous inquiétez pas. J'ai pensé la même chose. Bon, qu'est-ce que vous vouliez savoir ?

L'homme pointa son pouce par-dessus son épaule.

— J'ai encore huit de ces trucs à assembler pour un vrai client qui sera là à une heure.

— Angus Zilchrist, le type qui a loué l'unité, vous l'avez déjà vu avec cet homme ?

Gavin lui tendit la photo de Preston Winford.

— On essaie de savoir s'ils se connaissaient.

Will tint la photo entre le pouce et l'index, passant son autre main sur sa mâchoire.

— Je ne peux pas le dire avec certitude. Il me semble vaguement familier, mais je vois tellement de gens passer ici. C'est le type mort ? Celui qu'on a trouvé ici ?

— Oui.

— Bon sang.

— On ne les a pas encore repérés ensemble sur les images de vidéosurveillance que vous nous avez données en début de semaine, dit Gavin en reprenant la photo. Si quelqu'un accède à son unité ici et qu'il est accompagné, est-ce que les deux parties doivent s'enregistrer, ou seulement la personne qui loue l'unité ?

— Juste la personne qui paie le loyer.

Will se gratta à nouveau la mâchoire, puis regarda par-dessus l'épaule de Gavin et pointa du doigt la fenêtre.

— Brian Melgren gère l'entreprise de restauration de voitures de collection en face, ça pourrait valoir le coup de lui parler. Il a des caméras partout sur ce terrain et on ne sait jamais, vous pourriez avoir de la chance.

Gavin sourit.

— Je vais le faire, merci. Croisez les doigts pour moi.

————

Gavin parcourut la distance entre l'installation de stockage et l'entreprise de restauration automobile à grandes enjambées, puis il suivit le bruit du martelage dans un large garage à deux baies et traversa jusqu'à une fosse de service.

Au-dessus, surélevée sur un pont hydraulique, se trouvait une MG de la fin des années 60, la peinture vert course britannique montrant des signes de rouille autour des passages de roues avant.

Un autre *bang* sonore du marteau résonna sur les murs, puis il y eut un mouvement sous la voiture et un homme d'une cinquantaine d'années leva les yeux vers lui.

— Je peux vous aider ?

— Brian Melgren ? Enquêteur Gavin Piper, police du Kent. Je me demandais si je pouvais vous parler rapidement ?

Melgren soupira, tendit le bras et posa le marteau à côté des pieds de Gavin, puis monta les marches installées dans la fosse de service, avant de s'essuyer les mains sur une combinaison grise tachée d'huile.

— J'ai parlé à vos collègues plus tôt dans la semaine. C'est à propos de ce corps que vous avez trouvé ?

— En effet.

— J'ai dit au policier qui est venu ici que je n'avais rien vu.

Il plissa les yeux contre la lumière vive du soleil qui perçait l'intérieur sombre à travers les portes roulantes de devant.

— On ne peut pas voir d'ici, regardez.

Gavin se retourna pour voir ce que Melgren voulait dire.

En effet, même si les doubles portes métalliques de l'installation de stockage étaient ouvertes en grand, seul le coin du bureau était visible d'où ils se tenaient, et aucune des unités n'était visible.

Gavin se retourna vers l'homme et sortit son carnet.

— Je m'interrogeais en fait à propos de vos caméras de vidéosurveillance. Est-ce que certaines d'entre elles sont orientées vers ces portes, ou la route à l'extérieur ?

Melgren renifla en réfléchissant à la question.

— Peut-être bien, j'imagine. Vous voulez jeter un œil ?

— Je ne dirais pas non.

— Le bureau est par ici.

Gavin le suivit en passant devant la MG surélevée et jeta un œil à une Aston Martin DB5 qui brillait à côté.

— Vous avez d'autres personnes qui travaillent ici avec vous ?

— Quelques passionnés à temps partiel. James ne travaille que le samedi, et je sous-traite tout ce qui est électrique à un type qui vient le mardi si j'ai besoin de lui. Le reste du temps, je suis seul.

Melgren ouvrit la porte d'un bureau minuscule à l'arrière du garage et s'affala dans un fauteuil pivotant à

RACHEL AMPHLETT

peine rembourré. Il pointa du doigt un autre fauteuil derrière la porte.

— Asseyez-vous. L'ordinateur portable met un moment à démarrer.

— Merci. Depuis combien de temps êtes-vous ici ?

— Environ quinze ans. Au début, je faisais ça dans mon garage à la maison, mais le bouche-à-oreille a fonctionné et j'ai eu plus de travail, alors j'ai quitté mon emploi pour me consacrer à ça.

Melgren tambourinait des doigts sur un agenda A4 ouvert pendant que le système d'exploitation de l'ordinateur démarrait.

— Le temps a filé, cependant. Je me dis toujours que je vais continuer encore quelques années puis vendre l'entreprise, mais je ne le fais jamais.

— Il y a de superbes voitures dehors.

— D'où les caméras. La plupart sont rentrées à l'intérieur la nuit, mais c'est plus chargé aujourd'hui parce que j'ai des clients qui viennent plus tard pour récupérer l'Aston Martin et la Ford GT. Ah, voilà. Que vouliez-vous voir ?

— Puis-je d'abord jeter un œil aux angles ?

— Bien sûr.

Melgren déplaça la souris vers un menu à l'écran et cliqua.

— J'ai six caméras au total, deux à l'intérieur et quatre à l'extérieur pour couvrir chaque coin du bâtiment.

— C'est impressionnant.

— Il y avait une offre spéciale sur le prix quand j'ai acheté le système. Vous voudrez probablement les deux de devant, n'est-ce pas ?

— Probablement. Qu'y a-t-il à l'arrière ?

— Juste les poubelles du garage et de l'atelier de peinture d'à côté. Il y a un mur en béton derrière, qui nous sépare du dépôt de courrier de l'autre côté.

— Ok. Est-ce que les caméras bougent ?

Melgren secoua la tête.

— Elles sont toutes à angle fixe. Principalement pour couvrir les voitures qui sont garées dehors, mais aussi pour surveiller les portes d'entrée. Celles-ci sont équipées d'une alarme, mais vu la valeur de certaines voitures qui passent par ici, je ne peux pas me permettre de ne pas avoir de sauvegarde. Celle-ci capte un peu l'entrepôt de stockage de l'autre côté de la route.

Gavin rapprocha sa chaise et scruta l'écran.

L'angle de la caméra était parfait, lui donnant une vue claire de la route menant à l'entreprise de stockage au-delà du parvis de Melgren.

— Combien de temps gardez-vous les enregistrements ?

— Pour toujours, je suppose. Tout est sauvegardé en ligne.

Gavin sortit une carte de visite de la poche de sa veste et essaya de contenir l'excitation dans sa voix.

— Pourriez-vous m'envoyer un lien pour télécharger tout ce qui vient de cette caméra, disons entre novembre et la semaine dernière ?

— Si ça peut vous aider, oui.

— Oh, ça va aider, monsieur Melgren.

Gavin sourit.

— Ça va certainement aider.

CHAPITRE 29

— Amanda, merci de me recevoir si rapidement.

Kay serra la main de la femme plus petite tandis que l'enquêteuse financière déplaçait un porte-documents en cuir coincé sous son autre bras.

— Vous avez de la chance. Je viens de terminer une autre enquête ce matin, donc je suis libre pour quelques heures jusqu'à ce que Sharp ou l'un des autres ait besoin de moi.

La femme regarda sa montre.

— Il commence à se faire tard, mais vous voulez qu'on aille prendre un café ?

— Ça me va.

Dans la cinquantaine, Amanda Miller exsudait la confiance, ses cheveux bruns relevés en un chignon élégant qui accentuait ses pommettes hautes et son tailleur bleu marine complétant sa silhouette mince. Ses salutations aux collègues qu'elles croisaient sur le chemin de la cafétéria étaient retournées avec des sourires chaleureux.

Kay retint un soupir, regrettant les plis de sa veste dus au trajet depuis Maidstone et les cernes sous ses yeux par manque de sommeil.

— Comment ça se passe ici ? demanda-t-elle en lorgnant les barres de céréales dans le distributeur avant d'en sélectionner deux.

— Je pense que la meilleure façon de le décrire est « régulièrement occupé ». Le crime organisé se développe, malgré nos efforts, mais au moins cela signifie que les hauts gradés ont jugé bon de me donner un budget légèrement plus important pour recruter trois personnes de plus.

Amanda versa du café d'une grande urne et passa une tasse à Kay.

— Et vous ?

— Ça ne s'arrête jamais.

Elle eut un rire fatigué alors qu'elle se servait du lait et du sucre.

— Je veux dire, je ne voudrais pas que ce soit autrement, mais...

— Un moment pour reprendre son souffle serait bon de temps en temps, n'est-ce pas ?

Les yeux d'Amanda s'adoucirent.

— Et comment allez-vous, Kay ? Perdre un membre de l'équipe est difficile dans toutes les circonstances, mais surtout quand on a travaillé si dur pour créer un groupe d'enquêteurs aussi soudé. Je me souviens de ce que c'était quand je travaillais à Maidstone avec vous.

Kay déglutit, les yeux piquants face à ces mots gentils.

— Merci. Euh, oui, ça a été dur. L'officier qui était avec lui est de retour au travail maintenant cependant.

— C'est bon à entendre.

Amanda pointa sa tasse de café vers une table au fond de la cafétéria.

— On s'assoit là-bas ? Autant se cacher ici pendant que c'est calme.

Reconnaissante pour le changement de sujet, Kay s'installa sur une chaise à côté d'elle et ouvrit sa mallette pour étaler les papiers.

— J'espère que vous pourrez nous aider sur cette affaire. Nous avons eu deux meurtres. Une victime a été tuée il y a quelques semaines et son corps n'a été découvert que mardi, et l'autre était une femme qui a été tuée vendredi soir dernier. Les deux présentaient les mêmes blessures, ce qui nous a amenés, nous et notre médecin légiste, à croire qu'ils ont été torturés avant d'être poignardés à mort.

Amanda hocha la tête, la bouche serrée.

— J'en ai entendu parler aux infos, évidemment. Vous avez mentionné au téléphone qu'il y avait une troisième victime cependant ?

— L'homme qui louait l'unité de stockage où le corps plus ancien a été trouvé, oui. Angus Zilchrist. Le rapport d'autopsie dit qu'il est mort de causes naturelles, une crise cardiaque, mais nous travaillons sur l'hypothèse que cela aurait pu être causé par la découverte que ce type était fourré dans une armoire à l'intérieur de l'unité de stockage qu'il louait.

— D'accord. Pourquoi avez-vous besoin de moi ?

— Voici nos conclusions jusqu'à présent après avoir examiné les relevés financiers que nous avons obtenus des banques des victimes, des émetteurs de cartes de crédit, ce genre de choses. Chacun d'eux était endetté et avait du mal à payer les factures. Mais même sils gagnaient de l'argent, ou dans le cas d'Angus recevaient une retraite, ils ne suivaient pas les remboursements. Je pense que l'argent allait ailleurs.

Amanda gonfla ses joues.

— Des usuriers.

— Exactement.

Kay fit un geste vers les relevés échantillons qu'elle avait étalés.

— Mais nous ne pouvons pas le prouver à partir de ceux-ci, et je ne sais pas ce que je dois faire pour confirmer la théorie, ou quoi que ce soit pour me dire que j'ai tort et que je dois chercher un motif différent.

Tendant la main vers son café, Amanda prit une gorgée tandis que ses yeux ne quittaient pas les documents éparpillés devant elles.

— Il n'y a rien d'autre qui relie ces trois personnes ?

— Pas que nous ayons trouvé jusqu'à présent. L'équipe a fouillé les réseaux sociaux et interrogé les amis et la famille. Il n'y a aucune connexion.

— Et pourtant, ils ont tous dû entrer en contact avec l'usurier à un moment donné au cours des derniers mois, et à un endroit similaire.

— Nous avons utilisé la vidéosurveillance pour retracer les mouvements de Katrina Hovat depuis ses deux emplois, les légitimes en tout cas, et nous n'avons vu aucune preuve suggérant qu'elle était menacée avant d'être tuée. Son appartement... il n'y avait rien là-bas.

Kay frissonna au souvenir.

— Elle travaillait à toute heure, et pourtant elle s'en

sortait à peine. L'équipe n'a trouvé aucune note menaçante lors de la perquisition. Je vais vérifier avec Andy à propos de son ordinateur portable quand on aura fini ici, mais ça ne semble pas prometteur.

Amanda rassembla les papiers et les remit en place.

— Ok, alors discutons des premières étapes. Je peux vous donner quatorze heures du temps de mon équipe avant que nous ne devions faire remonter cela et obtenir l'autorisation pour plus. Ça vous convient ?

Kay cligna des yeux.

— Il le faudra bien. Je n'ai pas plus de budget sur cette affaire.

— Bon sang.

La femme plus âgée secoua la tête.

— Bon, eh bien, c'est ce que c'est. Je vais assigner deux personnes aux recherches parce que ça va prendre la majeure partie du temps, mais tu as besoin de réponses le plus vite possible. Nous effectuerons une recherche dans la base de données ELMER pour voir s'il y a des rapports d'activité suspecte spécifiquement pour la région de Maidstone, en mettant l'accent sur le type de transactions effectuées par vos victimes. Nous inclurons évidemment leurs coordonnées pour que nous soyons alertés si leurs noms apparaissent. Ces rapports concerneront toutes les entreprises impliquées dans l'industrie financière.

— Mais nous ne pensons pas qu'ils s'inquiétaient d'une entreprise légitime, Amanda, je pense à des gangs de drogue avec une activité secondaire de prêt et d'intimidation.

— Je sais, dit l'enquêteuse financière, ses yeux

pétillants. Mais cet argent a dû entrer dans la vie de vos victimes d'une manière ou d'une autre, n'est-ce pas ?

Kay se renversa dans sa chaise, la réalisation la frappant.

— Donc si vous pouvez découvrir comment l'argent a été reçu—

— Oui. Avec un peu de chance, nous pourrons découvrir de qui ou d'où il venait.

CHAPITRE 30

Tôt le lendemain matin, Kay observa la brume tourbillonnante qui enveloppait la rivière Medway, puis elle protégea ses yeux et scruta l'horizon déchiqueté au-delà, alors que la lumière du soleil illuminait les immeubles d'appartements et les bureaux de la ville.

Le bruit de la circulation des travailleurs flottait dans l'air autour d'elle, en contradiction avec les cancanements des canards et le bavardage excité des martinets qui plongeaient à la surface de l'eau, attrapant des moucherons en plein vol.

Une odeur humide de végétation en décomposition s'accrochait aux roseaux et aux hautes herbes qui poussaient le long de la promenade pavée au bord de la rivière, l'eau clapotant contre la rive tandis qu'une équipe de plongeurs progressait le long du cours d'eau, leurs combinaisons en néoprène luisantes.

Elle desserra son emprise sur ses clés de voiture, s'assura qu'elles étaient bien rangées dans la poche de son blazer, et se dirigea vers l'endroit où Kyle Walker se tenait à côté d'un bout de ruban délimitant la scène de crime, noué entre deux jeunes arbres pour bloquer efficacement le chemin.

— Bonjour, chef, dit-il en lui tendant un bloc-notes et en attendant qu'elle signe son nom. Désolé de vous avoir réveillée si tôt.

— Pas de problème. À quelle heure es-tu arrivé ?

Sa bouche eut un tic.

— Juste après six heures. Mais j'avais l'impression que c'était encore le milieu de la nuit.

— Je veux bien le croire.

Elle fit un signe de tête vers une autre bande de ruban à quelques mètres à l'intérieur du cordon extérieur.

— Quelle est l'histoire, alors ? Tu as dit au téléphone que quelqu'un avait vu un corps dans la rivière.

— Oui, un des commerçants qui travaillent ici sur le site du marché. Il s'était éloigné jusqu'au bord du parking près de la rive pour fumer une cigarette, et il a vu ce qu'il pensait être la jambe d'un homme dépasser de derrière l'un des pilotis en bois. Il s'avère qu'il avait raison, le corps s'est coincé dans les restes d'un vieux ponton.

Kyle eut un sourire narquois.

— Je ne pense pas qu'il prendra d'autres pauses cigarettes en douce pendant un moment.

— Qui est en bas avec l'équipe de plongée ?

— Simon Winter est arrivé il y a dix minutes avec le fourgon. Lucas est venu et reparti. Patrick dirige le côté médico-légal, Harriet est sur la scène d'une agression au couteau à Ashford depuis hier soir.

Il parcourut la liste du regard.

— L'inspecteur Barnes a fini son service mais a dit

qu'il reviendrait bientôt, et Aaron Stewart gère la scène en tant que responsable par intérim. Dave Morrison a commencé le porte-à-porte le long de cette portion.

Il fit un signe du menton vers un groupe d'appartements élégants sur leur droite, dont les balcons surplombaient la rivière.

— Il y a des caméras de sécurité le long des passerelles entre les immeubles, donc ils vont parler à l'équipe de gestion pour voir si on peut jeter un œil aux images en plus d'interroger les résidents.

Kay sentit une partie de la tension quitter ses épaules pendant qu'elle l'écoutait, soulagée que son équipe ait agi si rapidement, d'autant plus que beaucoup d'entre eux avaient terminé des services de nuit avant l'appel d'urgence ou, comme Kyle, avaient travaillé tard lors du service de la veille.

— C'est du bon travail, Kyle, merci.

Elle lui rendit son stylo puis jeta un coup d'œil par-dessus son épaule lorsqu'une voix familière l'appela par son nom.

— Bonjour, Ian.

Barnes lui tendit un café à emporter, la vapeur s'échappant du petit trou percé dans le couvercle en plastique.

— Ça fait quatre corps maintenant si on inclut Angus Zilchrist, chef.

— À notre connaissance. Merci.

Elle serra le gobelet en carton entre ses mains et plissa les yeux vers le pont qui enjambait la rivière plus en aval.

— Je vois au moins un téléobjectif, alors tourne-toi. Je

ne veux pas que ces salauds lisent sur nos lèvres pendant cette conversation.

— Patrick a donné son feu vert pour le chemin entre les deux cordons, donc vous pouvez y aller si vous voulez vérifier ce qui se passe, dit Kyle en se mettant de côté et en regardant le café avec envie.

— Je te verrai au poste quand tu auras terminé ici. Je ne serais pas contre une autre mise à jour.

— Oui, chef.

Marchant aux côtés de Barnes, Kay souffla sur le trou du gobelet de café et prit une gorgée prudente avant de grimacer lorsque le liquide brûlant toucha sa langue.

— Je suppose que tu es déjà descendu là-bas. À quoi avons-nous affaire ?

— Un homme, fin de la vingtaine ou début de la trentaine.

Barnes retira le couvercle de sa propre boisson avant de s'arrêter sous un jeune bouleau argenté. Le ruban du cordon flottait dans la brise, l'extrémité attachée au tronc de l'arbre battant contre l'écorce avec un léger bruissement.

— Pantalon de costume, belles chaussures. Pas de chemise ni de pièce d'identité pour l'instant. C'est pour ça qu'ils fouillent la rivière ici et en aval, au cas où quelque chose serait pris dans la vase.

Le regard de Kay erra au-delà de l'endroit où travaillaient les plongeurs et se posa sur le palais de l'archevêque sur la rive opposée. Deux agents en uniforme gardaient le chemin de promenade signalé, écartant tous les cyclistes ou joggeurs pour les empêcher de photographier la scène de crime.

Elle leva les yeux et observa le parking à plusieurs étages qui surplombait l'esplanade en béton où se tenait le marché le week-end.

— Quelqu'un a déjà vérifié là-bas ?

— C'est sur la liste, chef.

Barnes avala son café avant de soupirer au son d'un klaxon de voiture.

— On l'a fermé jusqu'à ce qu'on ait eu la chance d'y jeter un coup d'œil, d'où le bruit que tu entends.

— Où est l'homme qui a trouvé le corps ?

— Il est interrogé au poste.

Il sortit son téléphone qui vibrait dans sa poche, leva les yeux au ciel, puis le rangea à nouveau.

— C'était Laura. Apparemment, Sharp vient d'appeler pour dire qu'il est en route. Le quartier général veut une mise à jour urgente de notre part et nos réflexions sur un éventuel lien avec les autres corps.

Kay le regarda par-dessus son gobelet.

— J'ai eu l'impression que tu pensais que c'était le cas.

— J'ai jeté un coup d'œil au corps pendant que Lucas l'examinait. Notre victime a le même type de marques de coupures sur le torse et les bras.

Il fit une pause, le visage troublé.

— Il y avait aussi beaucoup de sang au niveau de son entrejambe.

— Et tu as dit qu'il n'y avait pas de pièce d'identité ?

Il pointa son pouce par-dessus son épaule.

— Pas à moins que les plongeurs ne trouvent quelque chose.

— Peut-être qu'il s'agit alors d'un vol qui a mal tourné, plutôt que de quelque chose lié aux autres morts.

Même Kay pouvait entendre l'incertitude dans sa voix.

Ils baissèrent tous deux les yeux lorsque le téléphone de Barnes vibra à nouveau, et il gémit en regardant l'écran avant de le tourner vers Kay.

Laura avait envoyé une capture d'écran d'un site de réseaux sociaux bien connu, une photographie de la scène de crime accompagnée des mots « Le corps d'un homme repêché dans la rivière ».

— On dirait qu'ils nous ont devancés pour le communiqué de presse, chef, dit-il.

Kay se dirigea vers un égout, y versa le reste de son café, puis jeta le gobelet vide dans une poubelle de recyclage utilisée par les commerçants du marché à proximité.

— Mieux vaut retourner au poste, alors. Nous allons avoir une matinée chargée.

CHAPITRE 31

Kay réprima un bâillement en se dirigeant vers le tableau blanc, ses paupières croûtées par le manque de sommeil.

Elle portait encore les solides chaussures de marche qu'elle avait mises pour descendre à la rivière, leurs semelles étant plus confortables que les chaussures à talons qu'elle avait jetées sous son bureau en arrivant dans la salle des opérations.

La pièce était plus calme que la veille, une grande partie de son équipe étant encore sur la nouvelle scène de crime ou dehors à suivre des pistes et à prendre des dépositions.

Debbie West lui adressa un faible sourire en s'approchant avec l'ordre du jour du briefing quotidien et une pile de dossiers.

— J'ai besoin de ta signature sur quelques documents avant que tu ne disparaisses, chef. Ça inclut les plannings du week-end et les rapports de Harriet Baker sur la maison des Brassick. Tu veux que je les appelle pour leur dire qu'ils peuvent récupérer leur maison maintenant qu'on a terminé ?

— S'il te plaît. Y a-t-il eu de nouvelles mises à jour de Harriet à part ce qu'on sait déjà ?

— Non, et Aaron a dit qu'il n'y avait pas non plus d'images de sécurité dans cette ferme. Celle par laquelle on pensait que les suspects auraient pu passer pour entrer et sortir de chez les Brassick.

— Merde.

Kay prit la pile de dossiers et commença à en feuilleter le contenu, ajoutant sa signature d'un geste ample là où Debbie avait placé des flèches autocollantes.

— Qui est de repos aujourd'hui ?

— Nadine, Dave et l'un de mes assistants administratifs. Nadine et Dave reviennent dimanche. J'ai parlé à Ian avant ton arrivée, et il prévoit de travailler tout le week-end. Gavin et Laura sont là demain, mais de repos dimanche pour le moment.

Elle haussa les épaules.

— Aucun d'entre eux ne veut faire de pause tant qu'il y a un tueur en liberté.

Kay ferma le dernier dossier.

— D'accord, merci Debbie. Fais venir tout le monde ici et on va commencer.

Cinq minutes plus tard, l'équipe était rassemblée autour d'elle, leurs conversations s'éteignant lorsqu'elle s'éclaircit la gorge.

— On va commencer par toi, Gavin, comment ça s'est passé au centre de stockage hier ?

— Will Clyborne n'a pas pu m'aider, mais il m'a orienté vers un type nommé Brian Melgren, qui possède l'entreprise de restauration de voitures anciennes de l'autre côté de la rue.

Gavin but une gorgée de sa boisson énergisante avant de poursuivre.

— Heureusement pour nous, il a deux caméras dirigées vers le centre de stockage et il sauvegarde les images en ligne. Il n'a jamais eu à en supprimer faute d'espace de stockage, et il m'a envoyé par e-mail un lien vers toutes les images des deux caméras de la fin de l'année dernière jusqu'à la fin de la semaine dernière. Je me suis dit qu'on pourrait parcourir tout ça pour voir si Preston Winford est allé au garde-meuble avec Angus, ou s'il y est allé avec quelqu'un d'autre. Will Clyborne a dit que seule la personne qui loue l'unité doit s'enregistrer, donc Angus aurait pu venir avec n'importe qui sans qu'on le sache.

— C'est super, merci Gavin.

Kay mit à jour le tableau blanc, puis lança par-dessus son épaule :

— Je vais avoir besoin d'aide pour passer en revue toutes ces images. Qui a du temps pour l'aider ?

— Je peux, dit Laura. Je comptais travailler le week-end de toute façon pendant que les téléphones sont calmes.

— Pareil pour moi, dit Barnes.

Il regarda par-dessus son épaule vers un bureau où Kyle et Aaron étaient assis.

— Et vous deux ? Des projets pour ce week-end ?

Les deux hommes secouèrent la tête.

— Je travaille toujours sur le suivi des pistes du meurtre de Katrina, dit Kyle, donc je pourrais jeter un œil à certaines images entre-temps.

— Bien, d'accord. Ian, je te laisse coordonner le travail.

Kay reboucha son stylo.

— J'ai parlé à Andy Grey pendant que j'étais à Northfleet hier. Il a réussi à récupérer quelques fichiers de l'ordinateur portable de Katrina mais jusqu'à présent, ce ne sont que des choses comme d'anciennes fiches de paie de son travail au magasin qu'elle avait téléchargées, de vieux CV, et des choses comme ça. Il va continuer à creuser, mais il ne semble pas qu'il va trouver quoi que ce soit pour faire avancer notre enquête. On a aussi enfin obtenu l'accès aux relevés téléphoniques de Preston Winford, donc j'aimerais que quelqu'un les croise avec le numéro de portable d'Angus Zilchrist pour vérifier si ces deux-là ont déjà été en contact.

Sean Gaskell leva la main.

— Chef, je peux m'en charger. Je peux travailler le week-end aussi si ça aide.

— Il y a peu d'heures supplémentaires disponibles, mais j'essaierai de te grappiller quelques heures sur le budget, dit Kay en souriant. Merci.

— Pas de problème.

Le jeune agent haussa les épaules.

— Je veux juste aider, chef.

Kay tourna la page de l'ordre du jour du briefing, passa en revue les mises à jour administratives pour l'équipe, puis la mit de côté.

— Enfin, j'ai vu Amanda Miller hier à Northfleet. Elle et son équipe d'experts-comptables judiciaires peuvent nous accorder quelques heures pour examiner les relevés bancaires et autres documents financiers que nous avons obtenus jusqu'à présent pour Katrina, Preston et Angus. Ils ont aussi leur propre base de données d'informations avec laquelle ils peuvent croiser les résultats, ainsi qu'une connaissance approfondie de beaucoup de gangs du crime organisé qui font actuellement l'objet d'une enquête active par le quartier général. Dès qu'elle aura quelque chose à nous dire, je m'assurerai que vous soyez mis au courant. Mon sentiment est que—

Elle s'interrompit lorsque le téléphone portable de Laura sonna, et lui fit un léger signe de tête alors qu'elle reculait sa chaise et se précipitait vers le fond de la pièce.

— Bien, pendant que Laura s'occupe de ça, ce que j'allais dire, c'est que la piste de la dette vaut la peine d'être poursuivie jusqu'à ce que nous ayons des preuves du contraire. Ce que je ne vois pas encore à partir des informations que nous avons obtenues jusqu'à présent, c'est comment ces trois personnes ont été ciblées par la personne, ou les personnes, qui les a tuées, ou pourquoi les meurtres ont soudain commencé maintenant. Qu'est-ce qui s'est passé qui les a déclenchés ?

— Chef ?

Laura se tenait à la périphérie du groupe.

— Qu'est-ce que tu as ?

— C'était l'équipe média au téléphone. Quelqu'un vient de les appeler pour dire qu'il pense connaître le type qui a été sorti de la rivière ce matin.

CHAPITRE 32

Laura se tenait devant le portail du jardin d'une élégante maison de briques pâles, située en bout de rangée, à la périphérie de Wateringbury. Elle mit son téléphone en mode silencieux.

Au-delà du portail, un chemin de galets menait à une porte d'entrée en PVC avec des panneaux de verre dépoli dans sa partie supérieure. De chaque côté de la porte, de grands pots bleus contenaient des géraniums d'un rouge vif, dont le parfum lui parvenait tandis qu'elle attendait Gavin.

Finalement, il termina son appel et s'approcha.

— Désolé, je devais prendre cet appel. La sœur de Leanne se marie en mars et elles sont toutes les deux en plein stress à propos du lieu de l'enterrement de vie de jeune fille.

Elle gloussa.

— Qu'est-ce qu'elle faisait, te demander de vérifier le lieu ?

— Non, dit-il en levant les yeux au ciel. Elle me

demandait combien elle pouvait dépenser si elles le faisaient à Ibiza ou dans un endroit similaire.

— Aïe. Et nous qui n'avons pas d'heures supplémentaires en plus.

— Heureusement, elle a eu quelques gardes supplémentaires depuis le début de l'année.

Son sourire s'estompa.

— Même si certaines ont été difficiles. Les opérations de recherche et de sauvetage ne se terminent pas toujours bien.

Laura lui donna un léger coup de poing sur le bras.

— Allez, viens.

Elle se dirigea vers la porte d'entrée et sonna, reculant d'un pas lorsqu'elle entendit le bruit d'une serrure qu'on tournait.

Un homme d'une trentaine d'années ouvrit la porte, le visage pâle et les yeux rougis.

— C'est lui, n'est-ce pas ? C'est Alec.

Laura sortit sa carte de police et se présenta ainsi que Gavin.

— Et vous êtes Edwin Moore ?

— Appelez-moi Ed.

Il s'écarta.

— Tout le monde m'appelle comme ça.

Il les conduisit dans un salon bien rangé tout en se tordant les mains.

— Vous voulez boire quelque chose ?

— Ça ira, merci.

Laura jeta un coup d'œil par-dessus son épaule lorsqu'une femme apparut dans l'encadrement de la porte, serrant un gilet doux autour de ses épaules.

— Bonjour.

— Bonjour.

— C'est Lisa, ma femme.

Ed passa son bras autour de ses épaules et les serra avant de s'asseoir sur le canapé à côté d'elle.

— Je vous en prie, asseyez-vous.

Laura lança un regard reconnaissant à Gavin alors qu'il sortait son carnet, puis reporta son attention sur Ed.

— Pouvez-vous me dire ce qui vous fait penser que le corps repêché dans la rivière ce matin est celui de votre ami Alec ?

L'homme déglutit et baissa les yeux sur ses mains.

— J'ai vu un post sur les réseaux sociaux ce matin disant qu'un corps avait été repêché dans la Medway. J'essaie de le joindre depuis tard hier soir. Nous avons dîné en ville, c'était plutôt une réunion d'affaires. J'ai lancé un cabinet de comptabilité l'année dernière avec quelqu'un avec qui je travaillais dans la City, et j'ai réussi à la convaincre d'embaucher Alec. Hier soir, c'était juste une façon informelle pour eux de se rencontrer. Le poste est pour lui. Angela, ma partenaire commerciale, voulait le rencontrer pour jauger sa personnalité, pour voir s'il s'intégrerait bien.

— À quelle heure avez-vous quitté le restaurant ?

— Vers neuf heures et demie, répondit Lisa. Je m'en souviens, parce que nous avons reçu un appel de notre baby-sitter juste après pour nous dire que notre fille n'allait pas bien.

— Et Ed, vous avez dit avoir essayé d'appeler Alec hier soir. Pourquoi ?

— Après le départ de la baby-sitter, j'ai reçu un appel

d'Angela me disant d'embaucher Alec immédiatement. Elle craignait que quelqu'un d'autre ne le recrute.

Sa bouche se tordit.

— Elle ne perd pas de temps une fois qu'elle a pris une décision. Dès que j'ai fini de lui parler, j'ai appelé Alec mais je suis tombé directement sur sa messagerie.

— À quelle heure était-ce ?

— Attendez.

Ed bougea sur son siège, puis sortit son téléphone portable de sa poche de pantalon et fit glisser l'écran.

— C'était à dix heures dix-sept. J'ai réessayé à dix heures trente-deux. Puis encore à sept heures et demie ce matin.

Laura vit sa main trembler alors qu'il baissait le téléphone.

— Est-ce inhabituel pour lui ?

— Très. Alec ne lâche pas son téléphone en ce moment au cas où ce serait une offre d'emploi. Il est désespéré de quitter l'endroit où il est parce que le salaire est merdique.

— Ok. Pourriez-vous me décrire Alec ?

— Euh, à peu près ma taille. Les yeux marron, les cheveux châtain clair. Il a une petite cicatrice au menton, il se l'est faite en tombant d'une balançoire quand on avait six ans. Oh, et il a un de ces tatouages celtiques en bracelet sur le bras gauche.

— Vous avez une photo de lui ?

— Oui.

Après avoir à nouveau glissé et fait défiler l'écran, Ed tourna l'écran de son téléphone vers elle.

— Lisa a pris cette photo de nous en février chez un

pote. On était allés regarder le foot pendant que les filles bavassaient.

Laura gémit intérieurement, essayant de garder un visage impassible.

— Merci.

Elle fit un léger signe de tête à Gavin.

Il bougea sur son siège et se pencha en avant.

— Ed, Lisa, en toute confidentialité, nous sommes désolés de vous dire que, d'après ce que vous nous avez dit et cette photo, l'homme repêché dans la rivière ce matin est Alec.

Un sanglot éclata de Lisa, et le visage d'Ed se froissa tandis qu'il s'essuyait les yeux.

— Une identification formelle sera nécessaire, et nous devons insister pour que vous n'en parliez à personne d'autre jusqu'à ce que ce soit fait, dit Laura d'une voix douce. Savez-vous si Alec a de la famille, ou...

Ed renifla.

— Son père est mort il y a quelques années, et sa mère n'est pas en bonne santé.

— Pouvez-vous me donner les coordonnées de la mère d'Alec pour que nous puissions aller la voir ?

— Bien sûr.

— Quand vous serez prêt, nous avons encore quelques questions à vous poser, d'accord ?

L'homme acquiesça.

— Pourriez-vous m'excuser un moment ?

— Bien sûr.

Laura remarqua qu'il laissait son téléphone derrière lui en quittant la pièce, et elle libéra son expiration.

— Ed connaît Alec depuis la maternelle, dit Lisa, la

voix tremblante. Ils sont comme des frères. Inséparables. Je ne sais pas comment il va faire face...

— Je peux vous envoyer une liste de conseillers locaux spécialement formés, dit Laura. Si, bien sûr, vous ne préférez pas parler à votre médecin traitant.

— On aurait de la chance d'avoir un rendez-vous ces jours-ci.

Lisa renifla.

— Mon Dieu, pauvre Alec.

Ed revint, un mouchoir froissé dans le poing, le visage rougi.

— Que s'est-il passé ? Vous savez ? Il n'était pas ivre, il a à peine touché à son verre hier soir.

— Pour le moment, nous ne pouvons pas donner trop de détails, pas avant qu'il n'y ait eu un examen officiel, dit Gavin. Mais Alec a été agressé. Nous pensons qu'il est tombé dans la rivière, ou qu'il y a été jeté après l'agression.

— Oh mon Dieu.

Lisa porta la main à sa bouche.

— A-t-il été agressé pour être volé ?

— Cela fait partie de notre enquête en cours.

— Ed, quand vous serez prêt, pourriez-vous me dire comment était Alec la dernière fois que vous l'avez vu hier soir ? demanda Laura. Semblait-il inquiet de quelque chose ?

L'homme posa ses coudes sur ses genoux et fixa la moquette.

— Pas inquiet, non. Plutôt... *renfermé*. Je veux dire, il a fait bonne figure devant Angela, mais il y a eu quelques moments où j'ai levé les yeux et j'ai eu l'impression qu'il était distrait. Je sais qu'il déteste l'endroit où il travaille, mais nous étions là en train de lui dire qu'il allait avoir un nouveau départ avec un meilleur salaire, et... je ne sais pas. Quelque chose le préoccupait, oui.

— Alec avait-il des problèmes d'argent, peut-être des difficultés financières ?

— Ouais, je pense. Je veux dire, il a pris le bus pour venir en ville hier. Il a dit que sa voiture était au garage, mais il y a un an ou deux, il aurait simplement pris un taxi ou un covoiturage, vous voyez ?

— Il avait l'air mince aussi, dit Lisa. Je me suis demandé s'il ne mangeait pas correctement. J'ai remarqué qu'il faisait très attention à ce qu'il choisissait sur le menu aussi. Les options les moins chères.

Ed gémit et ferma les yeux.

— Et puis cette satanée Angela est partie sans proposer de participer à l'addition, alors Alec et moi avons dû payer. Bon sang, je n'ai pas pensé...

— Comment est-il rentré chez lui après ? demanda Laura.

— Nous ne pouvions pas lui proposer de le raccompagner, nous allions dans la direction opposée de toute façon, mais alors que nous retournions à la voiture avec Alec, c'est à ce moment-là que notre baby-sitter a appelé pour dire que Hayley avait été malade, expliqua Lisa en essuyant de nouvelles larmes. Si nous l'avions raccompagné d'abord, rien de tout cela ne serait arrivé...

— Il y avait un taxi, dit Ed. Je l'ai hélé et j'ai demandé au chauffeur de conduire Alec à Tovil. Puis je suis parti en vitesse avec Lisa. Nous sommes rentrés pour découvrir que Hayley avait attrapé un virus à l'école et commençait à avoir de la fièvre.

Laura leva les yeux de ses notes.

— Avez-vous vu Alec monter dans le taxi ?

— Oui. Enfin, je l'ai vu parler au chauffeur donc il a dû monter.

Il fronça les sourcils.

— Du moins, je *crois* qu'il l'a fait.

CHAPITRE 33

— Deux visites à la morgue en une semaine, dit Barnes en s'engageant sur le parking bondé de l'hôpital Darent Valley. Lucas va devoir commencer à distribuer des points de fidélité à ce rythme-là.

Kay secoua la tête, mais un sourire se dessina sur ses lèvres aux paroles de son collègue.

Il parvenait toujours à alléger une occasion sombre et semblait savoir exactement quand elle risquait de se complaire dans ses sombres pensées.

— Il y a une place là-bas, à côté du 4x4 cramoisi, dit-elle en vérifiant sa montre. Les heures de visite. On a de la chance d'en trouver une. Laisse-moi descendre ici, je vais prendre un ticket.

Kay courut vers un vieux parcmètre à pièces, y enfourna sa dernière monnaie et se dépêcha de retourner à la voiture alors que Barnes retirait sa veste pour la poser sur le siège arrière.

— Prête ? dit-il.

— Ça va être exactement comme pour Preston et Katrina, n'est-ce pas ?

Elle le suivit jusqu'aux grandes portes vitrées de l'hôpital, et ajouta en baissant la voix :

— Exactement pareil.

— Allons, allons, dit Barnes en agitant son doigt vers elle pendant qu'ils montaient les deux étages. Lucas va dire que tu tires des conclusions hâtives.

— Mais j'ai raison, non ?

Il soupira.

— Probablement. Je pense que oui. Trop de coïncidences, n'est-ce pas ?

Kay ralentit le pas en entendant des voix au niveau de la porte menant à l'accueil de la morgue, et elle aperçut un consultant en train de parler à Simon à voix basse. Elle tira Barnes sur le côté pour attendre sous une affiche avertissant des conséquences pour quiconque menacerait le personnel, ses épaules se raidissant à l'idée qu'un tel message soit seulement nécessaire.

— Je m'inquiète du fait que nous n'ayons fait aucun progrès sur le meurtre de Katrina, Ian. Il n'y a rien dans les dépositions des témoins ou les enquêtes de porte-à-porte, rien dans ses réseaux sociaux... Si elle a été tuée parce qu'elle devait de l'argent, comment diable a-t-elle découvert les gens à qui elle a emprunté ? Kyle et Nadine ont passé en revue toutes les sociétés de prêt légitimes plus tôt cette semaine, aucune d'entre elles n'a de trace de transactions avec elle.

— Avec un peu de chance, Amanda trouvera quelque chose, chef. Après tout, sa base de données se concentre uniquement sur l'aspect financier des choses, alors que nous ne recevons tout simplement pas ce genre d'informations régulièrement.

Son visage s'assombrit.

— Pas avant qu'il ne soit trop tard et que nous enquêtions sur un décès, en tout cas.

— Détectives ?

Ils se retournèrent à la voix de Simon pour voir l'assistant de la morgue leur faire signe.

— Nous sommes prêts pour vous maintenant si vous voulez vous préparer.

Kay lui adressa un sourire reconnaissant en s'inscrivant.

— Combien en avez-vous encore aujourd'hui ?

— Le vôtre est le dernier, Dieu merci.

Il fit un geste vers la paperasse couvrant son bureau.

— Cela prend autant de temps que l'examen de nos jours.

— Alors nous ne vous ferons pas attendre longtemps.

— J'ai l'impression qu'il a probablement déjà commencé avant votre arrivée.

Simon sourit.

— Il a une soirée à son club de golf ce soir, donc je ne pense pas qu'il ait l'intention de traîner.

Elle et Barnes prirent des chemins séparés pour se changer et enfiler des combinaisons de protection et, dix minutes plus tard, entrèrent dans la salle d'examen pour voir Lucas en train de brandir à nouveau une scie, le son strident résonnant sur les surfaces en acier inoxydable.

Kay serra les dents alors que la porte se refermait derrière elle, et un gémissement émana de son collègue.

— Si je m'étais juste arrêté pour refaire mes lacets...

Elle ne dit rien mais approuva le sentiment. Le démantèlement presque rituel d'un corps humain était une chose à laquelle elle ne s'habituerait jamais, malgré son acceptation que le processus produisait les réponses qu'elle recherchait si désespérément.

La scie tomba silencieuse après quelques minutes supplémentaires, et Lucas regarda par-dessus son épaule, un regard bienveillant dans les yeux au-dessus du masque chirurgical protecteur qu'il portait.

— Approchez, vous deux, le pire est passé.

— Comment va le golf ? demanda innocemment Barnes en se dirigeant vers la table, s'approchant des pieds de la victime plutôt que de l'abdomen ou du crâne ouverts.

— Petit malin. Simon, tu as encore répandu des rumeurs ?

— J'ai peut-être suggéré que tu avais des projets de dîner ce soir, d'où l'urgence de cet examen.

— Bon sang. La première fois que je finis tôt en presque trois mois, et voilà ce que j'obtiens.

Lucas claqua la langue, se détournant avec la scie et revenant avec un scalpel à l'air redoutable.

— Bon, on y va ?

— Est-ce le même mode opératoire que pour Katrina et Preston ? lâcha Kay, puis elle leva les mains. Désolée, je sais que tu n'as pas terminé, mais—

— Alors je vais mettre fin à ta misère. Oui, je pense que c'est le cas.

Le médecin légiste fit une incision précise, puis recula.

— La seule différence que j'ai trouvée jusqu'à présent est cette contusion à la base du crâne, et vous verrez que contrairement aux deux autres, une blessure perforante mortelle n'a pas été utilisée pour l'achever.

— Est-ce qu'il était vivant quand il est tombé dans l'eau ? demanda Barnes, incapable de cacher sa surprise.

— Oui.

Simon leva les yeux d'une autre table d'examen sur le côté où divers organes avaient été disposés.

— Il y a suffisamment d'eau dans ses poumons pour suggérer que c'était le cas.

Kay fronça les sourcils.

— Eh bien, c'est différent. Je me demande si son tueur a été interrompu et a donc dû improviser ?

— Il se pourrait que votre victime se soit évanouie sous le choc avant que le tueur ne puisse effectuer la coupure finale. S'ils n'ont pas pu le ranimer, alors le pousser dans la rivière, si l'attaque a eu lieu à proximité, aurait du sens.

Lucas posa sa main gantée sur l'épaule pâle d'Alec.

— Le pauvre homme n'aurait rien pu faire une fois dans l'eau. S'il avait repris conscience sous la surface de l'eau, son premier réflexe aurait été d'inhaler.

— Se noyant ainsi s'il n'avait pas la force de refaire surface ou de se maintenir à flot, termina Barnes.

— Nous allons devoir nous assurer que notre recherche se poursuit le long de la promenade de la rivière plus en amont de l'endroit où il a été trouvé, dit Kay. Laura a parlé à certains de ses amis, et ils nous ont dit qu'Alec avait un appartement près de la rivière à Tovil.

Son collègue sortit son téléphone, ignorant le regard noir que Lucas lui lançait.

— Je vais contacter Debbie tout de suite et lui

demander de transmettre ça aux équipes sur la scène de crime avant qu'on ne perde des preuves. Sacrément risqué de le larguer là-bas quand même, chef. Je veux dire, ce n'est pas comme si son corps allait être emporté par la mer, n'est-ce pas ? Trop d'obstacles en chemin, sans parler de l'écluse d'Allington.

Le cœur de Kay manqua un battement en examinant les blessures d'Alec.

— À moins que ses tueurs n'aient *voulu* qu'on le retrouve.

— Nous appâter, tu veux dire ?

— Pas nous.

Elle se détourna de la table d'examen et scruta les radiographies affichées sur le négatoscope à côté de l'ordinateur portable de Simon.

— Et s'ils utilisaient la nouvelle de sa mort pour effrayer tous les autres, comme ils ont utilisé cette vidéo de Katrina ?

CHAPITRE 34

Kay frotta ses yeux fatigués, puis s'attaqua de nouveau à son clavier, ses doigts martelant les touches en plastique avec une vigueur renouvelée.

Le flot de travailleurs en train de quitter Londres avait exacerbé son retour au commissariat de Maidstone, Barnes jurant après chaque camionnette qui leur coupait la route sur le chemin du retour de Gravesend.

Un groupe d'agents en uniforme épuisés se blottissait dans un coin de la salle des opérations, les ourlets de leurs pantalons maculés de boue et de débris végétaux provenant des recherches le long de la Medway, leurs efforts contrariés par les effets du temps et des intempéries.

Aucun portefeuille ni téléphone appartenant à Alec Mingrove n'avait été retrouvé parmi les roseaux et les mauvaises herbes bordant le chemin de la rivière, toute trace de sang avait été effacée par les pluies de mercredi soir, et sans l'intuition d'Edwin Moore que quelque chose était arrivé à son ami, ils auraient été incapables d'identifier son corps.

Kay cliqua sur « envoyer » pour le dernier e-mail de la journée et ouvrit une carte en ligne.

Zoomant sur la zone où Alec avait été retrouvé, elle remonta le cours de la rivière vers Tovil, passant en vue satellite pour tenter de déterminer où il avait été attaqué.

Elle leva les yeux lorsque Laura passa devant elle.

— Comment se déroulent les recherches dans l'appartement d'Alec ?

— Nous avons obtenu le double des clés auprès de sa mère il y a une demi-heure, chef. Les agents en uniforme rapportent qu'il n'y a aucun signe de lutte là-bas, ni nulle part dans l'immeuble. Ils ont cependant emporté son ordinateur portable, répondit Laura en désignant la carte du menton. Et ils organisent une fouille de la zone aménagée entre l'immeuble et la rivière, au cas où.

— Merci.

Elle se tourna de nouveau vers son écran.

— Je ne peux m'empêcher de penser que celui qui l'a assassiné l'a attaqué plus près du centre-ville. Je veux dire, il faudra vérifier le courant de la rivière et tout ça, mais il y a trop d'obstacles entre cette jetée près du parking et son appartement. Je ne pense pas qu'il soit possible qu'il ait dérivé aussi loin en aval.

Repoussant sa chaise, elle fit craquer son cou puis se pencha pour verrouiller son écran.

— Allez, c'est l'heure du briefing. Voyons ce que nous avons d'autre.

L'équipe se rassembla rapidement autour des bureaux les plus proches du tableau blanc, l'atmosphère était morose.

— Je sais que ça a été une semaine frustrante depuis que Katrina Hovat a été retrouvée assassinée, commença Kay. Mais vous savez aussi bien que moi que parfois, nous devons nous battre pour attraper un tueur. Cela ne veut pas dire que nous abandonnons.

Comme un seul homme, les officiers devant elle se redressèrent, deux d'entre eux réprimant un bâillement et baissant leurs téléphones pour écouter.

— Laura, tu peux nous faire un point suite à ton entretien avec Edwin et Lisa Moore ?

La jeune détective se déplaça sur le côté du tableau blanc et fit face à ses collègues.

— Ok, donc ils avaient tous les deux un alibi en la personne de leur baby-sitter, qui a confirmé l'heure à laquelle ils sont rentrés mercredi soir. Leur fille, Hayley, est toujours absente de l'école pour cause de maladie. Ed nous a dit qu'Alec leur avait dit que sa voiture était en réparation, alors il a pris le bus pour venir en ville les rencontrer ce soir-là. Ils ont dîné avec la partenaire commerciale d'Ed, Angela Boxcombe, qui a quitté le restaurant avant eux après le repas. Je lui ai parlé plus tôt cet après-midi, et elle a été choquée d'apprendre le meurtre d'Alec, mais elle a également fourni un alibi car son mari était à la maison quand elle est rentrée juste après vingt-deux heures.

Kay observa le reste de l'équipe baisser la tête vers leurs carnets, le doux *tap tap* des doigts de Debbie volant sur le clavier de son ordinateur portable étant le seul bruit pendant que Laura faisait une pause pour boire une gorgée d'eau.

— Après le repas, Ed, Lisa et Alec sont partis ensemble, poursuivit-elle. Ed avait garé sa voiture dans le parking à étages à côté du supermarché, mais quand leur baby-sitter a appelé pour dire que leur fille était malade, cela a contrecarré tout projet de raccompagner Alec chez lui. Lisa a dit plus tard que normalement, il aurait conduit pour rentrer chez lui de toute façon, ou aurait pris un covoiturage quand ils sortaient ensemble par le passé. À ce moment-là, il pleuvait et quand Ed a repéré un taxi qui passait, il l'a hélé pour Alec. C'est la dernière fois qu'il l'a vu.

Kay laissa les paroles de sa collègue faire leur effet pendant un moment, soucieuse de réitérer la nécessité pour son équipe de rester concentrée. Après un instant, elle remercia Laura et se tourna vers Gavin.

— As-tu réussi à localiser le garage qui avait la voiture d'Alec ?

— Non, chef, dit-il. Mais c'est parce qu'il n'y avait rien qui n'allait pas avec sa voiture.

— Qu'est-ce que tu veux dire ?

— Il l'a vendue il y a trois semaines.

Un silence choqué emplit la pièce.

— Je n'ai pas eu de chance en appelant les garages locaux, alors avant de perdre plus de temps, j'ai pensé faire une recherche auprès du registre des cartes grises, expliqua Gavin. Il l'a vendue à un type à Sevenoaks. Quand je lui ai parlé, il a dit qu'il l'avait eue pour une bouchée de pain. Il a dit qu'Alec n'avait pas beaucoup négocié le prix et qu'il semblait content de s'en débarrasser.

— Il avait besoin d'argent, murmura Kay.

— Il n'y avait presque rien dans son appartement non

plus, chef, dit Laura. Comme Katrina, il avait vendu des choses. En vitesse, apparemment. Les agents en uniforme ont dit qu'il y avait encore des marques de poussière là où se trouvait la télé. Peut-être qu'il s'est rendu compte que la vente de la voiture ne suffisait pas à couvrir la dette.

— Je me dépêcherais aussi si j'avais vu cette vidéo, dit Barnes.

Kay reporta son attention sur Gavin.

— Où le taxi a-t-il déposé Alec ?

— Il ne l'a pas fait. Ed s'est souvenu du nom de la compagnie sur le côté du taxi, alors je les ai appelés et ils ont réussi à retrouver le chauffeur. Quand je lui ai parlé, il m'a dit qu'il avait essayé de persuader Alec de monter, mais il ne voulait pas, et il pleuvait des cordes à ce moment-là. Ce sont ses mots, chef, ajouta Gavin avec un léger sourire.

— Donc il est rentré à pied. Qu'en est-il des images de vidéosurveillance le long de cette portion de route ?

— Elles ont été demandées, chef. On m'a promis de les avoir pour dix-sept heures, alors je comptais commencer demain matin.

— Je te donnerai un coup de main, dit Laura. Il n'y a rien à la télé de toute façon.

Des rires brisèrent la tension dans la pièce, et Kay sourit.

— Je serai là à partir de huit heures, alors si je peux me débarrasser de la paperasse, j'aiderai aussi.

— Chef, je ne comprends pas, dit Barnes une fois que les rires se furent calmés. Alec connaissait Ed depuis la maternelle. Ils se faisaient visiblement confiance, et il était sur le point de décrocher un nouveau boulot qui allait changer sa vie. Alors pourquoi mentait-il à ses amis ?

Kay tapota l'extrémité du stylo contre ses lèvres en fixant le tableau blanc. Finalement, elle se tourna vers son collègue.

— Parce qu'il avait peur, Ian, dit-elle. Parce qu'il était mort de peur.

CHAPITRE 35

Sophie Anderley trébucha hors de la boutique d'alcool et serra son sac contre sa poitrine.

Les yeux scrutant à gauche et à droite, elle se faufila devant les entrées sombres et les ruelles, l'odeur nauséabonde d'urine rance et pire encore assaillant ses sens.

Une légère brise souleva ses cheveux noirs et ternes, et elle se gratta une zone de peau enflammée derrière l'oreille.

Cela déclencha une sensation de brûlure sur tout son cuir chevelu, l'eczéma rampant sur sa peau pâle.

Elle renifla et retint ses larmes.

Tout ce qu'elle voulait, c'était une bouteille de vin bon marché. Cela faisait une éternité qu'elle ne s'était pas fait plaisir, et ce soir, elle avait besoin de quelque chose pour l'aider à dormir.

Surtout après avoir vu les informations sur le corps de l'homme retrouvé dans la rivière.

Ça aurait pu être moi.

— Ça va, ma jolie ? Envie d'une baise ?

Elle trébucha et s'écarta brusquement de la silhouette qui surgissait des portes ouvertes d'un pub aux vitres sales, et elle lui lança d'un ton hargneux :

— Va te faire foutre.

Un rire tonitruant accueillit ses paroles, l'homme titubant alors que son bras s'enroulait autour d'un ami tout aussi ivre avant qu'ils ne disparaissent tous deux à l'intérieur.

Ses mains tremblaient, la culpabilité s'infiltrant dans ses veines, et elle accéléra le pas, se faufilant entre deux femmes d'une quarantaine d'années qui la regardèrent de travers avant que l'une d'elles ne se mette à rire tandis que l'autre marmonnait quelque chose à voix basse.

Elle renifla, les yeux piquants.

Elle n'aurait pas dû dépenser cet argent, pas vraiment.

Pas quand elle leur en devait encore.

Sophie baissa les yeux sur son jean délavé et son sweat-shirt noir aux poignets effilochés et troué à une manche, puis elle déglutit.

Ça pourrait être pire, se rappela-t-elle en redressant les épaules.

Grâce à sa sœur, qui pensait que Sophie avait mis sept ans de trop à quitter le mari qui l'avait maltraitée pendant huit ans, elle avait un toit au-dessus de sa tête.

Maintenant, elle devait juste trouver un travail.

Ce n'était pas parfait, mais elle était déterminée à changer sa vie.

— Je vais lui montrer, murmura-t-elle. Je vais leur montrer à tous.

Tournant dans Tonbridge Road, elle attendit à un passage piéton pendant que la circulation passait en trombe, son regard attiré par la rivière et les tourbillons qui dévalaient en aval.

Le courant était rapide après les récentes pluies, et elle frissonna à l'idée d'entrer dans ces eaux troubles.

Elle détourna les yeux au son du *bip* du passage piéton, et elle accéléra le pas alors que la route commençait à monter.

Un kebab à l'angle devant elle faisait de bonnes affaires, ses enseignes au néon lumineux vantant pizza, frites et tout ce dont un passant moins regardant pourrait avoir besoin.

L'estomac de Sophie gargouilla, et elle se détourna en passant, retenant sa respiration pour ne pas inhaler l'arôme enivrant des épices et de la graisse en train de cuire sur les grills.

Sa sœur pouvait à peine payer ses propres factures, sans parler de nourrir deux personnes, alors Sophie avait insisté pour subvenir à ses propres besoins.

Si cela signifiait sauter des repas deux ou trois fois par semaine, qu'il en soit ainsi.

Elle fronça les sourcils en tournant dans la rue étroite et sinueuse où vivait sa sœur, essayant de se rappeler s'il restait des galettes de riz dans le placard, et espérant que le pot de houmous dans le réfrigérateur n'était pas encore moisi.

C'était le seul problème avec les étagères moins chères du supermarché : soit on prenait le risque avec la date de péremption, soit on tentait sa chance et on attrapait une mauvaise intoxication alimentaire.

Elle serra le sac plus fort contre sa poitrine. Si sa sœur était là, elle partagerait.

Et puis elle donnerait tout l'argent de son porte-monnaie pour les deux prochaines semaines de loyer, parce que c'était la règle qu'elle s'était fixée quand elle avait emménagé.

Charmaine avait argumenté bien sûr, levant les yeux au ciel face à son insistance à vouloir garder un semblant d'indépendance dans ces circonstances.

Mais maintenant...

Sophie se mordit la lèvre.

Si seulement elle avait pris le temps de *réfléchir* avant d'accepter l'offre de cette femme. Après tout, c'était un peu étrange, la façon dont elle l'avait abordée à quelques centaines de mètres du centre d'hébergement pour femmes.

Mais elle était désespérée, et la femme avait été gentille, et... et...

Elle grogna intérieurement.

— Il faut que quelque chose se passe, marmonna-t-elle. Je *vais* trouver quelque chose la semaine prochaine. N'importe quoi.

Alors que les dernières lueurs du soleil s'estompaient, elle leva la tête pour contempler les douces teintes du crépuscule qui enlaçaient le ciel, et elle prit une profonde inspiration.

Elle s'en sortait mieux qu'à la même époque l'année dernière, au moins.

Et les choses allaient changer pour elle, elle en était sûre.

Après tout, tout le monde méritait un coup de chance une fois dans sa vie, n'est-ce pas ?

Elle n'entendit pas la voiture derrière elle qui se glissa contre le trottoir et garda son allure un moment jusqu'à ce qu'elle remarque son mouvement du coin de l'œil.

Elle sursauta, recula et observa la peinture argentée brillante et les vitres arrière teintées, puis elle fronça les sourcils lorsque la voiture freina et que la portière arrière s'ouvrit.

Un homme costaud d'une quarantaine d'années lança un regard noir à travers le pare-brise, puis fit un signe de tête vers l'arrière de la voiture.

Les pieds de Sophie traînèrent sur le trottoir alors qu'elle s'approchait, son cœur tombant dans son estomac quand un visage familier se pencha vers elle.

— Rosalind ? Qu'est-ce que vous faites ici ?

Sophie regarda à gauche et à droite, mais tous les rideaux des voisins étaient fermés, et personne d'autre ne marchait dans la rue.

— Mon prochain paiement n'est pas dû avant juillet.

La femme sourit, exposant des dents semblables à des tombes qui brillaient dans la pénombre.

— Changement de plans, Soph. Je suis désolée, mais nous allons avoir besoin du montant total plus les intérêts la semaine prochaine.

— Vous plaisantez.

La mâchoire tombante, Sophie fixa Rosalind.

— Vous m'aviez dit que j'avais six mois pour vous rembourser.

— Eh bien, comme je l'ai dit, changement de programme.

La femme contempla un ensemble parfait d'ongles manucurés, puis leva les yeux.

— Ce n'est que du business, je suis sûre que vous comprenez.

Sophie se mordit la lèvre.

— Je ne sais pas si je pourrai tout vous remettre la semaine prochaine. Peut-être à la fin du mois. Je pourrais... je pourrais trouver du travail au noir, peut-être, ou...

— Ce n'est pas suffisant, j'en ai peur. Je vous ai dit dès le début que cela pourrait arriver, et vous m'aviez alors assurée que vous vous conformeriez si la dette devait être remboursée plus tôt. Après tout, cela fait... quoi... ?

Le chauffeur jeta un coup d'œil par-dessus son épaule.

— Quatre mois.

— Quatre mois, acquiesça Rosalind. Quatre mois, et vous avez eu amplement le temps de trouver quelque chose à faire de votre temps, n'est-ce pas ?

— C'est difficile. J'ai un CV qui ne contient presque rien parce que mon ex ne me laissait pas travailler, et je n'arrive pas à obtenir d'entretiens pour des postes de bureau. Les supermarchés ont plus de candidatures que d'emplois disponibles, et—

Rosalind agita la main avec impatience.

— Je n'ai pas besoin d'entendre vos excuses, Sophie. Comme je l'ai dit, quatre mois. Et vous voilà, en train de vous offrir des petits plaisirs. À quoi *pensiez*-vous donc ?

— Je vous l'ai dit, je vous rembourserai.

— Des promesses, toujours des promesses, Sophie, et pourtant nous en sommes là.

Le regard de Rosalind se posa sur le sac.

— Après tout, si vous pouvez vous permettre de vous

offrir une bouteille de vin, vous pouvez vous permettre de nous rembourser, n'est-ce pas ?

Une larme coula sur sa joue, et elle l'essuya avec colère.

— Je tiens mes promesses. J'ai toujours tenu mes promesses.

— Bien. Vous avez une semaine.

— Mais c'est impossible. Je—

— Une semaine. J'attendrai le paiement intégral d'ici vendredi prochain.

Rosalind plissa les yeux.

— Après tout, vous savez ce qui vous arrivera si vous ne le faites pas.

— D'accord. Je vais devoir—

Rosalind agita la main comme pour chasser une mauvaise odeur.

— Je n'ai pas besoin de savoir *comment*, seulement que vous le *ferez*.

Sophie réprima un sanglot, puis hocha la tête.

— Je vous le promets.

— Bien.

Rosalind sourit.

— Et rappelez-vous, c'est notre petit secret, n'est-ce pas ?

CHAPITRE 36

Le lendemain matin, encore engourdie de sommeil, Kay descendit à pas feutrés et entra dans la cuisine, sa main trouvant automatiquement l'interrupteur de la bouilloire.

À l'étage, le bruit de la douche couvrait celui des bébés hérissons dans leur enclos, alors qu'ils se bousculaient les uns les autres, reniflant à la recherche de nourriture.

Kay posa sa veste de tailleur sur le dossier d'un des tabourets de bar rangés sous le plan de travail central, puis elle tendit le bras et ouvrit l'une des fenêtres au-dessus de l'évier pour aérer la pièce, l'odeur putride de l'urine des bébés hérissons s'étant accumulée pendant la nuit.

Le soleil brillant traversait les vitres, le merle local gazouillant depuis le jardin du voisin. Une fine rosée recouvrait la pelouse, et elle réalisa qu'ils devraient bientôt la tondre, sinon Adam suggérerait de ramener une autre chèvre à la maison.

— Plutôt mourir, murmura-t-elle en souriant.

Elle bâilla et prépara du café pour deux en ajoutant une cuillère de sucre à celui d'Adam.

Puis son téléphone vibra sur le plan de travail avec un nouveau message, la réalité du travail s'immisçant dans ses pensées.

— Pas de repos pour les braves, dit Adam en entrant dans la cuisine et en se séchant les cheveux avec une serviette. Lequel est le mien ?

— Le mug rouge.

— Merci.

Il le pointa vers elle.

— C'est Ian ?

— Oui. Il vient me chercher dans une demi-heure.

— Tu as le temps de m'aider à nourrir les petits d'abord ?

— Ok. Laisse-moi aller camoufler mon visage, et je serai prête.

Il l'entoura de son bras alors qu'elle passait devant lui, et l'embrassa.

— Il n'y a rien qui cloche avec ton visage.

— Les autres n'apprécieraient peut-être pas cette peau de vampire de bon matin.

Elle sourit.

— Mais merci.

— Dis-leur que tu veux tous les jobs en extérieur pour le mois prochain pour travailler ton bronzage, lui cria-t-il. Tu passes trop de temps coincée au bureau.

— À qui le dis-tu, marmonna-t-elle en montant les marches deux à deux.

Dix minutes plus tard, déplorant les cernes sous ses yeux que seul tant de maquillage pouvait dissimuler, elle retourna dans la cuisine pour trouver Adam agenouillé sur le sol à côté des bébés hérissons.

Avant qu'elle ne puisse s'approcher, son téléphone sonna, et elle écarquilla les yeux en voyant le nom de l'appelant s'afficher à l'écran.

— Amanda ? Que faites-vous à travailler un samedi ?

— Me croiriez-vous si je vous disais que c'est parce que j'aime tellement mon travail que je ne peux pas m'en éloigner ? répondit l'analyste financière avec ironie.

— Non, dit Kay en riant. Sérieusement, tout va bien ?

— Tout va bien. C'est juste que nous avons fait une percée majeure hier soir sur l'une des affaires de crime organisé sur laquelle je suis détachée, et je voulais vous briefer sur ce que mon équipe a trouvé en relation avec la vôtre avant lundi. Après ça, j'ai bien peur que vous ne puissiez plus obtenir d'aide de mon équipe pendant au moins six semaines. D'ailleurs, j'ai une réunion avec la directrice adjointe plus tard aujourd'hui. Elle ne voulait pas attendre.

Kay ferma les yeux, réprimant sa frustration face au manque continu de ressources qui entravait chaque enquête.

— Pas de problème. Vous voulez m'envoyer par e-mail ce que vous avez ? J'adorerais discuter, mais on vient me chercher dans environ quinze minutes et j'ai un briefing à la première heure ce matin.

— En fait, je fais quelques courses à Maidstone avant de me rendre à Gravesend, alors je pensais passer. Disons, vers neuf heures, ça vous convient ?

— Ce serait parfait, merci. À tout à l'heure.

Kay mit fin à l'appel, laissa tomber le téléphone dans son sac et traversa la pièce pour rejoindre Adam qui berçait l'un des bébés hérissons, un compte-gouttes en plastique à la main.

— Ok, qu'est-ce que je dois faire ? demanda-t-elle en s'accroupissant à côté de lui.

— Les compte-gouttes sont juste là. Je les ai déjà remplis avec la formule d'alimentation, alors prends un bébé hérisson et c'est parti. Fais juste attention à la quantité que tu leur donnes, on ne veut pas qu'ils s'étouffent.

Adam fit un signe de tête vers une boîte séparée remplie de couvertures où deux autres bébés hérissons étaient blottis dans le coin.

— Ces deux-là ont déjà été nourris, et il en reste trois.

— Combien de fois t'es-tu levé cette nuit pour faire ça ?

— Quatre fois.

Il sourit d'un air fatigué.

— Ils n'auront bientôt plus besoin de liquide. C'est juste un coup de pouce pendant qu'ils s'adaptent à la nourriture solide. Une fois qu'ils seront passés complètement aux solides, on pourra essayer de les placer dans l'un des centres de secours jusqu'à ce qu'ils soient prêts à retourner dans la nature. C'est cette période où ils sont si jeunes qui est critique, et il n'y a tout simplement pas assez de bénévoles dans le coin pour faire face.

Kay frotta son pouce sur le dos du minuscule bébé hérisson alors qu'il suçait le bout du compte-gouttes avec enthousiasme.

— Eh bien, heureusement que tu as pu les accueillir. Au moins, ils sont plus faciles à soigner que—

Soudain, un jet de liquide chaud jaillit sur ses genoux,

et elle se figea d'horreur alors que le bébé hérisson émettait un petit pet, la puanteur l'envahissant déjà.

Kay baissa les yeux sur les traînées brunes qui zébraient maintenant son pantalon de tailleur, la bile lui montant à la gorge tandis qu'Adam éclatait de rire.

Puis un klaxon de voiture retentit à l'extérieur.

— Oh merde.

Elle ferma les yeux.

— Je vais en entendre parler longtemps.

CHAPITRE 37

— Alors, le hérisson lui a chié dessus ?

Gavin tendit à Barnes une copie de l'ordre du jour du briefing tandis que le bruit ambiant provenant des autres membres de l'équipe se propageait jusqu'à leurs bureaux.

— Ouais, répondit Barnes avec un sourire en rassemblant son carnet écorné et un stylo. Je parie que le pressing lui interdira à jamais l'accès une fois qu'ils auront fini avec ce pantalon.

Une liasse de papiers le frappa entre les omoplates, et il fit pivoter sa chaise pour voir Kay le fusiller du regard, ses yeux pétillant malgré ses efforts pour paraître en colère.

— La prochaine fois, c'est toi qui iras le porter, dit-elle. Assez de commérage, vous deux. Allez, on y va.

Gavin jeta un coup d'œil à Barnes tandis qu'elle s'éloignait d'un pas lourd.

— Tu crois qu'elle laissera Adam ramener quelque chose à la maison de nouveau ?

Barnes ricana.

— Tu sous-estimes à quel point elle a un cœur tendre, malgré son apparence d'acier. Tu verras, la prochaine fois qu'il aura quelque chose de petit et duveteux ayant besoin d'attention, elle sera la première à vouloir aider. Tu te souviens des chatons ?

Après avoir trouvé des places à l'avant de l'assemblée d'officiers, il feuilleta son carnet et fit craquer son cou.

Kay ne perdit pas de temps et se lança dans le briefing dès que le dernier sergent en uniforme se fut précipité vers eux.

— Bien, Gavin, qu'en est-il des caméras de surveillance concernant les derniers mouvements d'Alec Mingrove ?

— Elles ont été envoyées comme promis hier soir, chef, répondit l'enquêteur. J'ai commencé à les examiner ce matin. Heureusement, ils m'ont fourni les séquences montées, donc je n'ai pas à le faire moi-même. Jusqu'à présent, je n'ai rien vu qui me préoccupe près de la ville, donc je me demande s'il n'aurait pas été enlevé plus près de chez lui. Je te tiendrai au courant. Si je n'ai plus d'angles de caméra, je commencerai le porte-à-porte à partir du dernier endroit où on l'a vu.

— Ça me semble bien, merci. Est-ce qu'il y a quelque chose qui suggère qu'il aurait pu marcher le long du sentier de la rivière ?

— Pas encore.

Gavin grimaça.

— Espérons que non, car il y a très peu de caméras là-bas. Au fait, tu as vu qu'Edwin Moore a été cité dans cet article en ligne ce matin ?

Les sourcils de Kay se haussèrent.

— Non. Qu'avait-il à dire ?

— Heureusement, il n'a rien élaboré sur ce dont nous lui avons parlé, apparemment. C'est un peu court en contenu, pour être honnête.

Gavin sortit son téléphone portable et fit défiler l'application d'actualités jusqu'à ce qu'il trouve l'article.

— Voilà. Il dit : « Je connaissais Alec depuis l'école. Je n'arrive pas à croire qu'il soit parti. Pas comme ça. Il avait tout pour vivre, il devait commencer un nouveau job la semaine prochaine. C'était mon meilleur ami, je ne sais pas ce que nous allons faire sans lui. » L'article se termine avec le numéro de téléphone fourni par notre équipe médiatique au cas où quelqu'un aurait d'autres informations.

Barnes se retourna sur son siège lorsque la porte de la salle des opérations s'ouvrit, et Amanda Miller entra, une expression déterminée sur le visage.

Kay l'accueillit avec un sourire chaleureux, puis la présenta à l'équipe.

— Certains d'entre vous ont peut-être travaillé avec Amanda il y a quelques années, mais pour ceux qui ne l'ont pas fait, Amanda dirige notre équipe d'enquête en comptabilité judiciaire au quartier général. Son équipe a examiné les finances de chacune des trois premières victimes, y compris celles d'Angus Zilchrist, pour voir s'il y a un lien entre elles, et pour essayer de découvrir où mène ce lien.

— Merci.

Amanda ouvrit sa serviette et lui remit une série de dossiers.

— Tout cela sera envoyé par e-mail et ajouté à

HOLMES2 plus tard ce matin, mais j'ai pensé que vous aimeriez aussi avoir des copies papier.

Se tournant vers une nouvelle page de son carnet, Barnes réalisa qu'il retenait son souffle en attendant qu'Amanda continue. Cette femme avait été essentielle au succès de la précédente enquête sur laquelle ils avaient travaillé ensemble, alors sûrement qu'elle allait les aider à obtenir la percée dont ils avaient si désespérément besoin maintenant ?

— Je vais passer rapidement sur les parties ennuyeuses, vous pourrez les lire vous-mêmes plus tard, dit Amanda avec un sourire avant de se tourner vers le tableau blanc et d'esquisser un diagramme de ses découvertes tout en parlant. L'introduction du rapport pour chaque victime expose simplement les paramètres de nos recherches comme discuté avec l'inspectrice principale Hunter plus tôt cette semaine, et ensuite vous avez quelques pages sur la façon dont nous avons procédé à ces recherches. Je suis sûre que vous voulez tous juste entendre les résultats.

Un murmure d'approbation parcourut les officiers avant que la comptable judiciaire ne continue.

— La première partie de notre enquête consistait à déterminer avec quels prêteurs légitimes les trois victimes avaient des comptes, puis à faire le total de l'exposition globale à la dette. Cela inclut certains des nouveaux types de prêteurs, principalement associés aux achats en ligne, aux courtiers en prêts hypothécaires, ce genre de choses. Je suis heureuse de confirmer qu'aucun d'entre eux ne semble coupable de quoi que ce soit, à part peut-être quelques pratiques douteuses en ce qui concerne les vérifications des antécédents sur les dettes existantes avant d'encourager les gens à contracter un prêt avec eux. Nous avons transmis les détails de deux d'entre eux au médiateur financier.

Elle fit une pause et adressa un sourire reconnaissant à Laura lorsque l'enquêteuse lui tendit un verre d'eau.

— Merci. Alors, une fois que nous avions épuisé tous les prêteurs légitimes, il nous restait une anomalie qui apparaissait sur chacun des profils des victimes que nous avions créés. Chacune d'entre elles, sans exception, avait versé d'importantes sommes en espèces entre juillet dernier et janvier, mais elles avaient réparti le paiement entre plusieurs comptes, comme des cartes de crédit, des prêteurs hypothécaires, etc., de sorte que cela ne déclenche pas d'alerte. La plupart des banques limitent aujourd'hui les dépôts en espèces à mille livres à la fois, conformément aux réglementations anti-blanchiment d'argent.

Amanda se tourna vers Kay avant de poursuivre :

— Quelqu'un leur a dit de faire ça. Celui qui leur a prêté l'argent leur a dit de ne pas attirer l'attention sur eux. Normalement, je ne m'avancerais pas à dire ça, mais le modèle est trop évident entre les trois victimes pour l'ignorer. Comme je l'ai dit, les paiements sont répartis entre des comptes réguliers, mais ils arrivent tous le même jour dans chaque cas. Ils commencent par un montant plus important, disons quatre à cinq mille livres, puis il y a un ou deux montants plus petits après, pas plus de neuf cents livres. Certains de ces montants plus petits en espèces n'étaient pas nécessairement versés sur des comptes, mais nous avons pu voir d'après notre analyse que peut-être une ou deux fois par mois, chaque victime utilisait moins sa carte de débit, ce qui suggère—

— Qu'ils avaient de l'argent liquide supplémentaire à dépenser pour les nécessités, dit Barnes.

— Oui.

Il croisa les bras et regarda les flèches qui s'entrecroisaient sur le tableau blanc entre les photos des quatre victimes.

— Quelqu'un savait que ces personnes étaient désespérées. Quelqu'un qui était capable de prêter quelques milliers de livres à la fois...

— Et nous ne pouvons pas savoir comment parce qu'ils ont été payés en espèces.

Kay se pinça l'arête du nez et ferma les yeux un instant.

— On est foutus, n'est-ce pas ?

— Nous avons essayé plusieurs angles différents pour voir si nous pouvions trouver autre chose, mais j'ai bien peur que ce soit là l'essentiel, dit Amanda. Je suis désolée, je sais que ce n'est pas le résultat que vous espériez.

— Merci quand même, soupira Kay. Je me rends compte de l'effort que cela a demandé pour rassembler tout cela dans le temps imparti.

— Comme je l'ai dit, je vous enverrai tout par e-mail plus tard dans la matinée, dit Amanda en rassemblant ses affaires et en se dirigeant vers la porte. Et appelez-moi si vous avez d'autres questions.

Un silence stupéfait plana sur l'équipe une fois la porte refermée derrière elle, et Barnes surprit le regard anxieux de Kay alors qu'elle parcourait les notes désordonnées qui couvraient désormais le tableau blanc.

— À quoi tu penses, chef ?

— Celui qui fait ça est en train d'intensifier ses actions, n'est-ce pas ? dit-elle. Le corps de Preston a été caché pour qu'Angus le trouve, et pourtant Katrina et Alec, en partant du principe que nous trouverons le même type de prêts d'argent dans ses relevés financiers quand nous les aurons, ont été exposés publiquement. C'est comme si celui qui les a tués voulait faire de la publicité plutôt que de cibler une seule personne.

— C'est audacieux, dit Barnes. Ils semblent être incroyablement confiants de ne pas se faire prendre.

— Le sont-ils vraiment ?

Kay arpentait la moquette.

— Ou est-ce un signe de désespoir ? Je veux dire, nous n'avons jamais rien eu de tel auparavant, n'est-ce pas ?

— Nous n'avons pas eu la même méthode de meurtre, avec la torture et les coupures, dit Gavin. Pas depuis que je suis ici.

— Est-ce que quelque chose est ressorti des archives ?

— Rien, chef. C'était l'une des premières tâches que j'ai lancées sur HOLMES2 quand Katrina a été retrouvée.

— Ce qui m'inquiète, c'est pourquoi ces dettes sont réclamées maintenant.

Kay frappa ses phalanges contre le tableau puis se retourna pour faire face à son équipe.

— Qu'est-ce qui a changé au cours des trois derniers mois pour que celui qui a prêté cet argent en ait besoin si urgemment qu'il soit prêt à tuer certains de ses clients pour faire payer les autres ?

CHAPITRE 38

Gavin ouvrit la languette de la canette de boisson énergisante, le doux *pop* et le pétillement de l'air diffusant un arôme sucré sur son clavier.

Laura plissa le nez tandis qu'il avalait une gorgée.

— Mon Dieu, on sent le sucre d'ici. Pourquoi est-ce que tu ne bois pas du café comme tout le monde ?

— J'en bois. Parfois ce n'est pas suffisant.

— Tes dents vont pourrir.

— C'est ce que me dit ma mère.

Il reposa la canette et sourit.

— Et tu lui ressembles beaucoup.

Sa collègue lui donna une tape sur le bras, puis pointa les trois écrans d'ordinateur devant eux.

— Prêt à recommencer ?

— Allons-y.

Le menton posé dans sa main, le regard de Gavin passait d'un écran à l'autre, un balayage désinvolte des images qui l'aidait à rester alerte et à garder l'esprit ouvert à toute anomalie qui pourrait apparaître.

Il savait que Laura faisait de même, ils avaient déjà passé deux heures de leur matinée dans la salle d'observation à regarder les images des caméras du garage de Brian Melgren.

C'était plus calme ici, maintenant que les détenus de la nuit précédente avaient été traités et transférés.

Une porte claqua quelque part plus loin dans le couloir, et un sourire sardonique se forma sur ses lèvres alors que des pas lourds passaient devant la pièce.

C'était en tout cas plus calme que le vacarme de la salle des opérations à l'étage.

Laura bâilla.

— J'aimerais qu'on regarde plutôt les images de la ville. Ce type du garage aurait pu filtrer ces enregistrements, non ?

— Je suppose qu'on devrait déjà être reconnaissants qu'il ait tout gardé.

Il regarda sa montre, puis ses yeux se posèrent à nouveau sur l'écran.

— Mais au moins, on a les registres des visiteurs de l'entrepôt pour réduire le champ de recherche. Sinon, on serait encore là le week-end prochain.

— C'est vrai.

Elle soupira alors que l'enregistrement se figeait.

— Ok, passons au fichier suivant. Celui-ci date du week-end de Pâques.

— Ça semble être il y a une éternité, grommela Gavin. Et il faisait plus chaud qu'aujourd'hui.

— Ton bronzage s'estompe, c'est ça ?

— Très drôle.

Il se pencha en avant.

— Melgren n'a pas ouvert ce samedi-là. Il a dit que sa femme et lui avaient réussi à obtenir un séjour de dernière minute à Copenhague à moitié prix jusqu'au mercredi suivant. Tu peux accélérer les images aussi, Angus ne s'est pas inscrit ce jour-là avant treize heures trente.

Ils restèrent silencieux un moment, observant un flux constant de visiteurs aux unités de stockage dans des véhicules de différentes formes et tailles.

— On dirait que tout le monde a eu la même idée de faire un grand nettoyage de printemps ce week-end-là, murmura Gavin.

— Angus ne semblait pas s'arrêter longtemps lors de ses autres visites, n'est-ce pas ?

Laura jeta un coup d'œil à ses notes.

— Et celle qu'on vient de voir datait de février. Tu penses que c'est inhabituel qu'il ait attendu si longtemps avant cette prochaine visite ?

— Pas vraiment. Je veux dire, s'il était un peu accumulateur compulsif de toute façon, il a probablement juste entassé des trucs là-dedans et les a oubliés. Ce n'est pas comme s'il revenait vérifier, d'après ce que suggère ce registre.

— Combien de visites encore après celle-ci ?

Gavin baissa les yeux, puis se figea.

— Juste une, la veille de sa mort.

— Attends, regarde.

Laura mit l'enregistrement en pause.

— C'est Angus, n'est-ce pas ?

Sur l'écran, un fourgon de déménagement sombre et cabossé s'était arrêté à l'entrée de l'entreprise de stockage, et alors qu'il s'immobilisait, l'homme au volant regardait en direction du garage.

— Il n'a pas l'air content, dit Gavin.

— Pourquoi ne conduit-il pas sa voiture ? À qui appartient ce fourgon ?

Laura relança l'enregistrement à vitesse normale et ils regardèrent le fourgon avancer lentement jusqu'à ne plus bloquer l'entrée, puis le conducteur en sortit.

— Je ne peux pas voir les plaques d'immatriculation sous cet angle, mais il y a peut-être d'autres caméras de surveillance le long de la route. Je vais devoir vérifier.

— Qui est avec lui, Gav ?

— Je ne sais pas, mais il est bâti comme une armoire à glace, non ?

Il observa l'homme robuste qui se tenait à l'arrière du fourgon en train de parler avec Angus, les biceps de l'homme saillant sous un t-shirt sans manches alors que son crâne rasé brillait sous le soleil éclatant comme s'il transpirait.

Une autre voiture s'approcha lentement de l'entrée, puis tourna dans la cour de l'entrepôt et disparut de vue. L'homme fit un signe du pouce par-dessus son épaule et Angus se précipita à travers les grilles, revenant cinq minutes plus tard avec un chariot à palettes.

Gavin déglutit, son cœur battant la chamade. Malgré la boisson énergisante, sa bouche était sèche, et il retint son souffle.

Sur l'écran, Angus poussa le chariot vers les portes arrière du fourgon.

L'autre homme les ouvrit d'un coup et grimpa à

l'intérieur, le fourgon tangua sur sa suspension pendant un moment puis un grand objet apparut.

— C'est l'armoire, celle dans laquelle Preston a été retrouvé, s'exclama Laura.

Les deux hommes déplacèrent l'armoire sur le hayon élévateur, puis Angus appuya sur un bouton à l'arrière du fourgon pour le baisser.

Après deux minutes supplémentaires de manœuvres et de gestes énervés de l'autre homme, les deux hommes firent passer l'armoire en titubant à travers les grilles d'entrée de la cour de stockage.

— Pourquoi ne pas avoir conduit le fourgon dans la cour d'abord ? dit Laura. Ça leur aurait épargné des efforts.

— Il y a des caméras là-bas, rappelle-toi.

Gavin fit un signe de tête vers le fourgon à l'écran.

— Celui qui conduisait le fourgon le savait, mais ne savait pas que les fichiers ne sont pas conservés longtemps. Il ne voulait pas que les plaques d'immatriculation soient vues.

— Je ne vois pas de logos d'entreprise de location nulle part, et toi ?

— Non, donc soit c'est le véhicule du conducteur, soit ils l'ont emprunté.

Quinze minutes plus tard, les deux hommes revinrent, montèrent dans le fourgon et s'en allèrent.

— Preston était déjà dans cette armoire, n'est-ce pas ?

Laura arrêta l'enregistrement et fit pivoter sa chaise pour lui faire face.

— On pouvait voir qu'ils avaient du mal avec le poids, et ce n'était qu'un meuble bon marché.

— Je pense que oui.

Gavin se pencha en arrière et fixa l'écran noir.

— Mais le rapport de Harriet disait que le poids de son corps avait fait s'ouvrir les portes de l'armoire une fois que cette boîte avait été déplacée. Il n'y avait rien qui clochait avec les portes quand ils l'ont déplacée sur la vidéo, n'est-ce pas ?

— Je pense que le poids de Preston a dû se déplacer quand ils ont mis l'armoire dans l'unité et l'ont ensuite entourée de cartons.

Il soupira et jeta son stylo sur le bureau.

— Mais est-ce qu'Angus savait que Preston était à l'intérieur ? Ou rendait-il simplement service à l'autre type ?

— Quel service, Gav !

CHAPITRE 39

Kay parcourut les images imprimées des caméras de surveillance du garage en se mordant la lèvre.

Gavin et Laura se tenaient patiemment à côté d'elle pendant qu'elle réfléchissait, leurs visages tirés après avoir fixé les écrans d'ordinateur pendant si longtemps.

— Les enfants d'Angus avaient-ils une idée de qui il s'agissait ? demanda-t-elle finalement en épinglant les photos sur un second tableau blanc qui avait rejoint le premier à l'avant de la pièce.

— Nous sommes allés chez Richard plus tôt pour les lui montrer, mais il ne l'a pas reconnu, dit Gavin. Pareil pour Alana. Ils n'avaient aucune idée non plus à qui cette camionnette pouvait appartenir.

— Qu'en est-il des caméras de surveillance sous d'autres angles le long de cette portion de route ?

— Elles ont été demandées, chef, mais étant donné que c'est le week-end...

— Nous aurons de la chance si nous les voyons avant le milieu de la semaine.

Kay soupira.

— Au moins, nous avons une autre piste à suivre. Que prévoyez-vous de faire d'autre ?

— J'allais donner un coup de main à Ian avec des enregistrements de sécurité qui sont arrivés d'un des autres commerçants à côté de l'endroit où travaillait Katrina, dit Gavin en passant ses doigts dans ses cheveux en épis. Ils ont dû obtenir l'autorisation de leur siège social à Newcastle avant de nous les transmettre.

— Je vais demander à Kyle de l'aider avec ça, tu as besoin de te reposer, donc une fois qu'on aura fini ici, je ne veux pas te voir avant lundi. Ça vaut pour toi aussi, Laura.

— Entendu, chef, merci, dit Laura. Je pensais demander à certains agents en uniforme de passer en revue les relevés bancaires d'Alec Mingrove cet après-midi pour voir s'ils peuvent repérer un schéma similaire à celui qu'Amanda a identifié.

— Bonne idée. Avant de rentrer chez toi, tu peux rédiger un communiqué à envoyer aux associations locales qui s'occupent de la dépendance au jeu, des banques alimentaires, ce genre de choses, pour les avertir que nous pensons avoir affaire à une nouvelle organisation criminelle qui cible les personnes vulnérables ?

Kay se dirigea vers son bureau, les deux détectives sur ses talons.

— Fais attention à la formulation, je ne veux pas qu'ils fassent le lien avec notre enquête, mais nous devons nous assurer d'être proactifs. La dernière chose que nous voulons, c'est que davantage de personnes deviennent victimes de ceux qui sont derrière ces meurtres.

Laura hocha la tête.

— Je m'en occupe, puis je te l'enverrai par e-mail une fois terminé.

— Merci. Bien, je vous retrouve tous les deux lundi.

Kay se retourna vers son bureau, actuellement caché sous une pile de comptes-rendus de réunions du quartier général, quatre nouveaux rapports budgétaires qui nécessitaient sa révision et sa signature, et un tas de miettes provenant d'un demi chausson aux pommes.

Elle retint un gémissement.

Tout ce qu'elle voulait, c'était se concentrer sur la traque et l'arrestation d'un tueur, mais il semblait que ses supérieurs avaient d'autres idées pour son week-end.

Elle ramassa la pâtisserie, la fourra entre ses lèvres puis prit sa tasse de café tiède et son carnet et se dirigea à nouveau vers le tableau blanc.

Le café et le carnet furent posés sur un bureau à côté pendant qu'elle grignotait ce qui devrait constituer son déjeuner, tandis que son regard parcourait les notes et les photographies qui avaient été rassemblées.

— Qui diable es-tu ? murmura-t-elle entre deux bouchées en examinant l'homme chauve sur la photographie. Et comment connais-tu Angus ?

— Tu parles encore toute seule ?

Elle jeta un coup d'œil par-dessus son épaule à la voix de Barnes.

— Ça aide. Tu as déjà vu ce type auparavant ?

Son collègue scruta le tableau.

— Non. Je ne peux pas dire que je l'ai vu. Il s'agit d'une nouvelle personne d'intérêt ?

— Oui. Gavin et Laura l'ont repéré devant l'entrepôt pendant le week-end de Pâques en train d'aider Angus avec cette armoire. J'ai vu les images aussi. Vu la façon dont ils peinaient avec, nous supposons pour le moment que le corps de Preston était déjà à l'intérieur.

Barnes siffla doucement.

— Alors Angus savait... ?

— Ou il a été piégé ?

Kay épousseta ses doigts et attrapa le café.

— D'après les registres de l'unité de stockage, la prochaine fois qu'Angus y est allé, c'était la veille de sa mort.

— Mais le rapport de Harriet a confirmé que le corps n'avait pas été dérangé depuis qu'il avait été placé dans l'armoire. Angus n'aurait pas pu ouvrir la porte, découvrir ce qu'il y avait à l'intérieur et la refermer ensuite. Nous aurions pu le dire.

— Peut-être qu'on lui a parlé du corps, qu'il est allé voir par lui-même, mais qu'il a changé d'avis une fois sur place.

— Ou il le savait et a accepté de le cacher.

— Il y a ça aussi.

Kay vida le reste de sa boisson et prit son carnet pour feuilleter les pages.

— Est-ce que nous avons quelque chose qui suggère qu'Angus connaissait Preston, ou Katrina d'ailleurs ?

— Pas encore. Je peux avoir un autre mot avec Richard Zilchrist si tu veux ?

— Gavin lui a déjà parlé plus tôt pour voir s'il connaissait notre homme mystère. Il ne le connaît pas.

Barnes hocha la tête vers la photographie.

— Angus n'était pas très actif sur les réseaux sociaux, mais il a peut-être appartenu à une sorte de club social, ou bu régulièrement dans un pub particulier, quelque chose comme ça. Nous avons déjà épuisé le bureau de paris qu'il fréquentait en ville, et ils nous ont dit qu'Angus y allait toujours seul. Richard nous a dit quand nous lui avons parlé pour la première fois que son père avait arrêté de boire dans son repaire habituel, ce que le propriétaire a corroboré, mais il a dû aller ailleurs avant de commencer à manquer d'argent, non ? Lui et Preston se sont peut-être croisés quelque part.

— Ça vaut le coup d'essayer.

Elle jeta un dernier regard circulaire au tableau blanc.

— Je vais demander aux agents en uniforme de commencer là-dessus pendant que tu travailles sur les nouvelles images de caméras.

CHAPITRE 40

— Ce bureau n'a pas été conçu pour nous deux.

Kyle sourit à l'inspecteur à ses côtés.

— C'est intime, je vous l'accorde, chef.

Il se retourna vers le mur d'écrans, ses yeux passant de l'un à l'autre tandis que Barnes sirotait une tasse de thé et picorait les restes d'une salade de poulet.

Sur les moniteurs, une image granuleuse de Katrina Hovat apparut à l'écran, en train de se diriger vers le magasin où elle avait autrefois travaillé.

Elle paraissait minuscule, emmitouflée dans un gros cardigan qu'elle serrait autour d'elle, la tête baissée pendant qu'elle parlait au téléphone.

Elle s'arrêta avant d'atteindre les doubles portes vitrées, ignorant le fait qu'elles s'ouvraient automatiquement dans l'expectative, et elle tourna plutôt le dos au magasin, semblant se disputer avec quelqu'un.

— Est-ce que nous avons les relevés de cet appel de son opérateur mobile, chef ? demanda Kyle.

Sur l'écran, Katrina faisait les cent pas, sa main gesticulant vers son interlocuteur au bout du fil.

— Attends.

Barnes posa la canette et feuilleta une liste de numéros.

— Oui, le voici. Une des banques apparemment, c'est pour leur service de recouvrement basé à Leeds.

Kyle souffla.

— Difficile de penser qu'elle était morte un jour après ça. Elle n'avait aucune chance contre eux, n'est-ce pas ? Je veux dire, elle n'avait rien pour se défendre.

— Pas si ce type qui conduisait la camionnette avec Angus était impliqué, non.

Les deux hommes tombèrent dans le silence lorsque Katrina termina son appel, fit une pause comme pour rassembler ses pensées, puis entra à grands pas dans le magasin.

Tendant la main pour accélérer l'enregistrement, Kyle observa un flux constant de clients entrer et sortir par les portes principales, certains réapparaissant quelques instants plus tard avec des sacs chargés de bonnes affaires, d'autres luttant avec des articles plus volumineux avant de les caler tant bien que mal à l'arrière de leur voiture.

Il se tortilla sur son siège et risqua un coup d'œil en biais à l'homme à côté de lui.

Barnes avait toujours été quelqu'un qu'il admirait, depuis qu'il avait commencé sa carrière dans la police du Kent, et ce n'était pas comme si l'homme retenait ses opinions, alors...

— Chef ? Je peux vous demander quelque chose ?

Les yeux de l'inspecteur restèrent fixés sur l'écran.

— Bien sûr.

— Vous pensez que je devrais postuler pour passer l'examen d'enquêteur ?

Barnes se tourna vers lui et haussa un sourcil.

— Peut-être. Qu'est-ce qui t'amène à y penser ?

— Philip et moi en parlions avant qu'il ne soit tué, nous allions tous les deux nous inscrire. Je me disais...

Il s'interrompit et regarda ses mains un instant.

— Je pense que j'ai besoin de quelque chose comme ça pour me concentrer. Quelque chose dans quoi me plonger, vous voyez ?

Le détective plus âgé sourit, son attention de retour sur l'enregistrement.

— Alors je pense que ce serait une excellente idée. Pour être honnête, je ne suis pas surpris que tu veuilles le faire. Tu as fait beaucoup de chemin depuis que tu étais stagiaire, et je sais que Kay parle en bien de toi.

— Merci, chef.

La chaleur monta aux joues de Kyle, puis il fit un léger signe de tête.

— Ok. Je déposerai ma candidature la semaine prochaine. Ensuite—

— La voilà.

Barnes se redressa.

— Elle doit être en pause ou quelque chose comme ça.

— J'ai jeté un coup d'œil aux déclarations du magasin. Sa manager, ou responsable, je ne me souviens plus, a dit que dans les dernières semaines de sa vie, elle passait plus d'appels que d'habitude, répondit Kyle. Regardez l'horodatage. Il n'est que neuf heures quarante-cinq.

— Elle est de nouveau au téléphone, regarde.

Ils observèrent Katrina se blottir contre le côté du bâtiment, cachée derrière un présentoir de grands pots de jardin, le téléphone à l'oreille.

— C'est une autre société de cartes de crédit qu'elle appelle, dit Barnes en pointant du doigt les relevés téléphoniques.

Puis, à peine une minute plus tard, une femme vêtue d'une chemise d'uniforme assortie sortit du magasin d'un pas décidé et lui fit un signe, l'air impatient.

— C'est l'une des superviseuses, murmura Barnes. Je la reconnais de quand nous avons parlé à la manager de Katrina.

Katrina suivit l'autre femme d'un pas traînant, les portes se refermant derrière elles.

Ils passèrent la demi-heure suivante à arrêter l'enregistrement, notant les moments où Katrina réapparaissait. Les derniers présentoirs extérieurs furent rentrés par deux autres employés alors que Katrina quittait le travail pour la journée.

— Bon. C'est tout alors.

Entendant la déception dans sa propre voix, Kyle tendit la main pour arrêter l'enregistrement.

— Attends.

Il se figea alors que Barnes pointait l'écran.

Une femme, plus grande que Katrina grâce aux talons qu'elle portait, s'était approchée d'elle et gesticulait maintenant de façon agressive.

— Qui est-ce ?

L'inspecteur lui prit la souris et agrandit la fenêtre de l'application.

— Je ne la reconnais pas, et toi ?

— Qui que ce soit, elle n'est pas contente de quelque chose.

— Tu penses que c'est une cliente ?

Barnes glissa ses lunettes de lecture et essaya d'incliner la tête pour mieux voir.

Kyle parcourut ses notes, puis secoua la tête.

— Je ne me souviens pas avoir vu quelqu'un habillé comme ça entrer dans le magasin aujourd'hui.

Barnes rangea ses lunettes dans sa poche, croisa les bras et se pencha en arrière dans sa chaise tandis que la femme finissait de parler et s'éloignait d'un pas vif.

— Recommence. Regarde comment Katrina reste simplement là.

— Elle a l'air choquée.

— Non, elle a l'air terrifiée.

———

— Qu'est-ce que vous en pensez ?

Le bruit dans la salle des opérations s'était réduit à un faible murmure de voix tandis que Kyle tenait le téléphone à l'oreille et faisait tourner un ballon de football en feutre souple entre ses doigts, le lançant en l'air pendant qu'il attendait.

Un coucher de soleil de plus en plus profond baignait la moquette à côté de ses pieds, le bruit de la circulation à l'extérieur changeant alors que les acheteurs et les touristes quittaient la ville pour la journée et que les rues devenaient plus calmes avant que tous les pubs et les boîtes de nuit ne deviennent bruyants.

Il réprima un sourire désabusé en se souvenant de ses

premiers jours à patrouiller dans ces mêmes rues, à gérer les conséquences.

Une toux polie à l'autre bout du fil interrompit ses pensées.

— Euh, je ne pense pas que ce soit possible, pas avec l'angle ou la qualité de cet enregistrement, dit Andy Grey. Il n'y a aucun moyen d'améliorer ce que vous avez ici, pas sans que l'image ne devienne complètement pixelisée. Certainement pas d'une manière qui vous permettrait de faire lire sur les lèvres ce qu'ils disent, en tout cas.

— Merde.

Kyle jeta la balle sur son bureau, où elle rebondit sur le clavier et heurta un pot à crayons à côté de son ordinateur.

— Je pensais qu'on tenait quelque chose.

— Désolé de ne pas pouvoir vous aider.

— Non, ce n'est pas grave. Désolé d'avoir interrompu votre week-end.

Kyle raccrocha et fit rapidement défiler les nouveaux e-mails qui étaient apparus.

— Qu'est-ce qu'il a dit ?

Barnes s'approcha, deux petites boîtes de pizza à la main.

— Tiens.

— Merci, chef.

Il ouvrit le couvercle, sortit une part et y planta ses dents, le fromage chaud et le pepperoni envoyant ses papilles gustatives au septième ciel.

— Il dit que c'est impossible.

— Merde alors.

— Ouais, j'ai dit quelque chose comme ça.

Ils mangèrent en silence pendant un moment, chacun perdu dans ses pensées.

— Bonne nuit, chef.

Barnes fit un signe de tête à un agent en uniforme qui passait, puis reporta son attention sur sa pizza.

— Il n'y a pas d'autres dossiers en suspens concernant ce parking, n'est-ce pas ?

— Non. Ce lot de l'autre magasin était le seul qu'on attendait encore.

Kyle réprima un rot et prit la dernière part en retenant un bâillement.

— Et j'ai recoupé les autres fichiers pendant que vous étiez sorti chercher la pizza, je peux les voir toutes les deux dans une autre prise de vue de ce magasin de meubles d'à côté, mais quand elles finissent de parler, cette femme contourne le bloc d'immeubles et on ne la revoit plus.

Barnes ferma le couvercle de sa boîte à pizza et la posa à côté de la poubelle près du bureau, l'arôme gras flottant encore dans l'air.

— Elle a donc dû partir en voiture, mais par une autre sortie que la principale.

— J'ai pensé à ça aussi. Mais il n'y a pas d'angles de caméra.

Kyle avala la dernière bouchée de sa pizza et s'essuya les doigts avec une serviette en papier.

— Donc on est foutus.

Il leva les yeux lorsque la porte de la salle des opérations s'ouvrit et que Kay entra à grands pas, le visage assombri.

— Chef, dit Barnes. Tout va bien ?

— Les agents en uniforme ont parlé à Richard Zilchrist, répondit-elle. Il a suggéré qu'Angus aurait pu occasionnellement socialiser avec des membres de son ancien club de golf, mais ça n'a rien donné. Quand l'équipe s'y est rendue, il s'avère qu'Angus a annulé son adhésion il y a des semaines et n'a pas été vu depuis. Ils ont même vérifié les registres des visiteurs. Rien.

Elle s'appuya contre le bureau libre à côté de Barnes puis fixa l'écran de Kyle.

— Qui est-ce ?

Il attendit que Barnes la mette au courant, et observa comme une lueur d'intérêt se transformait en une inquiétude croissante.

— Est-ce que quelqu'un du magasin où travaillait Katrina l'a reconnue ? demanda-t-elle.

— Nous avons parlé à la manager et aux superviseurs, dit Barnes. Ils disent tous que non.

— Et pour être honnête, vu comment elle est habillée... elle n'a pas l'air d'une cliente, ajouta Kyle.

— Et les réseaux sociaux de Katrina ? Rien là-dedans ?

— Rien que nous ayons pu voir dans ses amis ou ses abonnés, non.

— Vous pouvez imprimer ça et le mettre sur le tableau pour le briefing de lundi ? demanda Kay. Il n'y en aura pas demain parce qu'il n'y a presque personne de disponible sur le planning.

— On s'en occupe, chef, dit Barnes.

— On pourrait repasser en revue tous les profils de réseaux sociaux de nos victimes demain, dit Kyle en voyant la frustration sur le visage de l'inspectrice principale. Même si elle n'est pas listée comme amie ou abonnée, elle pourrait apparaître sur une photo avec l'une d'entre elles.

— Bonne idée. Faites ça.

Kay pointa l'écran du doigt.

— Quand est-ce que ça a été pris ?

— Le vendredi après-midi où elle a été tuée, répondit Barnes. Selon notre chronologie, Katrina est allée directement d'ici à la maison des Brassick.

— Eh bien, qui qu'elle soit, nous devons la trouver, et vite. C'est peut-être la dernière personne à avoir vu Katrina vivante.

CHAPITRE 41

Les premiers filets de chaleur s'élevaient de l'asphalte du parking lorsque Kay s'arrêta près d'un banc en bois pour relacer ses chaussures de sport.

Derrière elle, près du petit café qui servait les visiteurs de Mote Park, un homme âgé sur une balayeuse motorisée allait et venait, le front plissé de concentration tandis que sa tête se balançait au rythme de la musique qu'il écoutait sous les protège-oreilles fournis par la municipalité.

Un écureuil jaillit de la base d'un buisson d'aubépine à son approche, traversa en courant les bords terreux du parking, puis grimpa à toute vitesse sur un chêne à proximité avant de disparaître.

Au-delà du parking, les bruits paresseux d'une ville en train de s'éveiller un dimanche matin ensoleillé commençaient à parvenir à Kay, le bruissement occasionnel de la circulation sur l'A20 portant jusqu'à l'endroit où elle se tenait.

Après avoir étiré ses jambes et balancé ses bras pour assouplir ses muscles, elle leva la main pour saluer l'employé municipal, vérifia une dernière fois qu'elle avait bien fermé sa voiture, puis partit d'un pas de course confortable.

Habituellement, elle aurait couru depuis chez elle jusqu'ici, mais dans les circonstances actuelles, elle prévoyait d'aller directement à la salle des opérations en passant par les douches du commissariat et d'essayer de passer en revue tous les rapports qu'elle devait envoyer au quartier général le lendemain.

Il y avait tout simplement trop à faire, trop de fils à démêler dans l'enquête sur les meurtres.

Kay expira alors qu'une pente douce la menait à travers une clairière ouverte vers le lac au bord nord du parc.

Suivant la bifurcation de gauche, elle sentit l'inclinaison s'aplanir, puis accéléra son rythme.

À sa droite, le lac s'étendait sur toute la longueur du parc, ses eaux alimentées par la rivière Len qui traversait le comté en direction de la plus grande Medway.

Des canards pagayaient joyeusement vers elle, puis lui tournèrent le dos en réalisant qu'elle n'avait pas de nourriture, tandis qu'un couple de cygnes plongeait leurs longs cous et fouillait sous l'eau.

— Bonjour.

Elle hocha la tête en réponse au duo de coureurs masculins qui passait, peu disposée à rompre sa foulée maintenant qu'elle avait trouvé un rythme confortable. Leurs voix s'évanouirent au loin alors qu'ils poursuivaient leur conversation, tandis que Kay allongeait ses pas et suivait le chemin qui tournait à droite.

Un ensemble hétéroclite de pédalos avec des proues en

forme de cygnes était amarré à un ponton en béton, à se balancer sous une légère brise qui traversait l'eau et effleurait ses bras nus avant qu'elle ne passe devant une crique tranquille où un vieux labrador barbotait joyeusement sous le regard de ses propriétaires.

Le chemin commençait à monter à nouveau, le parcours circulaire cédant la place à un espace ouvert alors qu'elle émergeait de sous la canopée d'un saule pleureur et revenait vers le parc surplombant le lac. Cherchant une route qui la mènerait le long du bord est et plus loin du centre-ville, elle essuya la sueur de son front et tenta de son mieux d'ignorer les douleurs qui commençaient à pincer ses mollets.

Elle pouvait le sentir maintenant, la tension qui commençait à s'atténuer dans ses épaules, son rythme cardiaque qui pulsait à chaque mètre qu'elle parcourait, et son esprit se tournait à nouveau vers l'enquête.

Si elle n'y prenait pas garde, ses supérieurs à Gravesend commenceraient bientôt à scruter ses actions à ce jour, et s'interrogeraient sur les raisons pour lesquelles il n'y avait pas eu de percée malgré le fait qu'ils l'aient handicapée avec des effectifs inadéquats pour en réaliser une.

C'était un jeu d'équilibre, tout cela.

Surtout quand son équipe était déjà surchargée de travail.

Elle se rappela leur détermination acharnée, leur désespoir de trouver celui qui était animé d'une telle rage pour déchirer tant de vies humaines.

Pas seulement les vies de leurs victimes, mais aussi celles de ceux qui restaient.

Kay commença à balancer ses bras alors qu'elle prenait un virage doux et passait en trombe devant le temple de pierre en dôme qui surplombait l'étendue herbeuse, pour se diriger vers le parking.

Ses ongles s'enfoncèrent dans ses paumes.

Était-elle coupable d'en attendre trop de son équipe, peut-être ?

Toutes les demandes du quartier général concernant les budgets, les plannings et les changements de personnel pour les six prochains mois avaient-elles obscurci son jugement ?

Parce qu'ils avaient manqué quelque chose, quelque part, elle en était sûre.

Deux personnes étaient maintenant liées à l'enquête sur le meurtre, et pourtant ils ne savaient rien d'elles.

À commencer par la femme qui avait été vue en train de réprimander Katrina devant son lieu de travail, puis l'homme qui avait aidé Angus à déplacer l'armoire dans l'unité de stockage.

Kay atteignit sa voiture, haletante, la déverrouilla et tendit le bras à l'intérieur pour saisir une bouteille d'eau en acier inoxydable dans la console centrale. Avalant un quart de son contenu, elle s'appuya contre la portière tandis que son rythme cardiaque revenait à la normale et elle contempla les arbres parsemés dans le parc, l'esprit vagabond.

Ses pensées se figèrent lorsqu'elle vit la gérante du café décharger quatre cartons de l'arrière d'une voiture à hayon, la femme soufflant sous l'effort. Les cartons étaient estampillés du logo du fournisseur et des étiquettes de coursier étaient collées partout à l'extérieur, le ruban d'emballage brun brillant alors qu'il captait la lumière pendant qu'elle travaillait.

Après avoir pris une autre gorgée d'eau, Kay posa la bouteille et se pencha en avant, les mains sur les genoux.

Elle respira profondément tandis que l'oxygène se frayait progressivement un chemin dans son corps fatigué, et un sourire commença à se former.

Peut-être que la paperasse pouvait attendre.

Peut-être qu'elle passerait la journée à être une détective, pas une gestionnaire.

CHAPITRE 42

— Merci d'être venu me chercher.

Kay jeta son sac sur le plancher de la voiture de service et s'attacha tandis que Barnes reprenait la route.

— Pas de problème. C'est une bonne excuse pour sortir quand il fait un temps pareil.

Barnes remonta ses lunettes de soleil sur son nez et s'engagea sur la route principale.

— Où veux-tu aller ?

— À l'entrepôt de stockage. J'ai appelé à l'avance, Will Clyborne travaille aujourd'hui et je veux lui parler.

Kay feuilleta ses notes, lisant les griffonnages hâtifs qu'elle avait faits avant de prendre sa douche après son jogging.

— Je veux voir s'il connaît le type que Gavin et Laura ont vu aider Angus avec l'armoire.

— Ils reviennent demain, chef.

— Je sais.

Kay donna un coup de poing sur le rebord de la

portière pendant qu'ils attendaient que les feux de signalisation sur l'A20 passent au vert.

— Mais ça ne peut pas attendre.

Il fronça les sourcils.

— Les vautours tournent déjà ?

— Pas encore, répondit-elle, incapable de réprimer un sourire à sa référence à leurs supérieurs du quartier général. Sharp va les tenir à distance encore un peu, il n'a pas encore oublié ce que c'est. Mais ils viendront, Ian. Ils viendront.

— Et tu ne veux pas qu'ils prennent le contrôle.

— Non, je ne veux pas. Je le dois à Katrina, à eux tous, de découvrir qui diable est responsable de leur mort. Et ensuite, je vais m'assurer qu'ils soient enfermés pour très longtemps.

— On fait de notre mieux, chef.

— Je sais que vous faites tous de votre mieux.

Elle expira alors que les feux passaient au vert et qu'il accélérait.

— Mais j'ai l'impression d'avoir été submergée par le rôle de chef, pas de détective ces derniers temps.

Il sourit.

— Ah, alors c'est de ça qu'il s'agit aujourd'hui. Tu es juste jalouse du reste d'entre nous.

— Bon sang, c'est si évident que ça ?

———

— Gavin et Laura ont-ils vu ce type sur d'autres séquences ? demanda Barnes alors qu'ils marchaient vers le petit bureau miteux qui servait à l'entreprise de stockage.

— Pas sur les enregistrements qu'on nous a donnés, non.

Kay plissa les yeux contre le soleil éclatant qui tachetait le sol en béton.

— Mais je me demandais s'il pourrait reconnaître la camionnette, ou si on lui montrait une photo de l'homme qu'ils ont vu...

Elle s'arrêta alors qu'il levait un sourcil.

— Je sais, ce n'est pas gagné.

— Qui ne tente rien n'a rien, chef.

Il ouvrit la porte et se tint sur le côté pour la laisser entrer dans le bureau en premier.

Will Clyborne jeta un coup d'œil par-dessus l'épaule d'un client au comptoir et fit un léger signe de tête.

— Je suis à vous dans un instant.

Kay se détourna et fit face à la fenêtre, son regard errant sur la ligne d'unités qui s'étendait aussi loin qu'elle pouvait voir.

Il y a quelques années encore, le site avait été laissé à l'abandon après qu'une vieille entreprise manufacturière avait cessé ses activités, la zone séparée de la route par une clôture de barbelés délabrée qui ne réussissait qu'à ne rien tenir à l'écart et à servir de verrue dans le paysage.

Elle avait été aussi surprise que de nombreux autres résidents locaux lorsque l'entreprise de stockage nationale avait acheté le site, démoli les entrepôts en décomposition et planté une série de conteneurs d'expédition empilés à leur place.

Vu le nombre de voitures qui passaient par les portes d'entrée aujourd'hui, les affaires marchaient bien.

La porte du bureau claqua sur son ferme-porte automatique et elle jeta un coup d'œil par-dessus son épaule vers Will.

— Les affaires vont bien ?

Il leva les yeux au ciel et s'éloigna du comptoir.

— J'aimerais bien. C'était encore un curieux. J'ai eu plus de curieux que de vrais clients depuis qu'on a trouvé le corps de ce type.

— Ça arrive, malheureusement, dit Barnes. Ils finiront par perdre intérêt.

— Qu'en est-il de vos clients habituels ? demanda Kay. En avez-vous perdu beaucoup ?

— Non, mais c'est probablement seulement parce que la plupart d'entre eux ne veulent pas s'emmerder à trouver un autre endroit et ensuite déplacer toutes leurs affaires.

Will sourit.

— Enfin bon, que vouliez-vous aujourd'hui ?

Barnes sortit une capture d'écran des images de surveillance qui montrait le grand homme chauve à côté d'Angus Zilchrist.

— Reconnaissez-vous cet homme à gauche ?

— Non. C'est celui qui a loué l'unité qui se tient avec lui, n'est-ce pas ? Je le reconnais d'une autre photo que l'un des vôtres m'a montrée la semaine dernière.

Ses yeux s'élargirent.

— Bon sang, c'est l'armoire dans laquelle on a trouvé le type mort ?

— Nous le pensons, oui, dit Kay. C'est pour ça que nous sommes impatients de lui parler.

— Je parie que oui.

— Cette photo a été prise en avril. Pouvez-vous confirmer qui travaillait ici le même jour ?

— Bien sûr. Venez par ici pendant que je vérifie le système.

Kay attendit patiemment pendant qu'il faisait défiler les horaires de l'entreprise, pour n'être récompensée que par un froncement de sourcils perplexe.

— On dirait que c'était juste moi ce jour-là, dit Will. Beth, qui m'aide parfois, était en vacances cette semaine-là. Et je me souviens que j'avais deux clients qui vidaient des unités alors c'était vraiment occupé. C'est probablement pour ça que je ne me souviens pas de les avoir vus déplacer cette armoire. Ça explique aussi pourquoi ils étaient garés sur la route, parce qu'il y avait au moins quatre camions de déménagement garés ici à un moment donné. Je me souviens de ça. C'était l'enfer.

— Et vous êtes absolument sûr que vous n'avez pas de caméras le long de la rue auxquelles vous avez accès ?

— Nous n'en avons pas, non, cette clôture ondulée empêche quiconque d'entrer, surtout avec le fil barbelé le long du haut. Seuls moi et les deux autres employés à temps plein avons le code du portail.

Kay ravala sa déception tandis que Barnes remettait la photographie dans sa poche et réussit à esquisser un petit sourire.

— Merci pour votre temps.

— Merde, murmura Barnes entre ses dents une fois qu'ils furent dehors. Et j'ai fait vérifier par Dave Morrison, il n'y a définitivement pas de caméra de surveillance face à la rue sous des angles différents, donc on ne peut pas avoir une vue claire de la plaque d'immatriculation de cette camionnette.

Kay passa le portail ouvert, puis s'arrêta sur le trottoir alors qu'un flot constant de trafic passait.

— Et elle n'a pas été repérée par des caméras sur les routes principales en sortant d'ici ?

— Non, donc ça signifie qu'ils ont probablement coupé par les rues secondaires, grimaça Barnes. Remarque, deux caméras étaient cassées et attendaient une équipe de maintenance cette semaine-là, donc...

— Bon sang.

Kay se mordit la lèvre.

— Très bien. Il y a un dernier endroit où j'aimerais aller aujourd'hui, mais pendant que je conduis, tu peux appeler la salle des opérations et demander à une équipe de se rendre à l'ancien bar d'Angus et au club de golf pour voir si quelqu'un reconnaît ce type ?

— Les uniformes pourraient faire ça demain, chef.

— On ne peut pas attendre si longtemps, Ian. J'ai peur qu'on se retrouve avec une autre victime d'ici là.

CHAPITRE 43

Kay remonta ses manches et traversa le parking du centre commercial, la mâchoire serrée.

Le bruit des chariots métalliques sur l'asphalte emplissait l'air, mêlé aux cris occasionnels d'un bambin ennuyé et aux voix stressées des parents en train d'essayer de faire sortir leurs enfants plus âgés des animaleries avant qu'ils ne succombent aux supplications pour un lapin ou un cochon d'Inde.

Un jeune couple se disputait devant le magasin de literie, la femme faisant de son mieux pour équilibrer trois coussins blancs et moelleux dans ses bras tandis qu'un sac de courses bien rempli se balançait à son poignet alors qu'elle se dépêchait de rattraper son petit ami exaspéré.

S'arrêtant sous l'auvent du magasin de literie, Kay se tourna vers le parking du personnel et leva les yeux.

La caméra qui avait filmé Katrina Hovat en train de se disputer avec la femme mystérieuse était positionnée au-dessus d'elle, son objectif captant la lumière du soleil de milieu d'après-midi.

Une toile d'araignée couverte de débris de feuilles anciens s'accrochait au support fixé à l'arrière, et Kay plissa les lèvres à la vue de l'objectif sale.

— C'est celle-ci qui a capté les images, Ian ?

— Oui.

Il pointa plus loin le long du bloc de bâtiments.

— Les deux autres sont sous l'avant-toit là-bas, tu les vois ?

— Donc c'est ici que cette femme a disparu après avoir parlé à Katrina...

Kay contourna le coin, jetant un coup d'œil à une rangée peu profonde de bennes de recyclage de taille industrielle.

— À quelle fréquence sont-elles vidées ?

— Chaque semaine. Les agents en uniforme ont réussi à fouiller le dernier lot avant le ramassage.

Il donna un coup de pied dans un caillou et le regarda avec colère rouler au loin.

— Ils n'ont rien trouvé.

Elle leva les yeux.

— Et celle-ci au-dessus de la porte de service ?

— L'angle n'était pas bon, j'ai vérifié moi-même. Qui qu'elle soit, elle a gardé la tête tournée pour que la caméra ne capte pas correctement ses traits.

Kay continua au-delà des bennes, examinant le carton et les emballages plastiques débordants qui avaient été retirés de divers articles de stock, puis elle porta son attention sur une bordure basse de haies de charmes et de jasmins.

Un passage avait été taillé au milieu de la haie vers un trottoir bordant une route de service, et elle s'arrêta un moment pour observer les différentes entrées des autres commerces.

Il n'y avait aucune caméra de vidéosurveillance en vue.

— Merde.

Barnes jura entre ses dents en se frayant un chemin à travers les plantes dépenaillées, tandis qu'il libérait son pantalon d'une épine tenace, puis il la rejoignit.

— Elle aurait pu aller n'importe où à partir d'ici, dit Kay en désignant d'un signe de tête le bout de la route. Cette route mène en ville ou vers la M20 dans l'autre sens, et nous ne savons même pas ce qu'elle conduisait.

— Si elle conduisait.

Kay secoua la tête.

— Je n'imagine pas qu'elle ait marché, pas toi ? Elle ne semblait pas être le genre de personne qui marcherait jusqu'ici. Pas avec les talons qu'elle portait sur ces images, en tout cas.

— Je travaillerai avec les agents en uniforme demain matin pour savoir si des membres du personnel des magasins du coin la reconnaissent.

Barnes tenta un regard plein d'espoir, sans succès.

— On va essayer, en tout cas.

Un sentiment de frustration envahit Kay en réalisant que malgré ses meilleures intentions, elle faisait face aux mêmes problèmes que son équipe. Quiconque avait accosté Katrina avait disparu sans laisser de trace.

— C'était une perte de temps, murmura-t-elle. On l'a perdue dès qu'elle a tourné au coin de ce bâtiment, n'est-ce pas ?

— Ça valait le coup de vérifier, chef, dit Barnes.

Il fronça les sourcils lorsque son téléphone commença à vibrer dans sa poche.

— C'est Kyle.

Kay s'approcha tandis qu'il répondait en mettant le haut-parleur.

Le jeune agent de police n'y alla pas par quatre chemins.

— Inspecteur, je suis au club de golf, celui dont Angus Zilchrist était membre. Il y a un type ici qui dit connaître l'homme sur la photo, celui qui déplaçait l'armoire avec Angus.

———

Vingt minutes plus tard, Kay se précipita à travers les doubles portes vitrées et entra dans le spacieux salon des membres d'un vaste terrain de golf à la périphérie de Maidstone.

Un comptoir de réception en acajou s'étendait sur le côté gauche de la pièce tandis que plusieurs canapés en cuir et fauteuils à oreilles entouraient une table basse au centre de l'espace.

Elle repéra Kyle Walker assis sur l'un des canapés à côté d'un homme d'environ soixante-dix ans qui semblait déconcerté par cette soudaine attention.

L'agent de police se leva à son approche, fit un signe de tête à Barnes et fit les présentations.

— Chef, voici George Lamplighter.

Kay ne perdit pas de temps et désigna la photographie posée sur une table basse à côté d'un menu de déjeuner relié en cuir.

— J'imagine que vous reconnaissez l'homme à droite sur la photo. De qui s'agit-il ?

— Je ne suis pas sûr, répondit-il.

L'homme tira sur son lobe d'oreille.

— Mais comme je le disais à votre collègue, je me souviens avoir vu Angus lui parler là-bas sur le parking il y a quelques semaines. Nous avions convenu de nous retrouver pour jouer un matin, c'est généralement calme ici le dimanche comme aujourd'hui, et de temps en temps nous jouions une partie puis déjeunions. Ils font un excellent rôti.

— Quand était-ce ?

— Le quinze mai.

L'homme se redressa sous le regard scrutateur de Kay, puis pointa Kyle du doigt.

— Je lui ai montré le calendrier sur mon téléphone.

— D'accord. Que s'est-il passé ?

— On aurait dit qu'ils se disputaient à propos de quelque chose. Je me souviens qu'Angus s'est détourné de moi, mais pas avant que je ne le voie pâlir. Comme s'il avait eu un choc. L'homme lui parlait à voix basse, je ne pouvais pas entendre ce qui se disait.

— Combien de temps ont-ils parlé ?

— Pas plus de quelques minutes. Quand il est parti, Angus est resté là un moment sans rien faire. Puis il a semblé prendre une décision et il est revenu vers ma voiture.

Lamplighter baissa les yeux sur ses mains.

— J'étais gêné pour lui en fait, alors j'ai juste fait semblant de continuer à sortir des choses du coffre de ma voiture. Il a essayé de prendre ça à la légère, mais je pouvais voir qu'il était plutôt secoué.

— Angus a-t-il dit qui c'était ?

— Pas de nom, non. Il a juste dit que c'était quelqu'un qu'il connaissait vaguement et qu'il y avait eu un malentendu à propos de quelque chose, c'est tout. Il a changé de sujet après ça, et je n'ai pas voulu insister.

Lamplighter esquissa un sourire timide.

— Je l'ai quand même écrasé ce jour-là, son jeu était complètement déréglé.

— Est-ce qu'il semblait avoir du mal à se concentrer ?

— Il était complètement ailleurs. Et avant que vous ne demandiez, oui, c'était inhabituel pour Angus. C'était dommage aussi, c'était la dernière fois qu'il venait ici.

— Il n'a plus jamais joué ?

— Il a annulé son adhésion le lendemain.

CHAPITRE 44

Kay planta une épingle dans une nouvelle copie de la photographie de la femme extraite de l'enregistrement des caméras de surveillance et elle fit un pas en arrière pour observer le tableau blanc.

Derrière elle, un flot constant d'officiers se déversait dans la salle des opérations, un contingent complet les rejoignant maintenant que le week-end était terminé et qu'un nouveau roulement avait commencé.

Telle était leur impatience de reprendre l'enquête et de trouver le tueur que certains ajustaient leurs manches de chemise à la dernière minute ou retiraient leur casque de vélo tout en se dirigeant vers leur bureau, pressés de commencer le briefing du matin.

Dave Morrison passa une main dans ses cheveux encore humides de la douche tout en parlant à voix basse à Nadine Fenning, les deux officiers semblant revigorés après un peu de temps libre, même si lorsque Nadine rejoignit Kyle près de la machine à café, Kay pût entendre la jeune stagiaire commenter la quantité de mises à jour de la base de données HOLMES2 qu'elle devrait éplucher pour se mettre à jour.

Kay se détourna, attendant que Barnes rassemble l'équipe autour d'elle.

— Ça prend trop de temps, marmonna-t-elle en fixant la deuxième image qui montrait l'homme mystérieux aux côtés d'Angus Zilchrist. Et nous n'avons toujours rien, et nous ne savons toujours pas qui sont ces deux-là.

— Chef, les agents en uniforme ont déjà commencé à interroger le personnel du magasin où travaillait Katrina dans le centre commercial pour voir si quelqu'un reconnaît cette femme, mais jusqu'à présent, ils n'ont pas eu de chance, dit Barnes. Ils font actuellement le tour des autres boutiques au fur et à mesure qu'elles ouvrent.

— Merci, Ian.

Elle soupira.

— Je ne me fais pas trop d'illusions cependant.

— Debbie a dit qu'elle avait entendu dire que Sharp serait là plus tard aujourd'hui.

Elle força un sourire.

— Que personne ne s'inquiète, je ne le laisse pas encore prendre le contrôle de cette affaire. Oui, il vient ici pour une mise à jour, mais ce ne sera pas à lui de décider de faire intervenir une tierce partie. Cela viendra de quelqu'un plus haut placé.

— Tu penses qu'il nous reste combien de temps avant qu'ils ne le fassent ?

— Pas longtemps.

Elle jeta un coup d'œil par-dessus son épaule alors que les derniers membres de l'équipe prenaient place.

— Bien, commençons.

Gavin et Laura prirent leurs positions habituelles sur le côté du groupe d'officiers rassemblés, leurs yeux parcourant le tableau blanc tandis qu'ils essayaient de déterminer ce qu'ils avaient pu manquer pendant le week-end. Kay leur adressa un bref signe de tête, puis prit l'ordre du jour préparé par Debbie et s'éclaircit la gorge.

— Pour ceux d'entre vous qui n'étaient pas là ces deux derniers jours, je crains que nous n'ayons pas fait beaucoup de progrès en votre absence. Nous avons parlé à un autre témoin qui joue au golf dans le même club où Angus Zilchrist avait l'habitude d'aller, et il a confirmé que l'homme qui apparaît sur les images de vidéosurveillance avec Angus lorsqu'ils ont déplacé l'armoire dans l'unité de stockage a également été vu au club de golf. Malheureusement, le club ne dispose d'aucune vidéo disponible, car leur système fonctionne sur une rotation de quatre à six semaines et nous l'avons manqué de peu.

Un gémissement collectif monta vers elle, et elle réprima l'envie de répondre par un commentaire sarcastique.

Elle se rappela que ses officiers étaient aussi frustrés qu'elle, et que ceux qui n'avaient pas encore eu de jour de repos étaient épuisés.

— Ce que notre témoin a pu nous dire, c'est qu'il a vu Angus et cet homme se disputer, et qu'Angus était assez secoué par la suite. En termes de chronologie, cela s'est produit peu de temps avant la mort d'Angus, ce qui me fait me demander si leur dispute a contribué à ses problèmes de santé liés au stress, ou peut-être que c'est à ce moment-là qu'Angus a été informé de ce qui se trouvait exactement dans cette armoire.

Elle fit une pause, tournant son attention vers la photographie suivante.

— On a également vu cette femme accoster Katrina Hovat le jour de sa mort.

Kay s'arrêta et frappa du poing contre la nouvelle photographie.

— Vous avez tous reçu des copies des images mises à jour, et vous aurez des liens vers les déclarations de témoins pertinentes qui ont été rassemblées au cours du week-end dans HOLMES2.

Mettant l'ordre du jour de côté, elle croisa les bras et rassembla ses pensées pendant un moment avant de parler à nouveau.

— Avant de continuer, j'aimerais dissiper certaines des rumeurs qui circulent probablement ce matin. Il est typique dans une enquête comme celle-ci qui dure depuis plusieurs jours sans percée qu'un officier supérieur soit appelé pour auditer les progrès réalisés à ce jour. C'est parfaitement normal et il n'y a pas lieu de s'inquiéter. Tout examen n'est pas un reflet de votre travail, c'est simplement un moyen de s'assurer que nous n'avons rien manqué de crucial en cours de route. Je crois savoir que le commandant divisionnaire Devon Sharp va venir du quartier général plus tard aujourd'hui. À ma connaissance, il ne prend pas le contrôle de cette enquête, pas encore. À cette fin, s'il vous pose des questions concernant nos investigations, assurez-vous de l'aider autant que possible. Notre priorité absolue est de découvrir qui a tué Katrina, Preston et Alec.

Elle observa ses officiers s'agiter sur leurs sièges, échanger des regards en coin, puis reporter leur attention sur elle.

— Bien, maintenant que c'est réglé, examinons ce sur quoi nous devons nous concentrer aujourd'hui. Tout d'abord, bon retour à Gavin et Laura. Gav, on dirait que tu as réussi à attraper le soleil à nouveau, alors merci de nous faire tous passer pour des nuls.

Elle fit une pause le temps que les rires s'estompent, et parcourut l'ordre du jour du regard.

— J'aimerais que vous repassiez tous les deux les images de vidéosurveillance que nous avons recueillies sur Alec Mingrove et que vous vérifiez si l'une de ces personnes d'intérêt y apparaît. J'aimerais aussi que vous parliez à Edwin et Lisa Moore pour voir s'ils les reconnaissent. C'est trop de coïncidence que ces deux personnes apparaissent juste avant la mort de Katrina et d'Angus.

Elle s'interrompit lorsque Laura marmonna dans sa barbe, le visage de la jeune enquêteuse affichant une expression perplexe.

— Qu'est-ce qu'il y a ?

— Je me demandais juste pourquoi diable elle, de toutes les personnes, aurait pu parler à Katrina.

— Tu sais qui c'est ?

— Oui.

La jeune détective cligna des yeux, puis regarda Gavin.

— C'est Jackie Nithercott, n'est-ce pas ?

Kay fronça les sourcils.

— Jackie... ?

— Elle est venue au quartier général quand nous avons

parlé à son mari, Duncan, dit Laura. Tu sais, le patron de Stephen Brassick.

CHAPITRE 45

— Tu veux l'interroger ici ou au quartier général ?

La question de Gavin brisa le silence tandis que Kay arpentait la moquette à l'avant de la salle des opérations.

Le personnel administratif et les agents en uniforme retournaient à leurs bureaux pendant que ses détectives attendaient patiemment près du tableau blanc qu'elle fasse le point.

La révélation de Laura avait provoqué une agitation à la fin du briefing, les vérifications sur les réseaux sociaux ne révélant rien qui suggère que la femme connaissait Katrina Hovat, ou ce qui pourrait les lier.

— Je pense que nous allons essayer de l'interroger chez elle, dit-elle finalement en s'arrêtant à côté de Barnes pour examiner à nouveau la photographie. Il y a un risque ici de tirer des conclusions hâtives étant donné le manque de preuves immédiates pour suggérer qu'il se passe quelque chose entre ces deux-là.

Laura s'éclaircit la gorge et fit un geste vers Gavin.

— Nous pourrions lui parler, chef. Je me sens mal

d'avoir été absente hier, nous avons perdu encore plus de temps maintenant, n'est-ce pas ?

— Il ne faut pas voir les choses comme ça, dit Kay d'un ton rassurant. Si tu avais travaillé fatiguée, tu n'aurais peut-être pas fait le rapprochement du tout. C'est ainsi. Cela dit, non, je pense que Barnes et moi devrions lui parler. Si elle *est* d'une manière ou d'une autre liée à tout cela, je ne veux pas qu'elle associe notre entretien à celui que vous avez mené avec son mari.

— À quoi tu penses ?

Barnes fronça les sourcils.

— Soit elle menaçait Katrina dans ces images, soit elle était en colère contre elle pour quelque chose. Il n'y a pas d'autre option.

— Je sais, dit Kay. Ne t'inquiète pas, cette conversation ne sera qu'un préliminaire.

— Pour savoir si elle connaît Katrina ? demanda Gavin.

— Non. Pour savoir si elle va nous mentir.

———

Le trajet d'Eynsford au commissariat de Maidstone n'avait pris que quarante minutes, mais pendant ce temps, Kay avait contacté Amanda Miller et supplié la détective financière de lui accorder plus de son temps, et elle avait fait les arrangements pour que le commandant divisionnaire Sharp soit accueilli par Gavin à son arrivée pour le briefer sur les derniers développements.

Alors qu'elle rangeait son téléphone et regardait par la

fenêtre de la voiture, elle commença à formuler les questions qu'elle poserait à Jackie Nithercott.

— Comment est-ce que tu sais qu'elle sera là ? demanda Barnes en ralentissant alors qu'un tracteur sortait d'un champ clôturé et avançait lentement devant eux.

— Laura a trouvé une réunion caritative régulière sur la page de réseaux sociaux de Jackie à laquelle elle se rend tous les lundis matin. Elle est l'une des administratrices, donc je suppose qu'elle sera chez elle avant cela.

— Donc elle sera en retard à la réunion.

— Si elle ne répond pas à mes questions, oui.

Barnes sourit, indiquant la gauche alors qu'ils entraient dans le village et suivaient une route étroite et sinueuse.

Quelques instants plus tard, il ralentit devant une grande maison moderne détachée, protégée de la rue par une haie de troènes imposante, les portes d'entrée grandes ouvertes. Il passa entre des piliers de brique assortis et se gara à côté d'un élégant SUV devant la porte d'entrée.

Kay boutonna sa veste de blazer, puis tendit la main pour sonner à la porte avant de sortir sa carte de police de son sac.

Quelques secondes passèrent, puis la porte s'ouvrit et la femme des images de vidéosurveillance jeta un coup d'œil à l'extérieur.

Le bruit d'un aspirateur provenait de quelque part dans l'énorme maison, l'odeur distincte de produit à meubles frais compensant l'arôme qui s'échappait d'un pot ornemental à côté de la porte rempli de géraniums.

— Jackie Nithercott ? dit Kay. Je suis l'inspectrice principale Hunter, et voici mon collègue l'inspecteur Ian Barnes. Nous pouvons entrer ?

— Je, euh... De quoi s'agit-il ?

Kay fit un sourire mielleux.

— Si nous pouvions entrer, madame Nithercott. Cela ne prendra qu'une minute ou deux, j'en suis sûre.

— Oh. D'accord.

Jackie poussa la porte un peu plus loin, puis s'écarta lorsqu'ils franchirent le seuil. Elle fit un geste vers le fond de la maison.

— Mieux vaut aller par là. Ma femme de ménage est encore là en ce moment, alors nous pouvons parler dans la cuisine.

— Pas de problème, dit Kay. Avez-vous une femme de ménage régulière ?

Jackie agita la main par-dessus son épaule avec dédain tandis qu'elle ouvrait la marche.

— Seulement toutes les deux semaines. Mon mari insiste pour que j'aie de l'aide à la maison. Je me sens coupable à ce sujet, mais si elle n'était pas là, je ne pourrais pas consacrer autant de temps à la charité.

— Ça a du sens, dit Barnes. Est-ce qu'elle vient d'une agence, votre femme de ménage ?

— Oui. Celle de Maidstone appelée « Maid By Us ». Pourquoi demandez-vous cela ?

Kay ignora la question et jeta plutôt un coup d'œil autour de la cuisine dans laquelle ils venaient d'entrer.

Dotée d'un assortiment moderne d'équipements, les plans de travail en granit étincelaient sous la lumière du soleil qui filtrait à travers les portes-fenêtres donnant sur une terrasse pavée. Un vase de lys se tenait sur le plan de travail à côté d'une cafetière fraîchement préparée, et une pile de lettres non ouvertes avait été appuyée contre un saladier débordant de fruits.

Jackie chassa une poussière imaginaire de son chemisier, puis croisa les bras et s'appuya contre l'évier.

— Bien, que vouliez-vous me demander ? J'ai une réunion d'administrateurs dans une demi-heure, et je ne peux pas être en retard.

— J'aimerais vous montrer une photographie, dit Kay en sortant l'image capturée par la caméra de vidéosurveillance. Pouvez-vous confirmer que c'est vous ?

Jackie fronça les sourcils en réponse, mais prit la photographie et la regarda fixement pendant un moment.

Finalement, elle la tendit, mais Kay l'ignora.

— Pouvez-vous confirmer que c'est vous ?

— Ça pourrait être moi, oui.

— Oui ou non, madame Nithercott ? C'est très important.

Jackie regarda à nouveau, puis hocha la tête.

— Oui, c'est moi.

— Que disiez-vous à l'autre femme ?

— Je ne m'en souviens pas. Quand cette photo a-t-elle été prise ?

— Il y a un peu plus de deux semaines.

— Eh bien, voilà, dit Jackie, exaspérée. Si vous saviez combien de personnes je rencontre quotidiennement avec mon travail caritatif...

— Elle s'appelle Katrina Hovat. On l'a retrouvée morte chez Stephen et Penelope Brassick il y a deux semaines. Elle était également employée par Maid By Us.

— Oh mon Dieu, *elle* ? Je n'en avais aucune idée...

Ses yeux s'écarquillèrent alors qu'elle les regardait tour à tour.

— Qu'est-ce que cela a à voir avec moi ?

— Où étiez-vous, le vendredi d'il y a deux semaines, entre dix-sept heures et vingt et une heures ?

Le regard de Jackie se durcit.

— Ici même, détective Hunter. Duncan revenait de la City et j'avais prévu que nous dînions au pub gastronomique au bout de la rue. Je l'ai retrouvé à la gare à dix-neuf heures trente et nous sommes entrés dans le pub à peine dix minutes plus tard.

Jackie prit son téléphone et fit défiler les applications jusqu'à ce qu'elle trouve ce qu'elle cherchait, le tournant vers Kay.

— C'était notre anniversaire, vous voyez, alors nous avons demandé à l'un des serveurs de prendre notre photo.

Kay réprima sa déception tandis que la femme rangeait son téléphone et désigna plutôt la photographie.

— Pouvez-vous me dire ce qui se passait ici ?

Jackie expira.

— Elle a abîmé la peinture de ma voiture, cette idiote.

— Ah bon ?

— Je ne fais pas mes courses là-bas d'habitude.

La lèvre de la femme se retroussa.

— Ce n'est évidemment pas mon genre d'endroit. Mais je passais en voiture devant le parc commercial et j'ai réalisé que nous manquions de croquettes.

— Vous avez un chien ?

Barnes regarda autour de la pièce.

— Elle est dans le salon. Elle n'aime pas les inconnus, nous l'avons adoptée dans un refuge il y a trois ans, et

Dieu sait ce qui lui est arrivé dans le passé, mais elle n'aime pas particulièrement les hommes. Nous ne prenons aucun risque, la dernière chose que nous voulons, c'est d'être accusés d'être des propriétaires irresponsables.

— C'est compréhensible.

Barnes hocha la tête.

— C'est très louable de votre part.

— Quand votre voiture a-t-elle été endommagée ? demanda Kay.

Jackie renifla en pointant du doigt la photographie.

— Alors que je revenais avec la nourriture pour chien, je l'ai vue à côté de ma voiture. Le plus bête, c'est que je m'étais garée sur la voie de service plutôt que de risquer de me faire heurter sur le parking, parce que ça peut arriver, n'est-ce pas ? Et puis *elle* passe en balançant son sac à main et accroche le rétroviseur avec l'une des attaches métalliques. Je veux dire, elle devait rêvasser ou quelque chose comme ça, ou être sous l'emprise de drogues, je pense. Elle a réussi à rayer la peinture. Quoi qu'il en soit, elle ne s'est pas arrêtée ni rien, alors j'ai mis la nourriture pour chien sur la banquette arrière et je l'ai suivie à travers le trou dans la haie là-bas. Elle portait un polo de style uniforme de ce magasin d'articles ménagers pas chers.

— Que s'est-il passé ensuite ?

— Je l'ai appelée, et on voyait tout de suite qu'elle savait que j'avais réalisé ce qu'elle avait fait. Elle a essayé de trouver des excuses pitoyables, mais ensuite j'ai dit que j'allais appeler vos collègues. C'est à ce moment-là qu'elle a commencé à m'insulter.

— Vous l'avez menacée d'appeler la police ?

Jackie baissa les yeux sur ses doigts en train de tordre son alliance.

— Je sais que ce n'était pas correct de ma part, mais je ne savais pas quoi faire d'autre. Je n'allais pas vraiment appeler la police. Je voulais juste qu'elle paie pour les dégâts. Duncan était déjà fâché contre moi parce que j'avais réussi à reculer la voiture dans l'un des murs du voisin le mois dernier. C'était un accident, c'est un mur en pierre et certaines des plus grosses pierres dépassent plus que d'autres, mais ça a coûté pas mal à réparer, la voiture, pas le mur. Il n'y avait rien de mal avec *ça*. C'est du silex solide à la plupart des endroits. Je ne voulais pas lui dire que la voiture avait été endommagée à nouveau.

— Que vous a-t-elle dit ?

Kay observa la photographie pour essayer d'imaginer la conversation tout en écoutant.

— Eh bien, c'est justement ça. Elle m'a menacée, détective Hunter. Elle a pris une photo de moi et a dit qu'elle la mettrait sur les réseaux sociaux si je ne la laissais pas tranquille. J'étais choquée, je ne pouvais pas laisser faire ça, pas avec tout le travail caritatif que je fais, alors j'ai laissé tomber. Je suis partie aussi vite que possible et j'ai conduit jusqu'à la maison.

Elle frissonna.

— Écoutez, je suis désolée qu'elle soit morte, mais elle a été absolument horrible avec moi. Elle m'a fait peur.

CHAPITRE 46

Laura leva les yeux de son écran d'ordinateur au moment où la porte de la salle des opérations s'ouvrait et que Kay et Barnes entraient.

Un bourdonnement d'activité constant remplissait la pièce, l'équipe d'enquête essayant de partager son temps entre chacune des trois victimes de meurtre et les autres affaires en cours qui nécessitaient encore leur attention quotidienne.

Après deux semaines, les effets persistants de ses vacances n'étaient plus qu'un lointain souvenir et elle couvrit sa bouche alors qu'un énorme bâillement la saisissait.

Elle baissa les yeux lorsque les deux détectives supérieurs passèrent devant son bureau, la culpabilité rongeant sa conscience d'avoir été celle qui avait apporté une quelconque percée dans l'affaire, mais un jour plus tard que nécessaire dans ces circonstances.

La porte de l'ancien bureau du commandant divisionnaire Sharp restait fermée, lui et Gavin y étant enfermés depuis une heure pendant que son collègue expliquait ce que l'équipe avait fait ces douze derniers jours.

Elle s'ouvrit lorsque Kay atteignit son bureau, et Laura observa pendant qu'elle parlait aux deux hommes à voix basse avant de conduire Sharp vers le tableau blanc.

Soupirant intérieurement, elle reporta son attention sur l'écran et reprit la saisie de ses notes de l'entretien avec Richard Zilchrist cet après-midi.

Ni lui ni sa sœur n'avaient reconnu l'homme vu à l'unité de stockage avec Angus et, interrogés confidentiellement, ils avaient confirmé n'avoir jamais rencontré Jackie Nithercott non plus.

Pendant qu'elle était sortie faire cela, Gavin s'était assis avec Kyle Walker pour examiner les images de vidéosurveillance des dernières heures d'Alec Mingrove.

Puis Sharp était entré, annonçant qu'il y aurait finalement un examen de l'affaire.

Gavin lui avait lancé un regard horrifié avant d'accepter l'invitation de Sharp à fournir une mise à jour.

Il n'avait pas le choix, cela avait été clairement établi.

Laura grimaça intérieurement, soulagée que ce soit son collègue qui doive être le porteur de mauvaises nouvelles, et non elle.

— Comment ça s'est passé ? demanda-t-elle alors qu'il s'affaissait dans la chaise élimée de son bureau.

— Pas trop mal, je suppose.

— Est-ce qu'il a dit qui était le nouvel inspecteur principal ?

— Non. Juste qu'il est très ambitieux.

La lèvre supérieure de Laura se retroussa.

— Je parie. Tout pour faire tomber la chef de son perchoir, hein ?

— Ça ne peut pas arriver.

Gavin s'arrêta de taper et jeta un regard en biais.

— Pas vrai ?

— Mais on n'a rien, Gav, siffla-t-elle.

Elle fit un geste vers son écran.

— Debbie et son équipe ont tout revérifié cet après-midi. Il n'y a pas d'information manquante, rien n'a été négligé. Cette enquête est l'une des plus propres que j'aie pu voir.

— Sauf qu'on n'a arrêté personne.

Laura se tut, ses mots brisant son optimisme désespéré.

— Gavin, Laura, vous pouvez nous rejoindre ici ? appela Kay. Apportez ce que vous avez sur Jackie Nithercott aussi.

Lorsqu'ils rejoignirent les officiers supérieurs, Sharp sortit son téléphone portable de la poche de sa veste alors qu'il vibrait bruyamment.

— Je vais devoir retourner à Gravesend. Écoutez, avant que je parte, vous devriez tous savoir que faire appel à un tiers pour examiner votre travail n'est pas une remise en question de vos efforts. C'est une pratique courante, et souvent un regard neuf peut aider à identifier un angle qui n'a pas encore été envisagé. Ne le prenez pas personnellement, d'accord ?

Laura s'éclaircit la gorge.

— Nous ne le prenons pas personnellement, chef, mais c'*est* frustrant. Si nous avions juste eu quelques personnes de plus...

Barnes leva la main avant qu'elle ne puisse continuer.

327

— Le commandant divisionnaire Sharp est bien conscient des problèmes d'effectifs, crois-moi. Et il a raison, c'est simplement une procédure, rien de plus.

— Cependant, vos préoccupations sont dûment notées, dit Sharp gentiment. Je sais que vous prenez ce genre de chose personnellement, mais c'est ce qui fait que vous êtes bons dans votre travail.

— Pas assez bons, marmonna Gavin.

— Personne n'est surhumain, dit Sharp.

Il fit un clin d'œil.

— Même pas moi.

Cela souleva un rire poli, puis Kay tourna son attention vers Laura.

— Qu'est-ce que tu as rassemblé sur Jackie ?

— Il n'y a rien dans le système qui lève un drapeau rouge, répondit-elle, ouvrant le dossier dans sa main pour feuilleter les rapports imprimés. J'ai fait des vérifications auprès du registre des permis de conduire, des recherches sur les réseaux sociaux à travers ses publications des deux dernières années, et rien ne semble anormal. J'ai aussi appelé ce pub qu'elle vous a mentionné, et ils ont confirmé la réservation de table il y a deux semaines. Apparemment, le chef a même préparé un dessert spécial pour eux parce qu'ils sont, selon les mots du propriétaire, « des habitués de valeur ».

— Donc son alibi tient pour la mort de Katrina, dit Sharp. Et pour les réseaux sociaux, y a-t-il quelque chose qui la relie aux autres victimes, ou aux autres personnes d'intérêt que vous avez identifiées ?

— Rien, chef, répondit Laura en fermant le dossier.

Elle sentait la chaleur monter à ses joues.

— À moins que nous n'obtenions l'autorisation pour des vérifications d'historique de crédit et autres, je ne sais pas quoi faire de plus.

— Et nous n'obtiendrons pas cette autorisation sans motif valable, dit Kay.

Sharp vérifia une fois de plus son téléphone, puis les regarda tous.

— Vous avez jusqu'à vendredi avant que Tess Bainbridge, la directrice adjointe, ne signe l'examen. Faites de votre mieux.

Laura le regarda quitter la pièce, puis se retourna vers Kay.

— Je déteste le dire, chef, mais ça craint.

— Tu n'as pas tort.

— Qu'est-ce que tu en penses ? demanda Barnes. Tu penses que Jackie disait la vérité à propos de cette histoire avec Katrina sur le parking ?

Kay soupira.

— Je ne sais pas, Ian. Il se passe quelque chose ici, quelque chose qui relie nos trois victimes et Angus Zilchrist, mais je serai damnée si j'arrive à voir ce que c'est.

L'inspecteur sourit.

— Il n'y a qu'une chose à faire, alors.

— Quoi donc ?

— Un tour au pub. C'est moi qui offre.

Kay esquissa un sourire fatigué tandis que le visage de Gavin s'illuminait.

— Eh bien, comment pourrions-nous résister à une telle offre ?

CHAPITRE 47

Le sergent de police Ellis Hughes fit craquer son cou, roula des épaules, puis reporta son attention sur l'écran d'ordinateur devant lui.

Le poste de garde était relativement calme ce soir-là, avec seulement un homme arrêté pour ivresse et trouble à l'ordre public actuellement détenu dans la cellule quatre, et un autre qui avait tenté de déclencher une bagarre devant l'une des tavernes les moins recommandables de la ville, enfermé dans la cellule six.

Le reste des cellules était vide, et avec un peu de chance, le resterait pour le reste de son service.

Hughes jeta un œil à l'épaisse porte de sécurité qui menait au parking, puis but une gorgée de café tiède dans une tasse en céramique blanche ébréchée posée à son coude.

À vingt-deux heures trente, il était encore tôt. Les pubs commenceraient à fermer dans une trentaine de minutes environ, et alors tout pourrait changer.

Pas nécessairement pour le mieux, d'ailleurs.

Les doigts de Hughes pianotaient sur le clavier, ses yeux alternant entre la fiche de mise en accusation qui avait été remplie pour leur dernier visiteur temporaire et l'écran. Au-delà du bureau surélevé, une jeune agente de police fixait d'un air sévère l'individu mal lavé qui se glissait le long d'un tableau d'affichage présentant une série d'affiches sur la santé et la sécurité, sa radio émettant un faible crépitement depuis sa position sur son gilet avant qu'elle ne lève la main pour baisser le volume.

— Vous n'avez pas encore fini ?

Hughes leva les yeux et fixa l'homme miteux, vêtu d'un jean crasseux et d'un mince pull multicolore avec des trous béants aux manches.

— La seule raison pour laquelle cela prend autant de temps, c'est que vous avez une si longue carrière, Mickey.

L'homme émit un rire rauque, exposant des dents pourries parmi des trous béants où le reste était tombé.

— Je ne voulais pas faire de mal, moi. J'avais besoin de pisser.

— Eh bien, la prochaine fois, utilisez des toilettes publiques au lieu de l'abribus de Jubilee Square, rétorqua l'agent en levant les yeux au ciel. Franchement, Mickey, j'ai mieux à faire que de m'occuper de vous chaque semaine.

Hughes secoua la tête, appuya sur une série de boutons puis se tourna vers l'imprimante derrière lui pour tirer la page encore chaude.

— Bon, j'ai imprimé tous les détails pour votre comparution au tribunal. Assurez-vous que quelqu'un vous lise ceci, et surtout, présentez-vous. Sinon, les magistrats vous infligeront une amende pour non-comparution en plus.

La lèvre inférieure de Mickey s'affaissa tandis qu'il pliait la page.

— Je vous ai dit que j'avais juste besoin de pisser.

— C'est bien beau tout ça, mais vous ne pouvez pas continuer à sortir votre zigounette en public, répondit Hughes. Peut-être qu'un jour, vous vous en souviendrez.

Il regarda l'homme trébucher en sortant par la porte d'entrée, puis se tourna vers l'agente.

— Combien de fois est-ce arrivé maintenant, Tara ? Quatre ? Cinq ?

Elle soupira en réponse.

— J'ai parlé aux gens du refuge à son sujet la semaine dernière. Il ne va pas bien, chef. Une sorte d'infection rénale, je crois. Le problème, c'est qu'il oublie constamment d'aller à ses rendez-vous à l'hôpital qu'ils lui fixent.

Hughes fit un bruit désapprobateur, fouilla dans un tiroir et en sortit un déodorant en aérosol, le vaporisa généreusement autour du bureau, puis leva les yeux lorsque la radio de Tara s'anima.

Elle confirma sa présence au contrôle des forces puis lui lança un sourire ironique.

— Et me voilà repartie. Marcus va être furax, il espérait pouvoir manger quelque chose avant qu'on ait un autre appel.

— Tiens, prends ça.

Se dirigeant vers une armoire latérale, il en sortit une poignée de barres de muesli et les poussa sur le bureau vers elle.

— Ça vous permettre de tenir le coup à tous les deux.

Tara sourit.

— Vous êtes une légende, chef.

Elle se précipita vers le parking, la porte de sécurité claquant derrière elle, et Hughes soupira.

Derrière lui dans le poste de garde, il pouvait entendre l'ivrogne chanter un vieux tube des années 80, ses paroles balbutiées à travers la porte de la cellule.

L'homme qui avait été dans la bagarre était étonnamment calme, regrettant peut-être son accès de colère plus tôt.

Ou peut-être pas.

Hughes regarda sa montre et décida qu'il attendrait encore cinq minutes avant d'aller les voir tous les deux.

Des phares balayèrent la vitre de la porte de sortie alors qu'une autre voiture de patrouille entrait sur le parking, le bourdonnement électronique de la barrière de sécurité vibrant contre le mur, et Hughes se prépara à une nouvelle série de paperasserie et d'émotions fortes.

On ne savait jamais qui allait être amené au poste de garde.

Il fronça les sourcils en entendant des voix de l'autre côté de la porte, puis le bourdonnement familier de la carte de sécurité de quelqu'un contre le panneau parvint à ses oreilles et la porte s'ouvrit.

Un agent masculin tout juste sorti de l'école de formation conduisit une jeune femme d'une vingtaine d'années au bureau, ses yeux baissés sous une frange en désordre. Alors qu'il lui retirait les menottes, elle se frotta les poignets et renifla bruyamment.

Ses vêtements étaient vieux mais propres, un sweat-shirt de couleur sombre et ample sur un jean noir moulant, ses pieds chaussés de bottines noires.

Sa lèvre inférieure tremblait lorsqu'elle donna son nom.

— Sophie... Sophie Anderley.

— Mademoiselle Anderley a été arrêtée après s'être introduite par effraction dans la laverie automatique vers la route d'Aylesford, dit l'agent. Le propriétaire était dans l'appartement au-dessus et a entendu quelqu'un briser la vitre de la fenêtre arrière et il a appelé le numéro d'urgence. Il l'a maîtrisée avant qu'elle ne puisse s'échapper. Heureusement pour lui, elle ne portait aucune arme.

— Je... Je ne voulais pas, dit Sophie, une grosse larme roulant sur sa joue. J'ai besoin d'argent.

L'agent soupira.

— Elle avait sur elle la recette du tiroir-caisse. Cinq cent trente livres en billets de dix et vingt. Le propriétaire a dit qu'il ne ferme normalement pas le tiroir à clé parce qu'il fait généralement le dépôt à la banque avant que ça n'atteigne ce montant, mais il a été trop occupé aujourd'hui. C'est tout l'argent liquide des clients qui voulaient échanger des billets contre des pièces.

Hughes se tourna vers son écran d'ordinateur puis regarda la femme.

— C'est votre nom complet ?

— Oui. Pas de deuxième prénom.

— Date de naissance ?

Il effectua les formalités préliminaires, puis fit un signe de tête à l'agent.

— Bien, voyons ce qu'elle a d'autre dans ses poches.

L'agent tourna Sophie sur le côté et lui demanda de faire ce que Hughes avait demandé, son ton ferme mais doux.

Il en sortit un téléphone portable d'un modèle ancien, un billet de cinq livres plié avec une trace de feutre sur un coin, et une seule clé sur un porte-clés en cuir froissé.

— C'est tout ?

Elle hocha la tête.

— S'il vous plaît, vous devez me laisser partir.

— Vous comprenez que vous avez été arrêtée pour effraction ? dit Hughes d'un ton incrédule, tout en mettant à jour le rapport initial. Vous n'irez nulle part avant un bon moment.

— Mais vous devez me laisser partir.

Les yeux de Sophie s'écarquillèrent alors qu'elle regardait l'agent à côté d'elle, puis de nouveau Hughes.

— Ils me tueront si je ne les rembourse pas d'ici vendredi.

Hughes sentit son cœur faire un bond, ses mains figées en l'air au-dessus de son clavier.

— Qu'est-ce que vous avez dit ?

CHAPITRE 48

Le tintement mélodieux de la cuillère en acier inoxydable contre une tasse en céramique bien usée résonnait dans la petite kitchenette, l'arôme du café fraîchement préparé ne faisant pas grand-chose pour atténuer la fatigue de Kay.

Elle n'était restée que pour un petit verre de vin, laissant ses collègues se détendre autour d'un autre verre dans un pub de East Street, leurs insistances pour qu'elle reste tombant dans l'oreille d'un sourd.

Se rappelant la déception sur leurs visages aux paroles de Sharp cet après-midi-là, elle était retournée dans la salle des opérations il y a une heure et avait passé le temps depuis à revoir l'historique de l'enquête.

En retournant à son bureau, elle vit l'écran de son téléphone portable s'allumer et sourit en voyant le nom familier à l'écran.

— Comment vont ces hérissons ? demanda-t-elle.

— Ils ont l'air coupables pour ta note de pressing, répondit Adam. Tu travailles tard ?

— Juste un peu.

Elle se frotta les tempes.

— Je pensais faire une heure de plus pendant que c'est calme. Tu pars tôt demain matin ?

— Je ne dois pas être au cabinet avant neuf heures. Je suis de garde ce soir, donc ne panique pas si je ne suis pas là quand tu rentreras. J'ai préparé des pâtes plus tôt, alors réchauffe-les si tu as faim. Je parie que tu n'as pas mangé aujourd'hui.

Elle sourit et son estomac gronda en réponse.

— J'ai été un peu occupée.

— Je savais que tu dirais ça.

Elle pouvait entendre le sourire dans sa voix, puis elle leva les yeux quand la porte s'ouvrit et qu'Ellis Hughes passa la tête.

— Je dois y aller. Je t'aime.

Elle jeta un coup d'œil au visage du sergent de police et attrapa son carnet et un stylo.

— Tout va bien ?

— Je ne sais pas. J'ai peut-être mal compris, mais une femme vient d'être amenée après avoir été arrêtée pour effraction.

Il pointa son pouce par-dessus son épaule.

— Elle a dit quelque chose du genre que si elle n'obtenait pas l'argent des recettes de la laverie où elle a été prise, « ils » la tueraient, ce sont ses mots, pas les miens.

Les poils sur la nuque de Kay se hérissèrent d'énergie. Repoussant sa chaise, elle fit un geste vers la porte.

— Quelles sont vos premières impressions ? Vous pensez qu'elle dit la vérité ?

— Elle ne semble pas être le genre de personne qui a

déjà fait ça avant. Elle n'a certainement jamais été arrêtée auparavant, elle n'est pas dans notre système et elle n'était pas familière avec la routine comme certains autres qui viennent ici.

Hughes ouvrit la voie dans les escaliers.

— Elle s'exprime bien, et... je ne sais pas... j'ai juste l'impression qu'elle a plus peur de ce qui est là-dehors, plutôt que de ce qui lui arrive ici. Presque comme si elle était en état de choc.

— Attendez.

Kay s'arrêta à côté de la porte menant à la suite de détention, se tint sur le côté et regarda à travers la vitre renforcée.

Hughes avait laissé la femme sous la garde du policier qui l'avait arrêtée, et maintenant elle était assise, la tête dans les mains, sur une des chaises en plastique boulonnées au sol.

L'officier en uniforme semblait s'ennuyer en relisant diverses affiches sur le mur qu'il avait sans doute vues une centaine de fois auparavant.

— Comment s'appelle-t-elle ? murmura Kay.

— Sophie Anderley. Elle a donné une adresse au-delà de Tonbridge Road et a dit que c'était chez sa sœur.

— D'accord. Je veux l'interroger formellement. Vous pouvez trouver quelqu'un d'autre pour gérer l'accueil pendant que vous assistez à l'entretien ?

— Je vais voir qui est disponible. Donnez-moi une minute, chef.

— Pas de problème.

Il la frôla en passant, et elle fit les cent pas au bas des

escaliers jusqu'à ce qu'il passe la tête par la porte et lui fasse signe.

— Tout est prêt, et je l'ai fait emmener dans la salle d'interrogatoire numéro deux.

Quand Kay entra dans la pièce, elle fut surprise par l'apparence de la femme.

En y regardant de plus près, elle semblait à moitié affamée, avec des pommettes saillantes dépourvues de couleur et son sweat-shirt semblait pendre sur sa silhouette mince.

Les yeux de la femme s'élargirent lorsque Hughes s'installa dans la chaise en face d'elle et démarra l'équipement d'enregistrement, puis elle observa Kay avec inquiétude et tritura un ongle abîmé.

— Sophie, je suis l'inspectrice principale Kay Hunter, et je crois que vous avez déjà rencontré mon collègue, le sergent Ellis Hughes. Nous allons enregistrer cette conversation, et vous devez être au courant de vos droits, alors commençons par ça.

Kay récita la mise en garde formelle, puis demanda confirmation de l'adresse de Sophie.

— Pourquoi avez-vous cambriolé la laverie ce soir ? demanda-t-elle en ouvrant son carnet à une nouvelle page.

— J-j'avais besoin d'argent, murmura Sophie.

— Vous devrez parler plus fort pour qu'on puisse vous entendre sur l'enregistrement, dit Kay.

— J'avais besoin d'argent.

La femme soupira et porta une main tremblante à ses yeux pour les essuyer avec sa manche.

— Je n'avais pas le choix.

— Pouvez-vous me dire ce que vous voulez dire par là ?

— Je ne peux pas. Ils me tueront.

Des larmes roulèrent sur les joues de Sophie et tombèrent sur la surface bosselée de la table.

— Comme ils l'ont fait avec Katrina.

Le cœur de Kay fit un bond et sa bouche devint sèche.

— Qui, Sophie ? Qui vous a menacée ?

La femme secoua la tête en réponse.

— Ok, nous y reviendrons. Pourquoi veulent-ils vous tuer ?

— Parce que... parce que j'ai dû emprunter de l'argent. Je ne pouvais obtenir de crédit nulle part parce que je n'avais pas de travail.

— Comment avez-vous entendu parler de ces gens ?

Sophie déglutit, retenant un nouveau torrent de larmes.

— Elle m'a trouvée. Elle a dû m'entendre au bureau des allocations ou devant le refuge pour femmes ou quelque chose comme ça. Puis elle m'a abordée devant le bureau de poste après que j'essayais de retirer de l'argent, et a dit qu'elle pouvait m'aider.

— C'était quand ?

— Au début de l'année.

— Et cela vous dérange-t-il si je vous demande combien vous avez emprunté ?

— Trois mille livres.

Les mains de Sophie tremblaient tandis qu'elle les joignait.

— Je devais de l'argent pour ma facture de chauffage, et mon ancienne colocataire s'est enfuie après avoir endommagé une porte de douche, donc j'ai dû payer ça avant de pouvoir récupérer ma caution.

— Et vous vivez maintenant chez votre sœur, c'est bien ça ?

— Oui.

— Ces gens qui vous ont menacée, que pouvez-vous me dire à leur sujet ?

Sophie secoua la tête.

— Je ne peux pas. Je vous l'ai dit, ils me tueront.

Kay fit une pause, jeta un coup d'œil à Hughes, puis prit une profonde inspiration.

— Sophie, écoutez-moi. Ces gens sont extrêmement dangereux, vous le savez. Vous savez ce qui est arrivé à Katrina. Nous les soupçonnons également d'être responsables de deux autres meurtres sur lesquels nous enquêtons.

Un halètement choqué émana de la femme et elle se redressa sur sa chaise.

— Ce n'est pas vrai.

— C'*est* vrai, Sophie, et nous devons les arrêter, dit fermement Kay. Si nous ne le faisons pas, je ne sais pas ce qui pourrait vous arriver, à vous ou à votre sœur. Savent-ils où vous habitez ?

Sophie hocha la tête en silence.

— S'il vous plaît, dit Kay. Dites-moi ce que vous pouvez à leur sujet. Avant qu'il ne soit trop tard. Avant qu'ils ne blessent quelqu'un d'autre.

Sophie tendit les bras et agrippa le bord de la table des deux mains, les yeux baissés pendant un moment.

Finalement, elle prit une profonde inspiration et rencontra le regard de Kay.

— Je ne connais que son prénom. Rosalind.

Kay se força à ne pas pousser un soupir de soulagement et reporta plutôt son attention sur son carnet.

— D'accord, que pouvez-vous me dire sur Rosalind ?

— Elle est... normale, je suppose. De taille moyenne, un peu plus grande que moi. Quand je l'ai vue, elle portait un pantalon de tailleur et soit un chemisier, soit un débardeur sous une veste. Pas une veste de tailleur assortie cependant, quelque chose de plus décontracté, comme un blazer coloré ou une veste matelassée en hiver.

— C'est très bien, Sophie. Et pour la couleur des cheveux ?

— Blonde, mais ce sont des mèches décolorées plutôt que sur toute la tête. Des racines foncées, mais elle semble les laisser pousser un peu.

Sophie frissonna.

— Des yeux marron, très foncés. Des lèvres minces.

— Quel est son nom de famille ?

— Je ne sais pas, elle ne me l'a jamais dit.

— Quand vous l'avez vue, est-elle toujours à pied, ou est-ce qu'elle conduit une voiture ?

— Elle est venue à pied vers moi la première fois.

Sophie se pencha en avant et croisa les bras.

— Il y a un homme qui la conduit. Une voiture argentée. Rosalind s'assoit à l'arrière, jamais sur le siège passager. Les vitres arrière sont teintées, donc on ne peut pas voir à l'intérieur.

Kay leva les yeux et tapota sa page avec son stylo.

— Pensez-vous qu'il y a quelqu'un d'autre à l'intérieur de la voiture ?

Sophie secoua la tête.

— Je ne pense pas.

— Parlez-moi de l'homme.

— Il fait peur. Chauve, ou du moins il se rase la tête. Plus grand que moi. Plutôt de votre taille, dit-elle en hochant la tête vers Hughes. Il porte une veste sombre et un jean, et on dirait qu'il fait de la musculation.

— Tout en muscle et en carrure au niveau des épaules peut-être ? suggéra Kay.

— Oui, exactement. Des yeux méchants.

— Des tatouages, ou d'autres caractéristiques qui le distingueraient de la plupart des videurs que je connais dans le coin ?

Un léger sourire se forma sur les lèvres de Sophie à la remarque de Kay, puis elle secoua la tête.

— Pas que j'aie vu, mais comme je l'ai dit, il porte toujours une veste donc il pourrait cacher des tatouages.

— Et pour les accents ? Comment parlent-ils chacun ?

Sophie fronça les sourcils.

— Lui ne parle pas beaucoup. Elle a, je ne sais pas, je suppose qu'on pourrait appeler ça un accent de classe moyenne. Pas comme le mien.

— Y a-t-il autre chose que vous pouvez me dire sur la voiture ?

S'arrêtant un moment, le regard de Sophie erra vers le plafond, puis revint.

— Elle sent bon, quand elle ouvre la porte je veux dire. Pas une odeur de voiture neuve, mais quelque chose comme du parfum. Peut-être un de ces trucs désodorisants, vous voyez ? Mais pas du pin. Quelque chose de plus agréable.

— Et à propos de cette femme Rosalind et de l'homme

que vous avez vu avec elle ? Y a-t-il autre chose que vous pouvez me dire sur eux ?

Sophie secoua la tête.

— Les reconnaîtriez-vous si vous les voyiez à nouveau ?

— Absolument, oui.

Kay pinça les lèvres, puis ouvrit le dossier qu'elle avait apporté de la salle des opérations, et en sortit une photographie de Jackie Nithercott.

— Est-ce la femme qui vous a menacée ?

Sophie fronça les sourcils.

— Non, je ne l'ai jamais rencontrée. Qui est-ce ?

Déçue, Kay rangea la photographie, parcourut ses notes des yeux, puis soupira.

— D'accord, Sophie, vous nous avez beaucoup aidés, merci. Le sergent Hughes prendra la suite, mais je veillerai à ce que votre aide soit notée lorsque votre dossier sera envoyé au tribunal de première instance.

La bouche de Sophie s'ouvrit, la compréhension dans ses yeux.

— Je suis toujours inculpée ?

— Vous avez été arrêtée pour effraction ce soir, dit doucement Kay. Oui, vous êtes inculpée.

Alors qu'elle quittait la pièce derrière Hughes, elle pouvait entendre la femme sangloter doucement.

En marchant dans le couloir, elle envoya un message à Barnes pour qu'il vienne la chercher tôt le lendemain matin.

— Chef, qu'allons-nous faire à son sujet ? demanda Hughes. Si vous avez raison à ce sujet, elle est en danger.

Kay entendit des voix, puis regarda Sophie être emmenée vers les cellules.

— Une fois que les formalités pour l'accusation d'effraction seront terminées, nous devrons la libérer jusqu'à ce qu'elle comparaisse devant le tribunal, donc ce n'est pas bon si elle dit la vérité et que quelqu'un est effectivement après elle. Cependant, nous pouvons la garder ici pendant trente-six heures avant de l'inculper, alors faisons ça. Assurez-vous qu'elle soit à l'aise, donnez-lui à manger pour l'amour du ciel, elle a l'air de ne pas avoir assez mangé, et gardez l'oreille ouverte au cas où elle dirait autre chose qui pourrait nous aider à identifier ces personnes.

— Je m'en occupe.

Hughes jeta un coup d'œil par-dessus son épaule alors qu'une porte de cellule claquait, le bruit vibrant sur les murs en plâtre.

— Autre chose avant que vous ne partiez ?

— Oui. Appelez sa sœur dès que possible. Voyez s'il y a un endroit où elle peut aller quelques jours, juste au cas où.

CHAPITRE 49

— Tu as réussi à dormir cette nuit, chef ?

Barnes verrouilla la voiture de fonction, puis suivit Kay jusqu'à la porte arrière du commissariat.

— Pas beaucoup, admit-elle. Je crois qu'il était passé minuit quand j'ai fini de parler à Sharp.

Elle prit un moment pour savourer le soleil chaud qui baignait les briques, puis se tourna vers son collègue.

— On est proches, Ian. Je le sens. Quelque chose va céder.

— Il le faut, dit-il d'un air pensif en la suivant dans le hall et en haut des escaliers. On est à court de temps, et je ne sais pas pour toi, mais je crains que si cette Sophie est menacée par les mêmes personnes qui ont tué nos trois victimes, ils ne paniquent dès qu'ils apprendront qu'elle a été arrêtée. Qui sait ce qu'ils pourraient faire alors ?

— C'est exactement ce que je pense.

Kay ouvrit la porte de la salle des opérations d'un coup d'épaule, se dirigea vers le tableau blanc et appela le reste de l'équipe.

Enlevant sa veste pendant que les autres prenaient place, elle accepta avec gratitude un gobelet de café à emporter de Laura, puis prit un moment pour rassembler ses pensées.

Les heures à venir allaient mettre à l'épreuve toutes ses compétences de leader pour guider les officiers devant elle, et s'assurer que chaque pas qu'ils feraient résisterait à l'examen minutieux de ses supérieurs et du ministère public.

Elle leva les yeux pour voir Barnes lui faire un clin d'œil encourageant, puis elle se lança dans le briefing.

— La nuit dernière, une femme nommée Sophie Anderley a été arrêtée pour s'être introduite par effraction dans une laverie automatique ici en ville, dit-elle. Lors de son interrogatoire, elle a fourni des informations qui pourraient la lier aux personnes responsables des meurtres de Katrina Hovat, Preston Winford et Alec Mingrove.

Une explosion de voix remplit la salle alors que les agents en uniforme se tournaient les uns vers les autres, et Gavin s'étouffa avec sa boisson énergisante.

— Sacrée façon de commencer un briefing, chef, réussit-il à dire en se frappant la poitrine du poing.

Elle sourit.

— Je pensais que ça attirerait votre attention. Bon, écoutez-moi tous. La déclaration de Sophie est dans le système, vous pourrez la lire après ce briefing, mais essentiellement, elle a confirmé qu'elle avait été approchée à l'improviste par une femme qui lui a proposé de lui prêter trois mille livres. Il semble qu'elle ait été entendue au bureau des allocations, ou peut-être à la poste en parlant à l'un des employés au guichet. Les informations fournies par Sophie incluaient les détails d'une berline argentée utilisée par les personnes chargées de faire respecter les remboursements, la femme qui l'a menacée et un homme qui conduit la voiture.

Kay fit une pause pour prendre une gorgée de café, la caféine ne faisant que souligner sa fatigue.

— Les tâches pour ce matin, donc. Laura, je veux que tu jettes un nouveau coup d'œil aux réseaux sociaux de Jackie Nithercott et que tu voies si quelqu'un correspond à la description donnée par Sophie de la femme qui lui a prêté l'argent. Évidemment, tiens compte des changements de couleur de cheveux, étant donné qu'il semble qu'elle se les teigne.

— Je m'en occupe, chef.

— Gavin, j'ai besoin que tu travailles avec une équipe d'agents pour réexaminer les images de vidéosurveillance déjà identifiées qui montrent nos victimes dans les jours précédant leur meurtre pour voir si tu peux repérer cette voiture argentée dont Sophie a parlé.

Kay feuilleta ses notes.

— Ensuite, Kyle, je veux que tu parles à Sophie pour connaître la date à laquelle elle était à la poste, et si elle peut s'en souvenir ou en donner une approximation, contacte la poste et obtiens leurs images de sécurité. Vois si tu peux repérer cette femme et la suivre.

Elle attendit que l'agent note la tâche sans la remettre en question.

— Et oui, je sais que ça semble impossible, mais nous devons couvrir tous les aspects de cette affaire. À un moment donné, l'une de ces personnes aura fait une erreur. Ensuite, où est Dave ?

— Ici, chef.

L'agent plus âgé leva la main au fond du groupe.

— Il y a de fortes chances que lorsque ces personnes découvriront que Sophie ne respectera pas l'échéance de paiement, elles se rendront chez sa sœur. Je vais me rendre au quartier général après ça pour essayer d'obtenir une équipe de surveillance sur place, mais j'ai besoin que tu organises une surveillance en attendant. Hughes a parlé à la sœur de Sophie, et elle a pris des dispositions pour rester chez des amis en dehors de Maidstone pendant une semaine, donc elle est en sécurité. Étant donné que nos suspects semblent s'intensifier dans leur violence, nous pourrions avoir de la chance s'ils sont déterminés à découvrir où se trouve Sophie et se présentent là-bas pendant que nous sommes en surveillance. Conseille cependant à l'équipe de prendre des précautions, nous savons très bien de quoi ils sont capables.

Kay attendit que Dave Morrison ait fini de prendre ses notes, puis elle se tourna vers le reste de l'équipe.

— L'arrestation de Sophie nous a donné une opportunité. Quelque chose s'est passé au cours des dernières semaines qui a fait paniquer ces gens, ça n'a aucun sens de tuer les personnes à qui ils ont prêté de l'argent, alors pourquoi est-ce que ça arrive ? Pourquoi maintenant ?

Elle baissa ses notes et regarda chacun des officiers tour à tour en parlant.

— J'ai besoin que chacun d'entre vous accorde toute son attention à cette enquête. Je sais que vous avez d'autres affaires qui prennent de votre temps, mais croyez-moi, si nous n'obtenons pas de réponses aujourd'hui, nous pourrions le regretter.

Laura leva la main.

— Tu penses que le quartier général prendra le relais plus tôt que prévu à la fin de la semaine, chef ?

— Non, répondit Kay. J'ai peur que quelqu'un d'autre ne meure.

CHAPITRE 50

Gavin tambourinait des doigts sur l'imprimante et se balançait d'un pied sur l'autre tandis qu'elle se mettait en marche.

Une atmosphère tendue régnait dans la salle des opérations, les paroles de Kay résonnant encore à ses oreilles alors qu'il saisissait chaque page à sa sortie, impatient de retourner à son bureau.

Il percevait le désespoir dans les voix de ses collègues, dans leur façon de s'invectiver avant de s'excuser, et dans l'absence de bavardages en provenance du petit coin cuisine sur le côté.

Les téléphones sonnaient, les conversations murmurées étaient brèves, et quand il jeta un coup d'œil par-dessus son épaule, tout le monde semblait aussi tendu que lui.

Ils ne pouvaient pas laisser une autre victime mourir.

— Enfin, marmonna-t-il en attrapant la dernière page et en se dirigeant vers son bureau.

Il tria les différents documents qu'il tenait à la main, puis rassembla son ordinateur portable et une canette de soda à moitié vide avant de se précipiter dans l'une des salles de réunion libres le long du couloir.

Fermant la porte d'un coup de pied, il prit un moment pour savourer le calme, puis étala les pages sur la table stratifiée qui occupait le centre de la pièce et les fixa du regard.

Quelque chose le tracassait depuis qu'il avait été réveillé par l'alarme de Leanne à quatre heures du matin.

C'était là, quelque part, il en était sûr.

Il tira une des chaises et se pencha en avant en se frottant les tempes.

— Allez, Piper, *réfléchis*.

Tant de choses s'étaient produites depuis que le corps mutilé de Katrina Hovat avait été découvert par Mark et Estelle Hastings-Jones que ses pensées se bousculaient.

Le premier document qu'il consulta était la transcription de l'entretien vidéo que Laura et lui avaient mené avec Penelope et Stephen Brassick.

Ils y déclaraient que Katrina travaillait pour eux via une agence depuis janvier. Il lut ensuite la déposition de l'entreprise de nettoyage, son froncement de sourcils s'accentuant à chaque page. Il avait déjà identifié deux paiements différents versés sur le compte de Katrina, l'un provenant de l'agence de nettoyage et l'autre de son emploi à temps partiel dans le magasin de détail, mais quelque chose ne concordait pas.

Le document suivant qu'il sélectionna était une liste des invités que Penelope et Stephen avaient hébergés entre leurs voyages à New York au cours des six derniers mois.

Il examina les dates et les compara aux paiements que Katrina avait reçus de l'agence, puis baissa les pages.

— Mais Penelope a dit qu'elle y allait chaque semaine quand ils étaient chez eux, murmura-t-il. Alors où sont ces paiements ?

Grognant entre ses dents, il poussa les documents de côté, ouvrit son ordinateur portable et se connecta à HOLMES2. Il fit défiler l'écran aussi vite qu'il le put, et trouva la déposition qu'il cherchait, puis relut ses notes une fois de plus.

Lors de son interrogatoire au QG de Northfleet, Duncan Nithercott avait été catégorique : il n'y avait aucun problème avec le travail de Stephen Brassick.

Et pourtant...

— J'ai trouvé.

Quand Laura lui avait demandé s'il fréquentait Stephen Brassick, il avait confirmé que non, sauf que leurs épouses s'entendaient bien lors des événements. En fait, il avait même ajouté qu'il était content qu'ils ne se fréquentent pas, de peur qu'elles n'alimentent mutuellement leur amour pour les antiquités et les chaussures.

Et pourtant...

Pas plus tard qu'hier, sa femme, Jackie, avait insisté sur le fait que son altercation avec Katrina n'avait été qu'une dispute à propos d'une rayure sur sa voiture.

Et pourtant...

Lorsqu'ils avaient interrogé Duncan au quartier général, il avait semblé surpris quand sa femme était arrivée, malgré une plaisanterie sur le fait qu'elle avait fait du shopping.

Gavin se figea, stupéfait par la réalité qui se dégageait des pages devant lui.

Pourquoi Jackie Nithercott était-elle venue à Northfleet ce matin-là ?

———

— Laura !

Gavin appela sa collègue en entrant dans la salle des opérations, puis s'excusa auprès du jeune assistant administratif qu'il avait failli percuter dans sa hâte de la rejoindre.

— Pourquoi cette cavalcade ? demanda sa collègue, une lueur amusée dans les yeux.

— Quoi que tu sois en train de faire, laisse tomber. C'est urgent.

Il agita la copie de la déposition de Duncan Nithercott devant elle.

— Je crois qu'il y a quelque chose ici, et on l'a raté.

— Qu'est-ce que tu veux dire ?

Le visage de Laura pâlit.

Gavin fit glisser son clavier d'ordinateur vers lui, fit défiler HOLMES2 puis pointa du doigt les images de Penelope Brassick et Jackie Nithercott.

— Tu te souviens quand on a interrogé Duncan, il a dit que Stephen et lui ne se fréquentaient jamais en dehors des événements de l'entreprise ? Il a ensuite ajouté que leurs femmes s'entendaient bien, mais a laissé entendre qu'elles avaient toutes les deux des habitudes de shopping voraces.

Laura lui arracha la déposition des mains pour parcourir rapidement les pages.

— Il a aussi dit que Jackie ne travaille pas, donc elle dépend de lui pour l'argent, n'est-ce pas ?

— Exact, mais j'ai eu l'impression qu'il n'était pas totalement au courant de ce à quoi cet argent était dépensé.

— Il a dit « antiquités et chaussures ». Rien de mal à ça.

— Sauf si elle ne dépense pas l'argent en antiquités et chaussures. Et si elle dépensait son argent pour des gens ?

— Mais il a dit qu'elle s'impliquait dans des œuvres caritatives, donc ça aurait du sens.

— Je...

Gavin fit une pause alors que les mots de sa collègue faisaient leur chemin.

— Je sais ça, mais... et si... et si elle prêtait son argent à certaines des personnes qu'elle a rencontrées via son travail caritatif ?

Laura prit un autre document dans un bac à côté de son clavier et l'agita devant lui.

— Voici la déposition de Sophie Anderley. Elle ne mentionne rien à propos d'une aide demandée à une association caritative.

— Kay ne lui a pas posé la question. Personne ne se concentrait sur cet angle quand elle l'a interrogée hier soir.

Laura lui retira la souris des doigts et prit le contrôle pour ouvrir une autre fenêtre.

— Ok, voyons avec quelles associations Jackie travaille. Si elle est si impliquée, il doit y avoir quelque chose sur les réseaux sociaux ou sur l'un des sites d'information locaux.

Ils trouvèrent un article sur le site web du *Kentish Times* dix minutes plus tard.

— Et regarde qui est sur la photo, murmura Gavin.

Penelope Brassick et Jackie Nithercott étaient vêtues

de robes de cocktail, de larges sourires dirigés vers l'appareil photo tandis qu'elles levaient des coupes de champagne, une troisième femme au coude de Penelope.

Aucun des noms des femmes n'apparaissait sous la photographie, la légende ne fournissant qu'une description générale des donateurs en train de profiter d'un gala de collecte de fonds.

Laura fit défiler l'article qui l'accompagnait, puis soupira.

— Cet article ne mentionne ni Duncan ni Stephen.

— Donc peut-être que les épouses socialisaient lors de cet événement à leur insu ? dit Gavin. Surtout si Stephen était à l'étranger à ce moment-là.

— Et tu penses qu'elles sont plus que de simples connaissances, comme Duncan l'a suggéré ?

— Exactement.

Il pointa l'écran du doigt.

— Imprime ça, et viens avec moi.

Deux minutes plus tard, ils attendaient devant la salle d'interrogatoire numéro un lorsqu'un sergent de garde déconcerté apparut, guidant doucement Sophie Anderley vers eux.

Expédiant rapidement les formalités, Gavin prit un moment pour calmer sa respiration, puis releva le menton et observa la femme devant lui.

Elle était tendue, mais avait certainement plus de couleurs aux joues ce matin que lorsque sa photo avait été prise la veille au soir lors de son inculpation.

— Sophie, je vais vous poser quelques questions concernant une autre enquête, et j'ai besoin que vous vous rappeliez que vous êtes actuellement sous mise en garde. Vous comprenez ?

— Oui.

— Avez-vous contacté des associations caritatives pour obtenir de l'aide ou des conseils avant ou après avoir emprunté ces trois mille livres ?

La confusion traversa le visage de la femme.

— Oui, mais qu'est-ce que—

— S'il vous plaît, répondez simplement à la question.

— Oui, je l'ai fait. Il y en a une assez nouvelle, plutôt locale, qui propose de l'aide aux personnes qui ont besoin de conseils juridiques, financiers, ce genre de choses.

Ses lèvres se crispèrent.

— Ils ont été plutôt inutiles cependant, on m'a dit que ma situation ne justifiait pas une aide financière selon leurs critères ou quelque chose comme ça, et on m'a renvoyée.

— Avez-vous rencontré Rosalind avant ou après avoir contacté l'association ?

— Après. Pourquoi ?

Il déplia l'article de journal et le posa sur le bureau devant elle.

— Reconnaissez-vous quelqu'un sur cette photo ?

Sophie déglutit, puis son doigt traça le contour de la femme à l'extrême gauche de l'image.

— C'est Rosalind, celle dont j'ai parlé à l'autre détective hier soir.

Gavin entendit la surprise étouffée de sa collègue, mais garda son attention sur Sophie.

— Quelqu'un d'autre sur cette photo vous semble familier ?

— Cette femme, mais uniquement parce que l'autre

détective m'a demandé si je la connaissais. Je ne la connais pas. Qui est-elle ?

— Jackie Nithercott. Le nom vous dit quelque chose ?

— Non.

— Et la femme au milieu ?

— Non, désolée.

— Fin de l'interrogatoire à neuf heures quarante-cinq.

Ignorant l'expression choquée de Sophie, Gavin quitta la pièce en trombe, Laura sur ses talons.

Il s'arrêta près de la porte menant à la cage d'escalier, sortit son téléphone portable, parcourut ses notes puis composa un numéro.

On décrocha au bout de deux sonneries.

— C'est l'enquêteur Gavin Piper, de la police du Kent. J'ai besoin de parler à Duncan Nithercott. Tout de suite.

CHAPITRE 51

Lorsque Kay revint de Northfleet et suivit Barnes dans la salle des opérations, elle fut stupéfaite par le nombre d'officiers rassemblés en petits groupes, chacun en train de travailler frénétiquement sur un ordinateur tandis que Gavin se précipitait entre eux.

Une averse de fin d'après-midi trempait les fenêtres, embuant les vitres et oblitérant la vue sur la ville, créant une obscurité qui sapait la lumière des plafonniers et donnait à tout ce qui l'entourait un ton feutré.

Elle tendit le bras et arrêta Debbie alors que l'agente en uniforme passait en trombe.

— Que se passe-t-il ?

Déplaçant une pile de dossiers dans ses bras, la femme hocha le menton par-dessus son épaule.

— Gavin a réussi à faire monter Stephen Brassick dans un avion pour revenir ici cet après-midi. Nous essayons de faire le lien avec une équipe plus près de Heathrow pour l'accueillir à la sortie de l'avion et l'amener pour l'interroger.

— Mais qu'est-ce que...

Kay regarda par-dessus la tête de Debbie, vit Gavin qui la regardait et lui fit signe d'approcher.

— Gav ? Un mot ?

Barnes se dirigea vers leurs bureaux, faisant rouler une chaise supplémentaire pour l'enquêteur tandis que Laura se précipitait vers le photocopieur, sans doute pour créer une distance entre elle et les retombées qui pourraient arriver sur son collègue.

Kay attendit que Gavin la rejoigne, puis marcha vers l'endroit où Barnes attendait, tapotant le dossier de la chaise alors que le jeune détective s'asseyait.

Prenant une profonde inspiration, Kay observa son visage à la recherche de signes de contrition, puis abandonna.

— Bon. Explique-moi ce qui se passe.

— Tout d'abord, chef, désolé.

Gavin se pencha en avant, son expression sincère.

— Mais je ne pensais pas que cela pouvait attendre ton retour ici, et je n'arrivais pas à te joindre au quartier général. J'étais aussi inquiet que si ma théorie est correcte, Penelope Brassick puisse poser problème si nous devions essayer de l'extrader des États-Unis.

— L'extrader ?

Kay essaya sans succès de masquer sa surprise dans sa voix, puis leva les yeux alors que Laura s'approchait discrètement.

— Qu'est-ce que vous avez fabriqué tous les deux pendant que j'étais sortie ?

Elle écouta pendant que les deux détectives expliquaient la théorie de Gavin, puis prit l'article de journal imprimé qu'il lui tendait et examina la photographie.

— Bon sang, murmura-t-elle avant de le passer à Barnes.

— Le truc, chef, c'est que quand nous avons commencé avec la mort de Katrina et interrogé Duncan Nithercott et Stephen Brassick, il y avait un élément de l'enquête qui posait la question de savoir si son meurtre était un message pour eux, dit Gavin. Nous étions tellement concentrés sur cette question de savoir si les Brassick étaient ceux qui étaient menacés indirectement qu'une fois que nous avons éliminé l'angle militaire, nous n'avons pas envisagé que leurs épouses puissent être impliquées d'une manière ou d'une autre.

— Vous avez parlé à l'association caritative ?

— Il y a environ vingt minutes, répondit Laura, ses épaules se détendant un peu alors qu'elle s'échauffait sur le sujet. L'un des directeurs a pu nous rencontrer dans leurs bureaux de High Street à court terme—

— Même si elle a été assez persuasive dans sa demande, ajouta Gavin.

— Continuez, les exhorta Kay.

— Eh bien, le directeur nous a dit que Penelope Nithercott est administratrice depuis trois ans et assiste à tous leurs événements sociaux, poursuivit Laura. Mais il a aussi dit que… comment l'a-t-il formulé, Gav ?

— Ses contributions étaient moins que salutaires, finit-il. En gros, elle a commencé par être généreuse dans ses dons, mais ils se sont taris au cours de l'année passée ou à peu près. Maintenant, ils doivent lui demander s'ils ont besoin qu'elle contribue autrement que par son temps. Et son temps, comme Laura l'a dit, est surtout donné quand il y a un rassemblement social impliqué plutôt qu'une aide réelle.

— Surtout s'il y a un journaliste dans les parages, dit la jeune détective, ses joues se creusant de fossettes.

Kay les observa tous les deux, puis secoua la tête d'étonnement.

— Ok, alors dites-moi ce que cela a à voir avec le fait de contraindre les Brassick à revenir des États-Unis. Et comment diable avez-vous réussi cela d'ailleurs ?

— J'ai demandé à Duncan Nithercott de rappeler Stephen sous prétexte d'une réunion d'affaires urgente qui devait se tenir à Londres le matin. Heureusement, les Brassick devaient de toute façon rentrer dans quelques semaines, donc ça ne leur semblera pas trop surprenant qu'il veuille les faire revenir plus tôt.

Le regard de Gavin se baissa sur ses mains.

— J'ai *peut-être* aussi suggéré à monsieur Nithercott que c'était dans son intérêt de nous aider.

— Comment ça ?

— Apparemment, Duncan prévoyait secrètement de divorcer de Jackie. Selon ses mots, les choses n'allaient pas très bien entre eux dernièrement.

Il grimaça.

— J'ai dit que nous essaierions de ne pas l'impliquer dans des poursuites criminelles si nous pouvions l'éviter.

Kay le fixa du regard.

— Et si nous ne pouvons pas l'éviter ?

— Les Brassick sont déjà dans les airs, chef.

Il regarda sa montre.

— Ils devraient atterrir à Heathrow dans un peu plus de six heures.

Elle tendit le cou et regarda à travers la salle des opérations, ignorant l'expression de marbre que portait Barnes.

Sans doute son inspecteur se demandait-il la même chose qu'elle : s'il fallait étrangler le jeune détective ou applaudir son audace.

— Qui va les chercher ? demanda-t-elle.

— C'est là le problème. Nous essayions d'obtenir l'aide de quelqu'un de la police de Londres, dit Gavin. Mais ça s'avère difficile, et je n'arrive pas à joindre quelqu'un avec l'autorité nécessaire à Gravesend ou Dartford.

Kay se retourna vers lui, incapable de retenir le sourire qui se formait.

— Vous feriez mieux de vous dépêcher tous les deux si vous voulez coordonner avec la sécurité de l'aéroport avant qu'ils n'arrivent. La circulation sur la M25 sera infernale à cette heure-ci.

Il cligna des yeux, figé sur son siège un instant, puis se mit en action.

— Bien, chef. Merci, chef.

Laura trottina derrière lui, leurs voix tendues alors qu'ils attrapaient clés de voiture, vestes et sacs à dos et se précipitaient hors de la pièce.

Quand Kay se retourna vers Barnes, il souriait.

— Il faut lui reconnaître ça, chef. C'était du bon travail.

— C'est vrai, dit-elle. Et le quartier général va l'adorer pour ça, tant qu'il a raison.

CHAPITRE 52

Kay observa Barnes se pincer l'arête du nez, puis fouilla dans le tiroir de son bureau et trouva un paquet de paracétamol.

— Tiens, dit-elle en lui lançant la plaquette et en poussant un verre d'eau sur le bureau. Tu fais ça depuis dix minutes.

— Merci.

Il avala deux comprimés avec l'eau, puis se frotta la mâchoire.

— Il est temps que je fasse contrôler ma vue à nouveau, je pense.

— Tu sens les années passer ?

— Ça t'arrivera aussi, rétorqua-t-il, incapable de cacher le sourire dans sa voix. Et non, je passe probablement trop de temps penché sur cet écran d'ordinateur.

Elle regarda au-delà de Barnes l'horloge murale, puis l'heure affichée dans le coin de son propre écran.

— À quelle heure l'avion a-t-il atterri ?

— Il y a une heure. Ils ont dû passer rapidement le contrôle des passeports et comme ils voyageaient en classe affaires, ils n'auront pas mis longtemps à atteindre la sortie.

— Comment sont les rapports de circulation ?

— Pas trop mal pour cette heure de la nuit. L'embouteillage habituel à l'intersection avec la M23, mais à part ça, ils devraient être là d'un moment à l'autre... ah, les voilà.

Kay se retourna alors que la porte s'ouvrait et que Gavin et Laura entraient précipitamment, leurs visages fatigués par la course frénétique jusqu'à l'aéroport.

— Comment ça s'est passé ? demanda-t-elle.

— On les a séparés à la douane, répondit Gavin. On leur a lu leurs droits à tous les deux, et dès qu'ils nous ont donné les coordonnées de leur avocat, on a demandé aux policiers présents de les contacter. Le premier vient d'arriver en bas et dit que son collègue n'est pas loin.

— Qui les représente ? Quelqu'un qu'on connaît ?

— Un cabinet de la City, chef. Je n'ai jamais eu affaire à eux auparavant, ils sont basés à Shoreditch. Le type en bas est l'un des associés, Bernard Crossley. Sa collègue, Diane Higgsworth, est une associée junior.

— Bon sang, ils ont sorti l'artillerie lourde, dit Barnes, puis il se tourna vers Gavin. J'espère que tu as raison dans toute cette histoire.

— Moi aussi, murmura-t-il en réponse.

— Trop tard maintenant.

Kay se leva et tira vers elle une pile de dossiers.

— Bien, pendant que vous deux jouiez les chauffeurs pour monsieur et madame Brassick, on a préparé des dossiers d'information pour chacun d'entre vous. Laura, tu interrogeras Stephen avec Barnes, et moi et Gavin nous occuperons de Penelope. Gavin, tu mènes cet interrogatoire étant donné les circonstances.

Elle lui claqua l'un des dossiers dans les mains.

— Bonne chance.

———

Lorsque Kay entra dans la salle d'interrogatoire avec Gavin sur ses talons, Penelope Brassick se recroquevilla sur sa chaise et serra plus fort un cardigan en cachemire contre sa poitrine.

Malgré son vol de sept heures et son arrestation subséquente, ses cheveux et son maquillage étaient impeccables, et après sa réaction initiale, elle se reprit rapidement et tourna son attention vers son avocat, qui murmura à voix basse.

Après avoir apaisé sa cliente, il sortit une carte de visite de la poche de son costume et la tendit à Kay.

— Bernard Crossley.

— Monsieur Crossley, merci d'être venu à si court préavis. Pouvons-nous commencer ?

Après avoir confirmé le nom et l'adresse de Penelope et récité la mise en garde formelle, Gavin ouvrit le dossier de preuves et passa les secondes suivantes à relire ses notes griffonnées.

Kay attendit patiemment, son stylo en suspens au-dessus d'une nouvelle page de son carnet, espérant silencieusement que l'hypothèse de son collègue était juste.

Après tout, c'était la seule qu'ils avaient.

Au bout d'un moment, Gavin leva les yeux de ses notes et sortit l'article de journal.

— Parlez-moi de votre amitié avec Jackie Nithercott, dit-il.

— Jackie ?

Penelope passa sa langue sur sa lèvre supérieure, puis jeta un coup d'œil à la photographie au milieu de la page.

— Nous sommes juste de vagues connaissances. Nos maris travaillent ensemble, mais vous le savez déjà.

— Quand avez-vous vu Jackie pour la dernière fois ?

— Eh bien, nous étions hors du pays depuis avril, donc je suppose que ça devait être en mars. Nous étions tous à une fête organisée par l'entreprise après l'assemblée générale annuelle pour célébrer les résultats de l'année.

— Vous voulez dire l'entreprise pour laquelle travaille votre mari, Stephen ?

— C'est exact.

La bouche de Penelope esquissa presque un sourire.

— Ils sont assez généreux à cet égard. Même la réceptionniste était invitée, même si vous comprendrez que nous ne nous mêlions pas au personnel administratif.

— Cette photo a été prise l'année dernière lors d'un événement caritatif. C'était également organisé par l'entreprise ?

— Non.

Le visage de la femme rougit.

— C'était un événement organisé par une association caritative dans laquelle Jackie est impliquée. Collecte de fonds et ce genre de choses, vous savez, pour essayer d'améliorer leur image publique.

— Si vous n'êtes que de vagues connaissances, pourquoi étiez-vous là ?

— Je... euh...

Les épaules de Penelope se raidirent, et Kay la vit jeter un regard en biais à son avocat.

— Je suppose qu'elle avait dû m'inviter.

— Acceptez-vous souvent des invitations de personnes que vous connaissez à peine ?

La femme leva les yeux.

— C'était pour une bonne cause.

— Combien avez-vous donné ce soir-là ?

— Je ne m'en souviens pas, vous l'avez dit vous-même, c'était l'année dernière.

— Rien, dit Gavin d'une voix plate. Notre équipe a parlé au siège de l'association plus tôt aujourd'hui, et ils ont confirmé n'avoir jamais reçu un centime de votre part. Ce qui me semble aller à l'encontre du but de l'événement, vous ne trouvez pas ?

Penelope ne dit rien.

— Pourquoi y êtes-vous allée ?

— Jackie a dit que ce serait bon pour le réseautage.

— Le réseautage pour quoi ?

Penelope exhala.

— Je ne sais pas. Écoutez, elle m'a appelée à l'improviste et a dit que ce serait amusant. On pourrait s'habiller et sortir sans avoir à écouter nos maris parler de maudites OPA hostiles et de qui représente qui à la prochaine audience d'arbitrage ou je ne sais quoi. Ça faisait un changement agréable, pour être honnête.

— Avez-vous fréquenté Jackie Nithercott depuis ?

— Une fois ou deux.

— Où ?

— À un autre gala juste avant Noël, et puis un en février qui était plutôt nul pour être honnête.

— Est-ce que vous fréquentez Jackie en dehors de ces événements ?

Kay vit Penelope jeter un regard en biais à son avocat et pincer les lèvres en réponse.

Gavin se pencha en avant et pointa du doigt la photographie dans l'article.

— Qui est-ce à côté de vous ?

— Je... je ne suis pas sûre.

Kay plissa les yeux en observant la femme s'agiter sur son siège.

À son crédit, Gavin parvint à étouffer le reniflement qui lui échappa, mais son incrédulité était évidente.

— Je ne vous crois pas, dit-il. Alors je vous rappelle que vous êtes sous mise en garde et qu'il s'agit d'une enquête pour triple meurtre dans laquelle vous êtes actuellement impliquée. Donc, je vous le redemande : qui est cette femme ?

Une larme solitaire s'échappa, et Penelope l'essuya en émettant un reniflement sonore tandis que son visage se froissait.

— C'est la sœur de Jackie, Rosalind. Et c'est entièrement leur faute.

CHAPITRE 53

Kay attendit que Gavin se soit remis de la réponse de Penelope pour se tourner vers elle et attendre ses instructions.

Elle lui fit un léger signe de tête, puis observa la femme en face d'elle.

Mais avant qu'elle n'ait eu le temps de poursuivre, Penelope poussa un soupir tremblant.

— J'avais peur qu'elles aillent trop loin, dit-elle. Mais tuer Katrina comme ça... chez moi...

— Qui a tué Katrina ? demanda Kay.

En guise de réponse, Penelope regarda l'article de journal, puis le repoussa vers Gavin comme s'il était contaminé.

— Rosalind, j'imagine. Je ne pense pas que même Jackie puisse faire quelque chose d'aussi ignoble.

Penelope porta son poing tremblant à sa bouche.

— Oh mon Dieu, qu'ai-je fait ?

Kay lui laissa quelques instants pour se ressaisir, puis s'avança.

— Reprenons depuis le début. Que s'est-il passé entre vous trois, et comment cela a-t-il commencé ?

— Je n'ai pas menti sur la façon dont nous nous sommes rencontrées, répondit Penelope. Jackie et moi nous croisions souvent lors d'événements d'entreprise. Je crois que c'était en juin de l'année dernière que nous nous sommes retrouvées au bar à commander des gin tonics en même temps et elle s'est tournée vers moi en disant que si elle devait continuer à suivre son mari partout, elle perdrait le goût de vivre.

— Ils traversaient une mauvaise passe ?

— Oui, et ça empirait.

Penelope secoua tristement la tête.

— Ils n'auraient jamais dû se marier, pour être honnête. Dieu merci, ils n'ont pas d'enfants.

Elle fit une pause pendant que son avocat se pencha pour lui murmurer à l'oreille, puis fit un léger signe de tête et se tourna à nouveau vers Kay.

— Nous nous sommes retrouvées pour déjeuner environ une semaine plus tard, et Jackie m'a dit qu'elle voulait quitter Duncan mais qu'elle n'en avait pas les moyens. Elle m'a dit qu'elle ne travaillait pas et qu'elle dépendait financièrement de lui. Il lui donnait une allocation mensuelle pour faire ce qu'elle voulait.

Penelope fixa la table et se tritura un ongle.

— Elle aurait pu décrire mon propre mariage. Je pense que c'est ce qui m'a touchée. Je veux dire, même quand je voyage avec Stephen, je suis généralement coincée dans l'appartement que l'entreprise nous réserve, et faire du shopping n'occupe votre temps que pendant un moment, croyez-moi.

Kay ne dit rien, attendant que la femme prenne un mouchoir en papier de son avocat et tamponne délicatement ses yeux rougissants.

Penelope poursuivit.

— Je réfléchissais à un moyen de quitter Stephen mais je n'avais pas la confiance nécessaire pour essayer, et je n'avais pas les contacts. Alors quand Jackie m'a dit qu'elle aidait cette association caritative pour sortir de chez elle, je... je lui ai suggéré qu'il pourrait y avoir un moyen d'utiliser nos allocations pour gagner un peu d'argent supplémentaire et constituer un petit pécule. Ou un fonds d'évasion, je suppose.

— Donc vous avez ciblé des personnes vulnérables qui étaient déjà endettées, et vous leur avez prêté de l'argent illégalement, c'est bien ça ?

Penelope hocha la tête.

— Oui.

— Quel taux d'intérêt leur facturiez-vous ?

— Vingt-deux pour cent.

La femme leva les yeux.

— C'est toujours moins cher que certaines cartes de crédit, et ils n'auraient jamais pu emprunter à une banque de toute façon. Nous les aidions.

Kay avala sa salive pour essayer de contrer la sécheresse dans sa gorge.

— Combien ?

— Je ne comprends pas.

— À combien de personnes avez-vous prêté de l'argent ?

— Je ne sais pas exactement. Il faudrait demander à Jackie. Elle est meilleure que moi pour la paperasse.

— Estimez.

— Peut-être quinze, dix-huit depuis juillet de l'année dernière.

Un silence stupéfait accueillit ses paroles, et même Bernard Crossley s'éloigna visiblement de sa cliente à cette révélation.

— Qu'est-ce qui a changé ? demanda Kay. Pourquoi Preston Winford a-t-il été assassiné ?

— Je ne suis pas sûre, murmura Penelope. Je n'étais pas là quand c'est arrivé. Stephen avait été invité à parler à une conférence à Atlanta et nous étions absents ce week-end-là. Quand je suis revenue, Jackie a dit qu'un des clients, c'est comme ça qu'elle les appelait, avait fait défaut sur ses remboursements trois semaines de suite, et qu'un autre n'avait rien payé depuis deux mois. Elle a dit qu'elles voulaient effrayer le vieil homme pour qu'il crache ce qu'il devait, mais...

Elle s'interrompit, de nouvelles larmes coulant sur ses joues.

— Oh mon Dieu, je ne voulais rien de tout ça. Ça a mal tourné. C'est ce que Jackie a dit. Je l'ai crue au début, mais ensuite...

Kay baissa les yeux sur ses notes, son rythme cardiaque s'accélérant alors qu'elle bouillonnait face aux paroles de la femme.

— Je suppose d'après ce que vous avez dit qu'Angus Zilchrist était celui qui n'avait pas payé Jackie depuis trois semaines, et que la dette de Preston Winford était en retard de deux mois ?

— Oui.

— Alors dites-moi, qu'est-ce qui a mal tourné ? Elles

ont découpé Preston Winford en morceaux et ont fourré son corps dans une armoire. Pour moi, cela suggère que quelqu'un a réfléchi très attentivement à ce qui allait lui arriver. Ce n'était pas un accident.

Penelope se tourna vers son avocat.

— Ce n'est pas vrai. Elles ont dit qu'il avait suffoqué.

Réprimant sa colère, Kay observa Gavin ouvrir l'un des autres dossiers à côté de lui et glisser une autre photographie sur la table vers Penelope.

— Voilà ce qui est arrivé à Preston Winford, cracha-t-il.

Bernard Crossley s'éloigna encore plus de sa cliente, détournant les yeux de l'image macabre.

— Combien de ces victimes avez-vous tuées ? finit par dire Kay.

Les yeux de Penelope s'écarquillèrent.

— Aucune ! Je n'ai fait de mal à personne. Je vous l'ai dit, je n'étais même pas dans le pays quand c'est arrivé, détective Hunter, et je peux vous assurer que je n'avais aucune idée de ce que Jackie avait prévu.

— Pourquoi sa sœur Rosalind est-elle impliquée ?

— Je ne sais pas. C'était l'idée de Jackie il y a environ six mois.

Elle haussa les épaules.

— Peut-être à Noël. Tout ce que je sais, c'est que début janvier, Jackie a changé d'avis sur tout ça. Elle a dit que les choses s'étaient tellement détériorées entre elle et Duncan qu'elle devait le quitter plus tôt que prévu, et que cela signifiait donc récupérer tout l'argent que nous avions prêté...

— Et les intérêts, je suppose ? dit Kay.

— Oui. Elle avait besoin de tout pour pouvoir le quitter et louer quelque chose pendant que le divorce serait en cours.

Penelope se pencha en avant.

— Vous pouvez comprendre ça, n'est-ce pas ? Elle était désespérément malheureuse.

Gavin sortit d'autres photographies du dossier pour les étaler sur la table.

Penelope sanglota silencieusement pendant que Kay nommait chacune des victimes tour à tour.

— Qui a dit à Angus Zilchrist ce qu'il y avait dans l'armoire de son unité de stockage ?

— Jackie, je pense. Elle a cru que le faire chanter avec cette information le ferait payer. Et puis il est mort d'une crise cardiaque à cause du stress, je suppose, et elle n'a obtenu l'argent d'aucun des deux finalement.

Penelope serra son cardigan contre elle.

— C'est à ce moment qu'elle a dit que Rosalind avait un plan pour obtenir rapidement le reste de l'argent. Duncan n'est pas un homme gentil, détective Hunter. Je pense que Jackie s'inquiétait de ce qu'il ferait s'il découvrait qu'elle prévoyait de divorcer. Elle devait s'enfuir.

— Parlez-moi de Rosalind.

— Elle est complètement folle. Tout comme son maudit mari.

— Que fait Rosalind ? À part massacrer des innocents ?

Penelope exhala, son regard balayant les images.

— Elle travaillait pour un chirurgien esthétique à Londres. Tout ce que je sais, c'est que quelque chose s'est passé il y a quelques années. Je ne suis pas sûre de quoi, mais quelque chose a mal tourné et ils ont tous les deux été radiés du registre. Elle n'a pas pu trouver de travail après ça, même si je pense que Miles gagnait assez pour les faire vivre tous les deux.

— Miles ? C'est son mari ?

— Oui.

— Que fait-il ?

— De la sécurité privée, ce genre de choses.

— C'est lui qui a fourni le système de sécurité chez vous ?

Penelope hocha la tête.

— Parlez à voix haute pour l'enregistrement, s'il vous plaît.

— Oui. Miles a installé nos caméras de sécurité et tout le reste. Je ne savais pas qu'ils prévoyaient de l'utiliser contre nous, je vous dis la vérité.

— Comment avez-vous rencontré Katrina ?

— Par l'intermédiaire de l'agence que nous utilisons pour faire venir des femmes de ménage quand nous attendons des locataires.

— C'était la seule occasion à laquelle elle faisait le ménage pour vous ?

Penelope se mordit la lèvre.

— Non. Nous discutions un jour et elle m'a dit qu'elle avait du mal à joindre les deux bouts, mais qu'elle espérait qu'un poste à temps plein se libérerait bientôt dans son travail principal. C'était début février. Une chose en entraînant une autre, je lui ai dit que Jackie pourrait lui prêter de l'argent pour l'aider. J'ai dit qu'elle pourrait faire le ménage chez moi quand j'étais à la maison pour aider à rembourser. J'essayais de l'aider, je le jure.

Écœurée par les excuses de la femme, Kay pointa du doigt la photographie de Katrina.

— Qu'est-ce qu'elle vous a fait de si terrible ?

— J'ai dit à Jackie le mois dernier que je ne voulais plus faire partie de tout ça. Je ne pouvais pas. Pas après que cet homme a été tué. Elles sont allées trop loin. Mais Rosalind a dit que je n'avais pas le choix parce que Jackie avait besoin de récupérer l'argent et qu'elles devaient effrayer les gens pour qu'ils remboursent. J'avais terriblement peur qu'elle me fasse du mal. Puis j'ai reçu un appel téléphonique de Jackie plus tôt cette semaine-là, elle devait être dans les bureaux de l'association caritative ou quelque chose comme ça parce que je ne reconnaissais pas le numéro. Elle m'a dit qu'elle quittait Duncan ce week-end et qu'elle avait besoin d'un endroit où rester jusqu'à ce qu'elle s'organise, dit Penelope, le visage rougi par les larmes.

— Qu'avez-vous fait ?

— Je lui ai donné les derniers codes de la maison. Et après, après qu'elles... qu'elles ont tué Katrina, elles m'ont envoyé un lien vers cette vidéo. Et Jackie m'a dit que si je parlais un jour à quelqu'un de notre système de prêt, elles me tueraient ensuite.

CHAPITRE 54

Kyle Walker passa son doigt sous son col et grimaça tandis que la sueur lui picotait le cou.

Le gilet pare-balles encombrant qu'il portait lui collait à la poitrine et au dos, s'enfonçant dans la chair au-dessus de ses hanches et pesant sur ses larges épaules.

Les deux voitures de patrouille étaient garées à cinq minutes de la maison identifiée comme étant louée par Rosalind et Miles Kirwen, et ses supérieurs ne prenaient aucun risque.

L'équipe avait reçu l'ordre d'attendre que les dernières vérifications concernant les Kirwen soient effectuées, ainsi que sur tout associé qui pourrait vivre dans la propriété et rendre une arrestation déjà très tendue encore plus délicate.

Kyle jeta un coup d'œil aux trois autres officiers qui se tenaient à côté des voitures, en train de s'étirer les jambes et de parler à voix basse, leur bavardage tranquille démentant l'adrénaline qui parcourait l'air tandis que l'anticipation lui donnait la chair de poule.

Au-delà de l'aire de stationnement où les voitures

étaient garées se trouvait un arrêt de bus abandonné, l'ancien horaire déchiré pendant à travers le boîtier d'affichage en plastique brisé et les panneaux de protection en plexiglas retirés pour empêcher les vandales de les casser. De l'autre côté de la route, une rangée de grandes maisons jumelées leur faisait face, les rideaux tirés, même s'il remarquait de temps en temps un tressaillement à l'une d'entre elles.

Un léger parfum d'hibiscus porté par l'air chaud du soir venait vers lui, apportant avec lui un souvenir parfumé de vacances sous des climats plus cléments il y a plus d'un an.

Avant tout cela.

Avant que son collègue, Philip, ne soit accidentellement tué lors d'une prise d'otages.

Avant que son service ne le trouve ici, trempé de sueur à se demander si cette fois c'était son tour.

La bouche sèche, il posa sa main sur sa radio pendant que les derniers ordres de la salle de contrôle étaient transmis, puis surprit Dave Morrison en train de le fixer.

— Tout va bien là-bas ? demanda l'agent plus âgé. Comment tu te sens ?

— Je vais bien, répondit-il d'une voix rauque, puis il s'éclaircit la gorge. Ça va.

— On ne prendra aucun risque, ne t'inquiète pas.

Dave pointa son pouce par-dessus son épaule vers les deux autres agents.

— Ces deux-là sont tout aussi expérimentés que nous, et on vient de recevoir l'autorisation du quartier général d'utiliser les tasers si nécessaire.

Kyle hocha la tête en réponse, peu disposé à ouvrir la

bouche de peur de ne produire qu'un pitoyable couinement, et puis l'attention de Dave fut captée par une nouvelle série d'ordres crachotant de sa radio.

Il serra les poings, enfonçant ses ongles courts dans la chair tendre de ses paumes, et il expira.

La conseillère que Kay avait recommandée était bonne, il devait lui accorder ça.

Les exercices de respiration aidaient, même s'il se rendait compte que jusqu'à présent, il s'était moins appuyé dessus ces dernières semaines.

Le décompte familier de six à l'inspiration, huit à l'expiration l'apaisait, éloignant une partie de la peur qui l'enveloppait.

— Ok, on y va.

Dave baissa sa radio après avoir parlé. Il fit signe aux deux autres officiers de s'approcher, puis regarda chacun d'entre eux tour à tour.

— On doit supposer que les deux suspects sont armés et savent manier un couteau, donc on ne prend aucun risque. On a reçu confirmation du propriétaire que la porte arrière de la propriété mène à un jardin sans issue. Au-delà de la clôture arrière se trouve une autre propriété et celle-ci débouche sur la route principale. Le contrôle a une autre voiture là-bas hors de vue au cas où l'un des suspects essaierait de s'enfuir. Nous quatre, on passe par la porte d'entrée. Moi d'abord, puis toi, Kyle. Steve, tu es avec moi, on s'occupe de Miles Kirwen et si on a besoin d'aide supplémentaire, tu pourras intervenir, Tom. On utilisera les voitures pour bloquer la leur, qui est garée dans une aire privée directement devant les maisons mitoyennes. Des questions ?

Kyle secoua la tête tandis que les deux autres agents murmuraient leur compréhension, puis Dave les conduisit vers leur voiture.

Il fit une pause en démarrant le moteur et jeta un coup d'œil de l'autre côté.

— Prêt ?

— Autant que je peux l'être, marmonna Kyle. Allons-y.

Sa tête bascula en arrière lorsque Dave accéléra, et il tendit la main vers le montant de la porte pour se stabiliser tandis que l'agent plus âgé prenait le virage à toute vitesse, les lumières de l'autre véhicule se réfléchissant sur le revêtement intérieur, alors qu'il suivait dans leur sillage.

Quelques minutes plus tard, ils s'arrêtèrent brusquement devant une laide rangée de maisons mitoyennes.

Poussant à travers un portail délabré, Kyle suivit Dave le long d'un court chemin bordé d'herbe envahissante et d'une machine à laver abandonnée, le bruit de pas lourds derrière lui étant un accompagnement bienvenu alors que les deux autres officiers les rejoignaient.

Le poing de Dave frappa la porte avec une telle force que Kyle se demanda s'ils auraient besoin de se donner la peine de l'enfoncer, puis des voix en colère filtrèrent à travers le mince vitrage des fenêtres et une lumière vacilla dans l'une des pièces à l'étage.

Puis il y eut des cris, des pas qui tonnaient, et soudain il eut envie de vomir.

Il recula d'un pas, heurtant Tom, qui émit un grognement confus avant de le pousser dans le dos alors que Dave défonçait la porte.

N'ayant pas d'autre choix que de suivre, Kyle franchit le seuil et entra dans la maison des Kirwen.

Dave était déjà en train d'avancer dans le couloir vers l'arrière de la maison, criant à pleins poumons pour faire sortir Miles, Steve sur ses talons.

Kyle s'arrêta un moment au bas des escaliers, puis se tourna vers Tom.

— Elle est toujours là-haut.

Ils montèrent les marches en courant, l'odeur de fumée de cigarette et de corps ranci le submergeant alors qu'il atteignait le palier, juste à temps pour voir une porte claquer à sa gauche.

— Elle s'est enfermée dans la salle de bain, dit Tom.

— Dieu sait ce qu'elle a là-dedans. On va devoir l'enfoncer.

— Attends, elle pourrait avoir un couteau.

— Exactement. J'ai peur qu'elle ne l'utilise sur elle-même.

Sur ces mots, Kyle visa le côté de la poignée de la porte avec sa botte de taille 46 et frappa avec autant de force qu'il put rassembler.

Le fin panneau se fendit sous l'impact, et avec un coup de pied de plus, la serrure se tordit et la porte s'ouvrit.

Poussant les restes du panneau en bois, il se précipita en avant.

Rosalind Kirwen était penchée sur la baignoire, ses mains tremblantes alors qu'elle tenait un couteau contre sa cuisse.

Kyle bondit alors qu'elle se tournait vers lui, les yeux écarquillés tandis qu'un cri déchirant lui échappait.

CHAPITRE 55

Kay se frotta les yeux, fatiguée, et s'appuya contre le mur en parpaings à l'extérieur de la porte arrière du commissariat.

À côté d'elle, Gavin faisait défiler les e-mails sur son téléphone, le visage hagard.

Aucun des deux n'avait parlé depuis qu'ils avaient mis fin à l'interrogatoire et pris des dispositions pour inculper Penelope Brassick. Kay ferma maintenant les yeux et inspira l'air chaud qui soulevait ses cheveux de ses épaules et faisait doucement battre les papiers sous son bras.

Elle cligna des yeux au son de la porte qui s'ouvrait pour voir Barnes et Laura émerger, tous deux avec une expression grave.

— Stephen Brassick nie catégoriquement avoir quoi que ce soit à voir avec le stratagème de sa femme, dit l'inspecteur. Et il s'en est lavé les mains, pour le dire poliment. Il a également accepté de nous donner un accès complet à tous ses relevés financiers pour montrer l'argent qu'il versait mensuellement à Penelope, ainsi qu'à tous les relevés téléphoniques dont nous aurions besoin. Il s'avère qu'il paie aussi sa facture de téléphone portable.

— Merci, dit Kay. L'un de vous deux a-t-il l'impression qu'il ment sur son implication ?

— Pas moi, répondit Laura. Honnêtement, j'ai cru qu'il allait vomir à un moment donné.

— Et vous deux ? demanda Barnes. La théorie de Gavin s'est-elle confirmée ?

— En effet, répondit Kay en souriant. Et nous avons suffisamment d'informations de la part de Penelope pour arrêter Jackie Nithercott. Nous avons envoyé une patrouille en uniforme pour la ramener, ainsi que son mari.

Gavin leva les yeux de son téléphone.

— Chef, Rosalind et Miles Kirwen ont aussi été localisés à une adresse à Leybourne. Le contrôle a envoyé quelques voitures pour les arrêter il y a quinze minutes.

— Ok, merci.

Kay consulta sa montre.

— Étant donné le délai, j'aimerais que tous ces interrogatoires soient faits ce soir. L'un d'entre vous y voit un problème ?

— Pas moi, chef, répondit Barnes. On ne peut garder Sophie que quelques heures de plus, à moins que tu n'obtiennes de Sharp qu'il autorise douze heures supplémentaires, et si tu veux assurer sa sécurité...

— C'est exactement ce que je pense, et je ne veux pas non plus que d'autres victimes de ce système de prêt illégal soient mises en danger. Plus tôt nous pourrons faire ces interrogatoires formels, mieux ce sera. J'ai demandé à Hughes de corroborer ce que nous avons appris jusqu'à présent avec Sophie pour mieux comprendre comment les victimes étaient ciblées. En plus, nous pourrons nous assurer d'avoir quelque chose à donner au quartier général demain matin avec un peu de chance.

— Ce serait bien.

Laura fit un pas en avant.

— Je reste ce soir.

— Je reste aussi, chef, dit Gavin, puis il rougit. Je veux dire, c'est en quelque sorte de ma faute si vous travaillez tous tard ce soir de toute façon.

— Et ne crois pas qu'on va te laisser l'oublier.

Laura sourit.

— Ça ira, tant que tu ne nous lâches pas. Quand est-ce que tu as mangé pour la dernière fois ?

— Oh mon Dieu, ne parle pas de nourriture, dit Kay, puis elle se retourna alors que la barrière de sécurité bourdonnait et que trois voitures de patrouille entraient dans le parking. On dirait que nos invités sont arrivés.

Son estomac se noua quand Kyle Walker émergea de la première voiture, les lumières des autres véhicules éclairant le sang qui maculait sa joue alors qu'il marchait vers eux en guidant une femme menottée, ses yeux sombres flamboyants.

— Tu vas bien ? réussit-elle à dire.

— Madame Kirwen a décidé de se déchaîner, chef, dit-il d'un air sinistre. Elle m'a attrapé avec l'une de ses griffes.

Rosalind leva les yeux vers lui, le regard voilé.

— Quel dommage que je n'aie pas eu de couteau.

Kyle esquissa un faible sourire.

— J'ai peut-être réussi à le lui faire lâcher.

— Bon travail. Ok, va l'enregistrer.

Elle s'écarta alors que, un par un, Miles Kirwen, Jackie Nithercott et un Duncan Nithercott à l'air abasourdi étaient conduits devant elle, puis elle se tourna vers sa petite équipe de détectives.

— Bien, Gavin et Laura, j'ai besoin que vous interrogiez d'abord Miles Kirwen, puis Duncan Nithercott. Je veux tout savoir sur la prétendue entreprise de sécurité de Miles. Dieu sait dans combien d'autres maisons il a pu s'introduire par ici, ou qui d'autre il a pu menacer. Quant à Duncan, voyez ce qu'il sait de la relation de Jackie avec sa sœur. Barnes, tu es avec moi.

Elle ouvrit brusquement la porte arrière à temps pour voir Rosalind être conduite vers la première salle d'interrogatoire, puis fit une pause alors que Gavin et Laura accompagnaient Miles Kirwen vers une autre.

Jackie Nithercott se tenait la tête baissée, se frottant les poignets tandis que le sergent de service lui parlait à voix basse tout en s'assurant que chaque bijou lui était retiré et enregistré dans le système de classement. Son mari se tenait à quelques pas d'elle, la mâchoire serrée, en train de fixer l'arrière de sa tête.

Puis il y eut du mouvement venant de la porte intérieure menant aux cellules, et Hughes émergea avec Sophie Anderley.

— Je vais l'emmener à l'étage pour l'instant, dit-il. Ça devient bondé ici.

— Pas de problème, dit Kay, puis elle se tourna pour suivre Barnes. Nous monterons plus tard. Vous pouvez—

— Espèce de garce ! hurla Sophie.

Kay fit volte-face, prenant note des traits angoissés de

Sophie et de la façon dont elle se débattait contre la prise de Hughes, puis elle regarda Jackie.

La femme avait pâli, et elle déglutit alors que le sergent en uniforme persuadait Sophie de s'éloigner, la conduisant vers les escaliers.

— Attendez.

Kay se précipita vers eux.

— Sophie, que se passe-t-il ? Vous la reconnaissez ?

— Non, hoqueta Sophie. Mais c'est elle, je le sais. Cette femme là-bas. C'est l'une d'entre eux.

Kay croisa les bras, son ton patient.

— Si vous ne la reconnaissez pas, comment pouvez-vous en être si sûre ?

— Parce que je me souviens de l'odeur. C'est ce parfum qu'elle porte.

Sophie se libéra de Hughes et leur lança à tous deux un regard de défi.

— C'est la même odeur qu'il y avait dans cette voiture dont je vous ai parlé.

CHAPITRE 56

Une Jackie Nithercott sous le choc fixait Kay et Barnes lorsqu'ils s'installèrent sur les sièges en face d'elle.

Pendant que Barnes mettait en marche le matériel d'enregistrement et récitait la mise en garde formelle, Kay cherchait le moindre signe de remords dans les yeux de la femme.

Au lieu de cela, tout ce qu'elle vit fut un ressentiment brûlant qui grandissait à chaque seconde.

— Jackie, lors de notre entretien d'hier, vous nous avez informés que la nuit où Katrina Hovat a été assassinée, vous et votre mari célébriez votre anniversaire de mariage dans un pub. Vous avez également déclaré que vous n'aviez aucune idée de qui était Katrina lorsque vous l'avez abordée la veille sur le parking du magasin où elle travaillait, commença Kay. Souhaitez-vous modifier quoi que ce soit dans votre précédente déclaration ?

— Non.

Jackie releva le menton avec défi.

— Je ne le souhaite pas.

— Mais vous la connaissiez, n'est-ce pas ? dit Kay. Parce que vous l'avez identifiée grâce à votre soi-disant travail caritatif comme une cible parfaite pour votre système de prêt d'argent illégal.

Jackie cligna des yeux, puis croisa les bras sur sa poitrine.

— Je n'ai aucune idée de ce dont vous parlez.

Un sourire prédateur se dessina sur les lèvres de Kay.

— Malheureusement, votre amie Penelope nous raconte quelque chose de complètement différent. En fait, Penelope s'est montrée *des plus* utiles pour expliquer exactement comment le système a démarré.

— Non seulement cela, dit Barnes en faisant glisser sur la table une copie imprimée d'un dossier du registre des cartes grises, mais étant donné que l'une de vos victimes vient de vous identifier, vous et la voiture que vous conduisez, comme étant la même que Rosalind Kirwen et son mari ont utilisée pour menacer des gens, nous pouvons également supposer que vous étiez complice du meurtre de Katrina, ainsi que des meurtres de Preston Winford et Alec Mingrove.

— À moins que vous ne soyez en mesure de nous dire *exactement* ce qui s'est passé, conclut Kay. Que décidez-vous, Jackie ? En l'état actuel des choses, nous allons demander la peine de prison maximale pour vous. D'autant plus que notre équipe médico-légale est, en ce moment même, en train d'examiner votre voiture. Pensez-vous qu'ils trouveront des preuves montrant qu'Alec Mingrove s'y trouvait avant d'être tué ? Qu'en est-il de Preston

Winford ? Votre voiture a-t-elle aussi servi à transporter son corps ?

— Je ne sais pas !

Jackie essuya la salive qui s'échappait du coin de sa bouche, puis se tourna vers son avocat.

— Je veux un accord.

Kay ricana.

— Je ne sais pas quelles émissions de télévision vous avez regardées, mais ça ne fonctionne pas comme ça ici.

— Surtout quand nous avons vos complices en état d'arrestation et en train d'être interrogés, et suffisamment de preuves pour vous inculper avec eux, dit Barnes. Cet entretien n'est qu'une formalité dans ces circonstances. Nous n'avons pas besoin d'aveux pour vous inculper.

— Mais nous aimerions comprendre ce qui s'est vraiment passé, ajouta Kay.

L'avocat fit un geste muet à sa cliente pour indiquer qu'il était d'accord, puis se pencha et murmura à son oreille.

Kay observa impassiblement le visage de la femme pâlir davantage, puis elle haussa un sourcil lorsque Jackie se retourna vers eux.

— J'aimerais modifier ma déclaration, dit-elle en déglutissant. Je me suis trompée la dernière fois que je vous ai parlé.

— Dites-moi ce qui s'est réellement passé, dit Kay. Depuis le début.

Jackie renifla.

— Quand j'ai rencontré Duncan pour la première fois, c'était formidable. Je l'admirais vraiment, je vous assure. Il réussissait déjà bien dans la City à l'époque. Nous nous sommes rencontrés lors d'une soirée cocktail. Je travaillais pour une entreprise de design graphique et je cherchais de nouveaux clients, et je pense que son entreprise envisageait de négocier le rachat d'une des agences de marketing présentes. Je n'ai pas pensé à mal quand il m'a demandé de signer un contrat prénuptial lors de nos fiançailles. Ça semblait juste.

Sa lèvre supérieure se retroussa alors.

— Je ne me rendais pas compte à quel point il pouvait être froid et contrôlant. J'ai trouvé des excuses pour son comportement pendant un moment, à dire aux gens qu'il n'était pas très à l'aise dans les situations sociales ou qu'il n'était impitoyable que parce que c'était ce à quoi il était habitué au travail. Croyez-moi, ça devient épuisant à la longue. Alors j'ai décidé un jour, lors d'un déjeuner avec Penelope, que j'allais le quitter.

— Quand avez-vous rencontré Penelope pour la première fois ?

— Lors d'un des événements de l'entreprise de Duncan il y a quelques années. Je ne vous ai pas menti à ce sujet, détective. Mais il y a environ deux ans, nous avons commencé à nous retrouver pour déjeuner ou prendre un verre de temps en temps, surtout si elle ne voyageait pas avec Stephen pendant qu'il était à l'étranger, ou si Duncan et lui étaient enfermés pendant un week-end à essayer de négocier un accord.

Jackie baissa les yeux sur ses mains parfaitement manucurées, fléchissant ses doigts.

— Je lui ai mentionné que je n'étais pas heureuse, mais que je ne pouvais pas partir à cause du contrat prénuptial. Si je partais, je n'aurais rien. C'est alors qu'elle m'a suggéré de prêter l'argent qu'il me donne comme allocation mensuelle, pour que je puisse mettre de côté les bénéfices et me constituer un petit pécule.

— Comment cibliez-vous vos victimes ?

Jackie grimaça.

— Je préfère les appeler clients.

— Je me fiche de ce que vous préférez, siffla Kay en étalant les photographies prises sur chacune des scènes de crime. Voilà ce que vous leur avez fait.

— Non, non ce n'était pas moi !

Jackie secoua la tête.

— C'était entièrement la faute de Rosalind. Elle et son stupide mari. C'était leur idée.

— Pourquoi ? Qu'est-ce que ces gens vous ont fait ?

Jackie prit une profonde inspiration.

— Rien. Ils étaient juste... juste un moyen d'obtenir l'argent dont j'avais besoin, c'est tout. Ils venaient au bureau de l'association en ville pour demander de l'aide. Angus a été le premier. Il était tellement désespéré d'avoir de l'argent, je pense qu'il aurait accepté n'importe quoi.

— Que lui avez-vous dit ?

— Je l'ai entendu quand il parlait à l'un des conseillers. Ce n'était pas difficile, les bureaux sont vieux, et les murs sont fins comme du papier.

Elle fit une pause et regarda autour d'elle.

— Pas comme ici. On peut tout entendre de la pièce d'à côté si on est silencieux.

— Continuez.

— J'ai attendu qu'il parte, puis j'ai inventé une excuse à propos d'un rendez-vous chez le dentiste et je l'ai suivi, dit Jackie en laissant échapper un rire étranglé. Je l'ai trouvé devant le bureau de paris, hésitant à entrer. Honnêtement, on aurait pu penser qu'il aurait compris la leçon. Je savais que le conseiller de l'association ne lui prêterait pas d'argent, pas avec ses antécédents, alors je lui ai fait une offre qu'il ne pouvait pas refuser. Trois cents livres sur-le-champ, avec quatre mille de plus deux jours plus tard. Il a failli m'arracher la main en prenant l'argent.

— Vous a-t-il remboursée ?

— Une partie, oui. Au début.

Le visage de Jackie prit une expression émerveillée.

— Cela m'a donné la confiance pour aider plus de gens. Et lentement, semaine après semaine, mon petit pécule a commencé à croître. Je pouvais enfin entrevoir une issue à mon foutu mariage.

— Quand est-ce que ça a mal tourné ?

Jackie fronça les sourcils.

— Quand j'ai découvert que Duncan avait une liaison avec son assistante personnelle.

— Pourquoi ne pas simplement divorcer ? demanda Barnes. Vous auriez sûrement des motifs valables, non ?

— J'en aurais, sauf qu'il y a une clause dans le contrat prénuptial qui stipule que je n'obtiens rien si le mariage se détériore après douze ans. Il y a une clause sans faute, même si ce salaud me trompe.

Elle s'essuya les yeux.

— Je n'aurais jamais signé ce foutu truc si j'avais su qu'il deviendrait comme ça. Je devais juste le quitter le plus vite possible.

— Alors vous avez décidé de réclamer toutes les dettes ? dit Kay.

— Oui.

— Comment ?

Kay parcourut ses notes.

— D'après Penelope, vous avez prêté de l'argent à plus d'une douzaine de personnes.

— Facile, dit Jackie, un sourire tordu perçant à travers ses larmes. J'ai lancé Rosalind à leurs trousses.

CHAPITRE 57

Kay ne prenait aucun risque avec la sœur cadette de Jackie, surtout après avoir vu les dégâts que la femme avait infligés à la joue de Kyle.

Deux agents étaient postés devant la pièce pendant qu'un avocat commis d'office s'entretenait avec Rosalind, et les accompagnerait lorsqu'ils mèneraient l'interrogatoire.

Pendant ce temps, Kyle était assis sur une chaise dans le quartier de détention, à tamponner son visage avec une lingette antiseptique tandis que Hughes se tenait à côté de lui, un nouveau pansement de la trousse de premiers secours à la main.

— Assure-toi de faire ton rappel antitétanique et quelques analyses de sang, dit Barnes, le visage grave tandis qu'il regardait le jeune agent coller le pansement sur sa mâchoire. Juste au cas où.

— Je le ferai.

Kyle desserra son gilet pare-balles et poussa un soupir las.

— Je suis juste content d'avoir réussi à la désarmer. Je pense vraiment qu'elle aurait utilisé ce couteau contre moi.

— Est-ce qu'elle est suicidaire ? demanda Kay. J'ai entendu Tom dire qu'elle était sur le point de se couper quand vous avez forcé la porte de la salle de bain.

— Je pense que c'était un bluff pour nous faire approcher, chef. Je ne crois pas qu'elle avait l'intention de se rendre sans résistance.

Barnes siffla entre ses dents.

— Et le mari, Miles ? Qu'avez-vous découvert à son sujet ?

— Je peux vous aider pour ça.

Laura apparut à la porte, le visage pâle.

— Nous venons de faire une pause dans son interrogatoire, mais il s'avère qu'il a un casier judiciaire pour mineurs pour avoir failli tuer un autre garçon lors d'une bagarre à l'école quand il avait treize ans. C'est pour ça que nous ne pouvions pas le trouver dans le système, c'est un dossier scellé. Quand il nous l'a dit, c'était presque comme s'il en était fier.

Kay soupira.

— Bon sang. Comment diable a-t-il pu entrer dans le domaine de la sécurité, alors ?

— Il sait bien parler, dit Gavin en rejoignant Laura pour lui tendre un verre d'eau. Il a été libéré à ses dix-huit ans, et a mis à profit ce qu'il avait appris en prison. Selon lui, il a commencé à travailler pour un électricien qui employait des « garçons à problèmes », ce sont ses mots, notez bien, et il a vu une opportunité sur le marché de l'installation de systèmes de sécurité. Étant donné le genre de personnes qu'il fréquentait en prison, c'était un vendeur convaincant.

— Il y a un grand pas entre installer des systèmes de sécurité et torturer et tuer des gens, dit Barnes.

— Dave a jeté un coup d'œil à l'ordinateur portable qui a été saisi lors de leur arrestation, dit Laura. Son historique de recherche est rempli de vidéos paramilitaires, de techniques de survie en milieu sauvage, et ainsi de suite. Il y a d'autres choses aussi, mais il dit qu'il laisse ça à l'équipe d'Andy Grey au quartier général. D'après ce qu'il a dit, c'est assez horrible, chef.

Kay frissonna, se rappelant les commentaires d'Andy sur le nombre d'employés qu'il perdait à cause du stress.

— Autre chose que vous voulez nous dire avant qu'on interroge sa femme ?

— Ils se sont rencontrés il y a six ans à la fête d'un ami à Rochester, dit Gavin. Même si je pense que la seule chose qu'ils aient en commun soit leur tendance à la violence.

— A-t-il avoué quelque chose ?

— Seulement qu'il conduisait la voiture quand Sophie les a vus, pour l'instant.

Laura vida son verre d'eau et adressa un sourire reconnaissant à Hughes alors qu'il prenait le verre vide de ses mains.

— Nous allons retourner là-dedans et l'interroger sur cette armoire dans laquelle il a mis le corps de Preston.

Kay regarda les deux détectives retourner vers les salles d'interrogatoire, puis jeta un coup d'œil à Barnes.

— Qu'en penses-tu ?

— Je pense que nous allons tous faire des cauchemars pendant quelques semaines, chef.

———

Les deux agents en uniforme entrèrent dans la salle d'interrogatoire à la suite de Kay et Barnes, prenant position près de la porte pour garder un œil attentif sur la femme assise à la table nue recouverte de plastique.

L'avocat commis d'office désigné pour la représenter avait positionné sa chaise aussi loin que possible de sa cliente, mais la rapprocha maintenant à contrecœur, prêt à commencer la procédure.

Après avoir démarré l'enregistrement et s'être assurée que toutes les présentations formelles étaient correctement enregistrées, Kay resta silencieuse un moment pendant que Barnes disposait les photographies de chacune des victimes devant Rosalind Kirwen.

L'avocat commis d'office pâlit à la vue des images, mais à son crédit, il se ressaisit rapidement et baissa les yeux sur son bloc-notes, son stylo griffonnant furieusement sur la page.

— Rosalind, je voudrais commencer par vous demander si c'était votre idée ou celle de quelqu'un d'autre de torturer et tuer ces personnes ? dit Kay.

— Jackie a dit qu'elle voulait leur faire peur.

La voix de la femme avait une musicalité sous-jacente qui fit se demander à Kay si elle avait pris plaisir à ce qu'elle avait fait, et si elle aurait continué sa série de meurtres sans l'intuition de Gavin à propos de Jackie Nithercott.

Il n'y avait ni déni, ni excès dramatique, ni remords dans sa réponse.

Il n'y avait qu'une froideur qui suintait des pores de la femme et rampait à travers la table jusqu'où Kay était assise.

— Êtes-vous proche de votre sœur ?

— Je ferais n'importe quoi pour elle.

— Il y a un grand pas entre faire peur à quelqu'un et lui faire ça, dit Kay en tapotant la photographie du corps brisé de Katrina. Pourquoi l'avez-vous torturée ? Que vous avait-elle fait ?

— Elle avait besoin d'une leçon, dit Rosalind, son ton maintenant ennuyé. Ils en avaient tous besoin.

— Pourquoi ?

— Parce qu'ils ont rompu leur promesse envers Jackie. Ils avaient dit qu'ils la rembourseraient.

— Et ils le faisaient, n'est-ce pas ?

Kay fouilla dans les papiers devant elle jusqu'à ce qu'elle trouve ce qu'elle cherchait.

— Voici des relevés du compte bancaire de Preston Winford. Il effectuait des paiements mensuels réguliers à en juger par ces retraits d'espèces. Jusqu'en avril, qui est le moment où vous l'avez tué, n'est-ce pas ?

Rosalind ne dit rien.

— Pourquoi diable tueriez-vous quelqu'un qui fournissait à votre sœur l'argent qu'elle essayait de réunir pour quitter son mari ? Parce que c'est ce qui se passait, n'est-ce pas ? Les intérêts de ces prêts allaient être son pécule.

Kay se tourna vers Barnes, affectant une expression confuse.

— C'est ce qu'elle nous a dit, en tout cas.

— Avez-vous tué la poule aux œufs d'or, Rosalind ? demanda Barnes d'un ton moqueur. Jackie vous a-t-elle envoyée pour lui faire peur afin qu'il la rembourse plus vite, et les choses ont dérapé ?

Le regard de Rosalind se posa sur la photographie de Preston, sa mâchoire serrée.

— C'était un accident.

— Quoi donc ? dit Kay.

— Il n'était pas censé mourir. C'était de sa faute. Il a bougé, et voilà. Je ne pouvais pas arrêter le saignement. Je voulais juste le couper un peu, fit Rosalind en faisant la moue. Jackie était vraiment en colère.

— Où cela s'est-il passé ?

La femme haussa les épaules.

— Miles connaît un endroit près de Tenterden. Désert, vous voyez ? C'était une bonne chose, parce qu'il nous a fallu quelques jours pour savoir quoi faire de lui après.

— Vous voulez parler de l'armoire.

Rosalind sourit, et ce n'était pas joli à voir.

— Miles pensait que révéler ce qui était arrivé à Preston ferait cracher le morceau au vieux plus rapidement, mais il refusait toujours de payer ce qu'il devait.

— Vous parlez d'Angus Zilchrist ?

— Ouais.

— Nous avons un témoignage selon lequel votre mari aurait menacé Angus au club de golf où il jouait. C'était avant ou après la mort de Preston ?

— Après.

Elle ricana.

— Jackie était furieuse à propos de sa mort, celle de Preston, mais elle a vite changé d'avis quand quelques-uns des autres ont commencé à la rembourser cette semaine-là. C'est là qu'on a remarqué qu'Angus n'avait toujours rien payé. Elle a demandé à Miles d'aller lui toucher deux mots.

— Est-ce que ces « deux mots » incluaient des menaces sur sa vie ?

— Je ne sais pas. Je n'étais pas là.

— Mais pourquoi l'armoire ? Pourquoi la mettre dans l'unité de stockage d'Angus ?

— C'est tout Miles, ça. Il pensait que ce serait drôle d'insister pour qu'Angus stocke des trucs pour nous, puis de lui dire ce qu'il y avait vraiment dedans. Je suppose qu'il pensait que s'il savait, il paierait. On a trouvé des meubles pas chers gratuits, on a fourré le corps de Preston dans l'armoire et puis on a fait aider Miles par Angus.

Un gloussement s'échappa de Rosalind.

— Je ne m'attendais pas à ce que le vieux fasse une crise cardiaque quand on lui a dit, par contre. Il était juste censé payer. Elle était *tellement* en colère.

— Qui ?

— Jackie, bien sûr. Maintenant, elle avait deux clients qui ne la rembourseraient jamais.

Rosalind soupira.

— Et puis Penelope a tout découvert.

Le regard de Kay se releva brusquement de ses notes.

— Parlez-moi de ça.

— Oh, elle était bien contente tout le temps qu'elle disait à Jackie comment gagner tout cet argent, comment garder tout normal à la maison pendant qu'elle prévoyait de quitter Duncan et de se constituer son petit nid.

La femme renifla.

— Elle a vite changé de discours quand elle a découvert que quelqu'un avait été blessé. Genre, à quoi elle s'attendait ? Ma sœur n'est pas une œuvre de charité, vous savez. Bref, Penelope est revenue des États-Unis fin avril, a découvert que Jackie avait décidé d'essayer de récupérer tout son argent auprès de ces gens, et je suppose qu'une chose en a entraîné une autre...

— Qu'a-t-elle fait ?

— Elle a menacé ma sœur, dit Rosalind en se penchant en avant.

Ses yeux s'assombrirent.

— Et *personne* ne fait ça.

Kay déglutit, la rage de la femme palpable dans l'air autour d'elle.

— Comment l'a-t-elle menacée ?

— Elle a dit qu'elle viendrait vous voir anonymement. Même si cela signifiait risquer d'être elle-même découverte au bout du compte. Elle a dit que les gens n'étaient pas censés mourir, et qu'on était allés trop loin.

— Qu'avez-vous fait ?

Kay trouva la photographie de Katrina et la montra.

— L'avez-vous torturée et tuée pour faire taire Penelope ?

— Ça a marché, non ? Penelope ne vous a jamais dit ce qui se passait, n'est-ce pas ? Et elle ne pouvait rien faire pour nous arrêter, pas une fois que son mari a été renvoyé aux États-Unis. Cette salope stupide pensait qu'elle pouvait revenir ici en grande pompe et commencer à nous dire quoi faire, cracha Rosalind. Puis quand elle nous a menacés, j'ai su que je devais faire quelque chose.

— Donc vous êtes allée chez elle quand vous saviez que Katrina y serait...

— Eh bien, Jackie avait le code de sécurité, après tout.

— Vraiment ?

— Bien sûr. Penelope le lui avait donné, au cas où elle voudrait un endroit où rester quand Duncan se comportait comme un connard.

Kay fit une pause un moment, ayant besoin de temps pour contrôler la répulsion qui l'envahissait. Elle finit par tendre la main et tapota la photographie d'Alec Mingrove.

— Parlez-moi de lui.

— Je ne l'aimais pas.

— Pourquoi pas ?

Rosalind soupira, son regard trouvant les lumières fluorescentes au plafond.

— Parce qu'il mentait, tout le temps. Il a fait une promesse à Jackie et l'a constamment brisée. Il était l'un des pires. Je veux dire, même après avoir vu la vidéo qu'on a mise en ligne, il n'a toujours pas payé. Je n'y peux rien si les gens sont stupides, n'est-ce pas ?

— Qu'avez-vous fait ?

— On a fini par le trouver. Je veux dire, à quoi il *pensait*, à se faire un repas chic alors qu'il avait deux mois de retard sur sa dette envers Jackie ?

Rosalind baissa le menton et contempla un ongle rongé.

— Il se foutait de notre gueule.

— Alors vous l'avez torturé et vous avez jeté son corps dans la rivière. Pourquoi ? Pourquoi là ?

La femme de l'autre côté de la table sourit.

— On pensait que ça attirerait l'attention de tout le monde, bien sûr. Étonnamment, beaucoup d'entre eux n'ont pas payé après avoir vu ce qui était arrivé à Katrina. Miles et moi avons pensé que quelque chose de plus public pourrait attirer leur attention.

— C'était un sacré risque.

— Ça a marché.

Rosalind s'adossa à sa chaise, ses épaules se détendant.

— Il ne reste plus que trois personnes qui doivent de l'argent à ma sœur maintenant.

Kay jeta un coup d'œil à l'avocat commis d'office, qui restait immobile, son regard figé sur les images devant lui. Elle ne pouvait qu'imaginer qu'elle arborait la même expression choquée.

— Pourquoi avez-vous fait ça ? réussit-elle à dire, maudissant sa main qui tremblait alors qu'elle tournait la photographie de Katrina vers la lumière. Pourquoi tuer toutes ces personnes innocentes ?

Rosalind pencha la tête sur le côté, comme si elle réfléchissait à la question un instant. Puis elle sourit.

— Je suppose que j'y ai pris plaisir.

Kay laissa tomber la photographie alors que Barnes bougeait sur son siège, se demandant si elle cesserait un jour d'être révulsée par certains des criminels auxquels elle faisait face.

Elle espérait que non.

Elle le devait à leurs victimes.

CHAPITRE 58

Kay souleva le dernier des dossiers de son bureau et le laissa tomber dans une boîte d'archives à ses pieds, puis elle se frotta le bas du dos avec les jointures et jeta un coup d'œil par-dessus son épaule en entendant des voix lui parvenir du couloir.

Barnes apparut en premier, sa cravate déjà de travers malgré l'heure matinale, suivi de près par Gavin et Laura et l'arôme distinct de pâtisseries salées.

— Le café faisait une promo, chef, dit Gavin avec un grand sourire en lui tendant un sac en papier graisseux. Je me suis dit que tu n'avais sûrement pas pris le temps de déjeuner ce matin, alors voilà.

— Merci.

Kay déballa le roulé à la saucisse et en prit une bouchée.

— Vous avez réussi à dormir un peu après être partis d'ici ?

— Quelques heures, répondit Barnes. Je n'arrêtais pas

de penser à Sophie, et à la chance qu'elle a eue. Quelques jours de plus, et—

Laura frissonna.

— N'y pense pas.

— C'était du bon boulot avec cette piste, Gav, dit Kay, avant de lécher les miettes de ses doigts.

— Juste un coup de chance, répondit l'enquêteur en haussant les épaules, avant de prendre une gorgée de sa canette de boisson énergisante.

— Mon œil.

Barnes finit sa nourriture et jeta l'emballage dans la poubelle à côté du bureau de Kay.

— C'était plus que de la chance.

Kay avala la dernière bouchée du roulé à la saucisse et s'essuya les mains.

— Qu'est-ce que vous avez de prévu aujourd'hui ?

— Je vais aller à Northfleet pour rencontrer Andy Grey, dit Laura. Je vais l'informer qu'on a inculpé les trois femmes plus Miles Kirwen, et je vais lui dire qu'on aura besoin que les ordinateurs soient analysés avant que le ministère public ne s'impatiente. Ce sont les dossiers qui leur sont destinés ?

— Certains d'entre eux. J'aurai besoin que vous finissiez tous vos rapports d'ici vendredi, s'il vous plaît.

Elle se tourna vers Barnes.

— Tu n'es pas censé être au tribunal à dix heures ?

— Si, mais c'est une affaire simple, chef. Je devrais être de retour vers treize heures, au plus tard.

— Ok, je te verrai avant que tu ne partes. Gav, je peux te dire un mot ?

Kay regarda les deux autres détectives retourner à leurs bureaux, puis se tourna vers Gavin avec un sourire.

— Il faut qu'on parle.

Il baissa sa canette de boisson énergisante et la fixa du regard.

— Un problème, chef ?

— Pas du tout. Viens, l'ancien bureau de Sharp fera l'affaire.

Se frayant un chemin entre les bureaux, Kay sourit. L'énergie nerveuse émanant du jeune détective était palpable, mais elle ne voulait pas lui parler devant les autres.

Pas de ça.

— Bon, dit-elle en fermant la porte derrière lui et en croisant les bras. Quand est-ce que tu comptes demander une promotion ?

— Hein ?

— Allez, Gav. Tu as « inspecteur » écrit partout sur toi, et ce depuis un bon moment.

— Je... je ne sais pas, chef.

Son front se plissa.

— Je suppose que je vois ce à quoi toi et Barnes devez faire face et je me demande si je suis prêt pour ça.

— Oh, tu es prêt, c'est sûr. Et si je te disais qu'il y a comme un parfum de rumeur concernant un poste d'inspecteur qui se libérerait ici à Maidstone ? Ça te convaincrait ?

— Et Barnes ?

— Je ne le laisse pas partir.

Elle sourit.

— J'ai déjà parlé à Sharp et je lui ai dit qu'il y avait

assez de travail ici pour vous deux. Cette enquête l'a prouvé.

Gavin baissa les yeux vers ses pieds et gonfla ses joues avant que son regard ne revienne vers elle.

— Pour être honnête, je me demandais si je devais te parler d'une promotion.

— Et nous y voilà.

Elle pencha la tête sur le côté.

— Ne va juste pas te faire des idées sur un départ pour Northfleet tout de suite, d'accord ? J'ai besoin de toi ici.

Il lui adressa un sourire en coin.

— Ne t'inquiète pas. Je ne pense pas que Leanne veuille de moi là-bas. Elle ne me verrait jamais, pas vrai ?

— C'est vrai.

Kay frissonna de manière théâtrale et ouvrit la porte, lui faisant signe de retourner dans la salle des opérations.

— En plus, imagine les trajets. Et il n'y a pas de cafés à proximité. Pas de pizza décente non plus.

— Je m'effondrerais, chef.

— Probablement. Tu commences déjà à avoir l'air trop maigre de toute façon.

Il rit, puis s'arrêta à côté du photocopieur délabré.

— Merci, chef. Je garderai un œil sur l'alerte de poste vacant dans mes emails.

— Et si j'entends quoi que ce soit entre-temps, je te tiendrai au courant.

— Marché conclu.

Il lui fit un salut moqueur avant de rejoindre son bureau, se concentrant immédiatement sur son téléphone qui commençait à sonner.

— Tout va bien, chef ?

Barnes se glissa à côté d'elle et fit un signe de tête vers son collègue.

— Tu lui as parlé ?

— Oui, et je pense qu'il est à nous pour l'instant. Surtout si ce poste d'inspecteur se libère ici.

— C'est bon à savoir.

Ils se retournèrent en entendant des voix s'élever à l'extérieur et s'approchèrent de la fenêtre pour voir Rosalind Kirwen et sa sœur Jackie être conduites vers un fourgon de sécurité.

Les deux femmes étaient menottées, les cheveux de Jackie ébouriffés après une nuit en cellule, tandis que Rosalind se débattait sous l'emprise d'un agent en uniforme costaud.

Derrière elles, Penelope Brassick suivait silencieusement, accompagnée d'une agente qui la guidait vers le fourgon pénitentiaire.

— Bon débarras, marmonna Kay.

— Quand nous reverrons-nous toutes les trois ? ricana Barnes.

Kay gémit, posa sa main sur son bras et le dirigea vers la porte.

— Si tu commences à me citer du Shakespeare, il va me falloir un autre café.

BIOGRAPHIE DE L'AUTEUR

Rachel Amphlett est l'auteure de romans policiers et de thrillers d'espionnage les plus vendus par USA Today, et la plupart de ses livres ont été traduits dans le monde entier.

Ses romans sont disponibles en format numérique, en version imprimée et en livres audio dans les bibliothèques et chez les détaillants, ainsi que sur son site web.

Grande voyageuse et détective privée par accident, Rachel possède les nationalités australienne et britannique.

Pour en savoir plus sur les livres de Rachel, rendez-vous à l'adresse suivante : www.rachelamphlett.com.

* 9 7 8 1 9 1 7 1 6 6 4 0 9 *